大方无隅，大器晚成。
大音希声，大象无形。

——老子《道德经》

U0838217

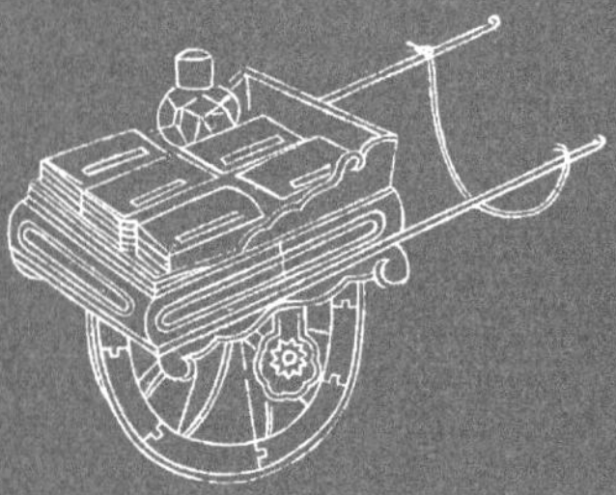

王剑冰　著

大象中原

中原出版传媒集团
大地传媒

大象出版社
·郑州·

图书在版编目(CIP)数据

大象中原 / 王剑冰著. — 郑州 : 大象出版社,
2018. 1
ISBN 978-7-5347-9488-9

Ⅰ. ①大… Ⅱ. ①王… Ⅲ. ①散文集—中国—当代
Ⅳ. ①I267

中国版本图书馆 CIP 数据核字(2017)第 202145 号

大象中原

DAXIANG ZHONGYUAN

王剑冰　著

出 版 人　王刘纯
责任编辑　石更新
责任校对　安德华
装帧设计　王莉娟

出版发行　大象出版社(郑州市开元路 16 号　邮政编码 450044)
发行科　0371-63863551　总编室　0371-65597936
网　　址　www.daxiang.cn
印　　刷　北京汇林印务有限公司
经　　销　各地新华书店经销
开　　本　787mm×1092mm　1/16
印　　张　18.75
字　　数　186 千字
版　　次　2018 年 1 月第 1 版　2018 年 1 月第 1 次印刷
定　　价　48.00 元

印厂地址　北京市大兴区黄村镇南六环磁各庄立交桥南 200 米(中轴路东侧)
邮政编码　102600　　电话　010-61264834

目录

辑一

辑二

辑三

辑一

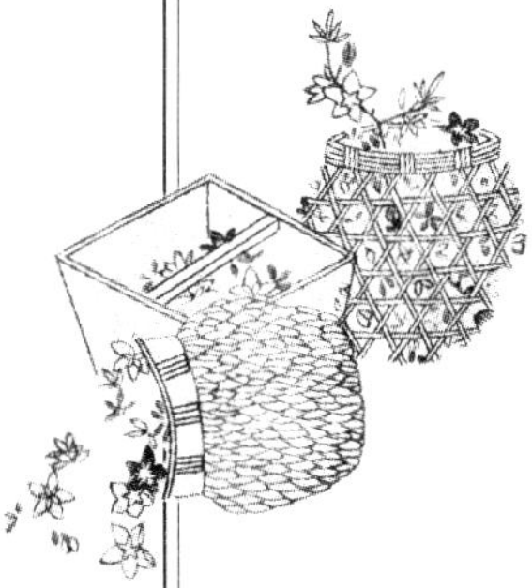

春秋那棵繁茂的树

一

两千五百年前的一个秋天，子产死了。

一棵大树的叶子开始下落，像一场庄严的降雪。

整个郑国哭成了一团。“我有子弟，子产诲之。我有田畴，子产殖之。子产而死，谁其嗣之？”

远远的还有一个人，哭得声泪俱下：子产，“古之遗爱也”。

孔子一哭，树叶子就全落了。

二

子产执郑国政务那么多年，死的时候，儿子连安葬的费用都拿不出。郑国人自发捐献，男男女女，有的甚至解下身上的首饰。子产的儿子坚决不收，父亲在世时清廉，死后也不能为他抹黑。

人们为子产所感，纷纷把金钱财物扔到了河里，变成纪念子产的另一种形式。这条河后来叫作了金水河。

现在这条河流经了郑州的主要市区。没有多少人知道这条河名字的由来。

子产病危嘱托儿子，生不占民财，死不占民地。人们踏着厚厚的叶子，把子产葬于高高的陉山，山上可以看到很远。墓没有使用山上美丽的石头，由人们从洧水边带来的卵石砌成。

红红黄黄的叶子纷扬着，旋起的风有些冷。

子产是那么热爱大自然。郑国遭旱，子产按“桑林求雨”的风俗，令屠击、祝款和竖柎三位大夫到桑山祭祀求雨。三位官员没祈到雨，却砍伐树木，毁坏了山林。子产很生气：“祭祀山神，应当培育保护山林，如何能这样毁坏？”遂将三人撤职。郑国后来到处林木葱茏。

一枚叶子在眼前晃，心内有一种晚来的悲伤。登上高高的陉山，那里的树该是好高好高了吧。

找寻了许久才看到一块子产待的地方。四处正在开山采石。子产睡的地方没有苍松翠柏，甚至没有一棵大树。一轮夕阳，苍然于山。

子产寂寞了许多年。

三

郑国所在地就是现在的新郑，有水有田的好地方，小麦和大枣都很养人。周国的齐、晋、秦、楚谁不觊觎？诸侯争霸，使郑国兵连祸结。而国内争权夺利，相互倾轧，陷入可怕的困境。多年的停滞和衰败后，子产应运而生，支撑危局。

那时候，百姓开发的耕地，总是被人仗着权势掠走。子产先从整顿田制入手。多占者没收，不足者补足，确定各家的土地所有权。而后改革军赋制度，增加税收，充实军饷，增强国力。接着将一系列法令刻铸于钟鼎，开创公布成文法的先例。

改革没有一帆风顺的。子产为政，也有人骂，唱着词编排他。

子产只当是落了一身秋风，落多了就抖抖身子。

子产主张国政宽厚仁慈，恩威并施，既依法治国，又施善于民。子产还重视教育、尊重人才。对于晋、楚强权外交，子产毫不惧让，维护郑国利益和独立的尊严。

司马迁在《史记》中这样说：子产为国相，执政一年，浪荡子不再轻浮嬉戏，老年人不必手提负重，儿童也不用下田耕种。两年之后，市场上买卖公平。三年过去，人们夜不闭户，路不拾遗。四年后，农民收工不需把农具带回家。五年后，男子不必都要服兵役。

有这样一位国相，且执政了二十六年，可见百姓和国家得到了多么大的实惠。

子产就是一棵蓊郁的大树，让人感到了他的阴凉。

四

我想沿着一枚叶子的纹路走到子产的内心去，苍远的岁月，他只活了六十来岁。我觉得他活得很充实，他不需要看谁的脸色，端正了一颗良心，什么都不怕。

子产是受郑国的上卿子皮推荐执掌国政的。子产应该感恩呢，子产感恩的方式就是好好工作，克己奉公。子皮找子产来了，他想让自己的家臣尹何当个邑卿什么的，子产热情地接待了，但很认真地认为，尹何还年轻，缺乏经验，恐怕难以胜任。答应了就等于毁了国家利益，也毁了尹何。

看到这里，我有些为子产担心，按现在的话说是不识时务。这时我们该为子皮感慨了，子皮听了反而感动了，认为是子产开导了自己，心内忏悔不说，还从这件事看到了子产对国家的忠诚和责任感，就放心地让子产执掌全国政务。这件事让人好一阵思索。那个时代，不仅遇到了子产，也可以说还遇到了子皮。

我想找找那个乡校，应该在哪一片地方呢？小的时候知道子产，是因为那篇著名的文章。

起初还以为那篇文章反映的是子产对教育的爱护，读完才知道文章说的是比教育更大的事情。在乡间，每个村子都有一片地方，不是场院就是大树下，人们总是有事没事在那里聚集，说些有用没用的话。当然会有些议论，甚至发些牢骚。有人讨厌这地方，要求关闭。子产搞的是民主政治，不毁掉公共场地，听从人们的心声。

不毁乡校成了子产的名策，所以《子产不毁乡校》代代流传。那个乡校要是留着，肯定成了重点保护单位。

想到了鱼。一个朋友给子产送礼物，说是上等的好鱼，十分鲜嫩。子产非常感激，乐呵呵收下，但又不忍杀掉无辜，活蹦乱跳的生命呀，子产便叫人将鱼放进了池中。虽然这鱼被下属偷偷下肚了，但鱼的族类还是为子产的善举狂欢劲舞。

一片秋叶掉进了池水，鱼们喁喁而围，发出啧啧的声响，池水中一片碎金乱银。

五

一大片的莲叶摇晃着微风，溱洧河还是那么清且涟漪。

子产曾在溱洧河边走，那时的水比现在的还大还清。

后来的人就在溱洧河边修了祠堂，纪念这位人们爱戴的圣贤。

圣贤不是我说的，古人就说“郑国的子产是不世出的圣贤”。

岁月流逝，子产祠建了毁，毁了建，一直持续了多少朝代，溱洧河水总有那祠堂的倒影。

人们到河边游玩，采莲浣衣，总要经过子产祠，不忘去缅怀祭拜，那是一个风景呢。子产祠现在也看不到了，真想到祠中上一炷香啊。有我这种想法的人许是很多呢。在溱洧河边，只能咏诵那些诗篇了，一代代写的诗篇何其多。

溱洧河边子产祠，郑侯城下黍离离。
惠人懿范应难见，君子高风何处追。
尘世几更山色在，英雄如梦鸟声悲。
行人马上空回首，落日荒郊不尽思。

这诗有些悲情，一匹马，一个人，一袭黄昏，一片庄稼地，当然还有一条河。

这些构成了“不尽思”的苍然画面。最后，我们看到了那个“回首”的特写。

诗人一定记住了子产的话：“苟利社稷，死生以之。”那是影响中国的名言之一，是后世众多名臣的座右铭。王安石改革时就说过类似的话。林则徐则有诗：苟利国家生死以，岂因祸福避趋之？

以前对子产了解得不够，自然也是宣传得不够。但古人可都知道，且崇敬无比。孔子先前这样评价子产：“其行己也恭，其事上也敬，其养民也惠，其使民也义。”还有人说：“子产之德过于管仲，即使是诸葛亮，也不过是以管仲、乐毅自况，不敢比拟子产。”更有将子产奉为“春秋第一人”，这可是至高赞誉了。

六

子产又字子美，这让我想起另一个叫子美的人。他或许也是因为崇尚子产而起的名字吧。

仰天看一棵树，就看到了子产那个清癯的形象。

子产有点像杜甫，一点也不高大魁梧，倒有些和善和忧怅。但这样让人感到真切，也感到亲切。

子产没有传下多少文字。

子产不需要文字的托举了，他本身就是一篇最好的文章。

拜谒三苏园

天要黑了，我才顺着一条弯弯曲曲的小道赶来，我不知道这条小道是不是原来的茶道。我已经远远地看到了莲花山，那里起了雾气。近了，才知道雾气不是来自山上，而是来自我要去的三苏园。

当年苏轼五走古茶道，就喜欢上这里的风物人情。这里的人爱喝茶，是从苏轼时开始，还是以前就有的习惯，只是苏轼来了，更加地有了热情？一直到现在，大街小巷，有着近三百个茶馆，茶的滋润使民风淳朴、社会和谐。有人问起三苏，立马热情相迎，招呼让座。

黄昏的田野一片红黄，红的是晚霞，黄的是麦浪，再有一早一晚，就该收割了。

三苏园好大好旷。已经没有了什么人，容我独自站立，我的心头正起波澜。仰头看天，一轮圆月早挂在那里，云走枝头，视线迷乱，那首词旁白出来，悠远的音声，满园轰然。站在三苏卧眠地，就像站在一个圣殿，一个离奇的境界，没有阴森感，倒是荡漾着一种激扬豪放的气息。

三座坟前各有一石头供台，香炉香壶，仅此而已。先葬的是苏轼，过后苏辙怕哥寂寞，从葬而来，再过后，父亲苏洵从老家以衣冠的名义来陪伴两个儿子。这样，“唐宋八大家”中的三家就聚成了大宋历史的一朵莲，同一座山汇成胜景无限。没有什么陪葬物，陪葬他们的，只有诗词文章。再就是不断有人来焚香，香烟袅袅，似一些话语，絮絮叨叨。有人会抓一把土去，觉得那土里有文气，使得坟永远不大。来的人都说，这样好，这样更显得近乎，生前不图地位显赫，死后更不图什么。但是显赫的是英名，是人们心里的位置。

这里葬的是苏轼吗？我对你有着一种特殊的情感。我曾经到过你的黄州，那是你生命中最难堪的一段，空庖寒菜，破灶湿苇。但你却写出了《赤壁怀古》，留下了《寒食帖》；我还去过惠州，你在那里吟出“日啖荔枝三百颗，不辞长作岭南人”的乐观和豁达，你把朝云葬在了那里，湖边的墓已经颓废不堪，我献上了一束新采的鲜花。“月有阴晴圆缺，人有悲欢离合”，“世事一场大梦，人生几度秋凉”。你虽拣尽寒枝，一蓑烟雨，却是“忧患来临，一笑置之”。文章诗词书画，无不在磨难中完美，茶道也有研究，并得个美食家的美名。随便打开诗词文集，打开书画食谱茶经，你都赫然其中。身后多少追随者，黄庭坚等四学士只是其一。你任性逍遥，随缘放旷，名纵千古，一身可爱。今世有男人慨叹你人生突围，昂昂灵魂不屈命运，有女人直言要嫁就嫁苏东坡，将你视为多个层面可倚靠的绝好。历史就是这样，毁弃一个人的同时，也成就了一个人。久久站立的时候，就觉得看到了一个须发飘逸的形象。

园子里的树也怪，棵棵西南斜，都是眉山方向。山风来袭，飒飒如雨。柏叶落了一层，下面有小芽拱出，承接一隙夕辉。继而发现，圪结草、星星棵、刺刺芽、曲曲菜，长得到处都是，喇叭花在墙头上爬，蒲公英在夕辉里飘。它们从三苏来的时候就来陪伴，时间比那些树还老。

旁边有三苏祠，连着前面的广庆寺，元代的三苏塑像和残碑断刻，说明三苏葬后不久即行修建。古柏森森，庙宇幢幢，大片竹林，斑驳成一片词韵。还有梅园，故作小红桃杏色，尚余孤瘦雪霜姿。都是三苏的喜欢。

不远有村，名苏坟村，“文革”时为保护三苏祠，村人将其作了学堂，牌匾用泥巴糊起来。这里不是三苏的老家，但他们喜欢三苏，崇敬三苏，把三苏当作自己的乡人，没事就到坟上看看，添添土，拉拉话。

三苏园构筑了郏县一景，凡来的人，无不对这个地方产生兴趣。

郏县境内有仰韶、龙山、裴李岗文化遗存，三苏的到来，又使其增添了文化底蕴。这里兴文重教，文庙修得全国扬名，文庙边上的街道叫麒麟街、柏树行街，透显着大气与沧桑。

近处有一条水，水叫蓝河。蓝河上有桥，就叫蓝桥。蓝河入汝河，再入淮河，《水经注》有记载。冢头曾是百里闻名的大码头，周围一片繁华，赶考的从这里下船，经商的在这里上岸。苏轼当年，一定走过这条很像江南的水道。后来有纪晓岚走过，惊叹不已。那水清澈而宽阔，大小船只来来往往，男人女人挤挤拥拥，不知发生多少故事，或也有“魂断蓝桥”的传奇。此地有好水，还有好泉，正合苏轼烹茶“精品厌凡泉”的要求，难怪人们爱饮茶。

一些村子围在三苏园的周围，村名好听得像词牌：雨霖头、竹园寨、龙头槐、马头王。其中一个临沣寨，不过六百人的村子，却留有很多明清建筑，红石砌就的城墙蜿蜒高耸，两道城河使得村民多少年不受匪患骚扰。

这里还有一个大名，叫广阔天地。三苏来后九百年，一批批的人在这里汲取养分，很多人成为国家栋梁之材。

这一切似乎都让人觉得，有一条脉系在暗暗涌动。

夜真的降临了，园子里更显得空廓静寂。出来时，又看到了苍莽的原野，麦田似雄浑的江水，浩瀚千里。天空广漠，明月越来越亮，晚风流暖，燕鸟低回，群峰如屏。“杳杳天低鹘没处，青山一发是中原。”三苏该是在这里安享歇息的。

园林上空氤氲的雾气，比我来时更浓了，让人觉得那是一种不朽的灵气。或还是那条古道，经过郏县穿越洛阳西去万里。起伏的鸟儿不时发出清脆的叫声，那叫声好亲切，多少年里都是这么亲切啊：

吃杯茶，吃杯茶吧——

赫赫始祖，吾华肇造

一

春天里，到处开着鲜花，芬芳在清明的空气里飘散。通往新郑的道路两旁就挤满了红红黄黄的桃花、枣花、油菜花，鲜花的中间，挤满了大大小小的车辆。

黄帝故里，人头攒动，香烟缭绕，一个小女孩问奶奶，俺们给谁烧香？奶奶说，给祖先。女孩说，谁是俺们的祖先？奶奶说，黄帝。女孩重复着奶奶的话，黄帝，他们都是给黄帝烧香吗？奶奶说，是啊，都是在给黄帝烧香。

从烧香的地方往前走，那里正在举行拜祖大典。来自全国各界的代表、全世界的华人代表聚集在这里，礼炮轰鸣，乐曲悠扬，颂歌高唱，施拜行礼，天地动容。

天边出现一道彩虹，小女孩喊起来，奶奶，彩虹！大家顺着喊声看去，中原大地上，真的出现了一道七彩的虹练，像一条祥龙。台湾来的连战也兴奋不已，说，祥瑞之兆啊！

“三月三，拜轩辕。”春秋时期的历史典籍中就有三月三朝拜黄帝的记载，唐代以后渐成规制，盛世官方主拜，乱世民间自办。每年三月初三在新郑公拜轩辕黄帝，是中华民族的传统大典。

儿时以为中华始祖叫的是皇帝，皇上的皇，后来知道是黄色的黄，猛一惊奇，这名字更好啊。黄帝站在黄土之上称王，黄土是中原特有，黄帝是中华特有。从此黄皮肤黄种人世代繁衍，延绵不断。中国出现文字之前，黄帝就在人们口中代代相传。有说公元前 2697 年黄帝出生，也有说那年黄帝二十岁，做了有熊国的国君。有熊就是新郑。道家把这一年作为道历元年。

《史记》中记载，黄帝一生下来，就显得异常神灵。生下没多久，便能说话，十五岁已经无所不通。司马迁距离黄帝时期有着很长的距离，他从传说及想象的路上走来。黄帝被称为轩辕，古书上说是因为他在战争中发明了一种战法。战时将士站在战车上，休战将居中，士阵列，中间一个出口。也有说黄帝居轩辕之丘，故得姓轩辕，还有说黄帝作轩冕之服，故谓轩辕。不管哪一种传说，我都信，都属于我们民族的特征。

我们的始祖还被传在泰山之巅指挥大军作战，目的是统一河山，制止纷乱。泰山之巍之稳，是那般有象征意义。传说黄帝还是上古名医，作于春秋战国时期的《黄帝内经》，也要托黄帝之名，只有黄帝才能达其高度和流传的广度。去洛阳总能听到河图洛书，表明天下安宁、大祥征兆的河图洛书的出现那么神奇，黄帝与天老游于河洛，先是三天大雾，后又七日大雨，接着就有黄龙捧图自河而出。

二

黄帝成为氏族首领之后，有熊氏的势力得到迅速发展，原始农业进入到高度繁荣阶段。《史记・五帝本纪》说轩辕黄帝的功绩之一是“艺五种”。“五种”就是黍、稷、菽、麦、稻。黄帝还掌握了平原农业的许多特点，《路史·疏仡纪·黄帝》说“岁时熟而亡凶，天地休通，五行期化，故风雨时节，而日月精明，星辰不失其行”。黄帝已经认识到挖掘土地的潜力，广耕耘，勤播种。黄帝在管理土地的制度上也有创新，黄帝之前，田地耕作混乱，黄帝以步丈亩，将全国土地重新划分，划成“井”字，中间一块为公田，归政府所有，四周八块为私田，由八家合种，并穿土凿井。这就是延续很长一段时间的井田制。此外，黄帝还开辟园圃，种植果木菜蔬，饲养兽禽。

这个时节走来一个女子。河边生长着翠绿的野桑，女子看到一棵棵树上都有白色的果实，摘下来看到里面一条晶莹的小虫在吐丝。这就是最早发现桑蚕的嫘祖。自从嫘祖发现桑蚕并且学会了缫丝织锦，人类有了自己的衣服。嫘祖是黄帝的元妃，黄帝把嫘祖的才能推而广之。

黄帝的背后，还有一个女人嫫母，史上一提美女就会举出一堆的名字，而丑女的代指就是嫫母。那么有名的黄帝，身边怎么会有一个有名的丑女？这许正是黄帝的伟大之处，为制止抢婚习俗而引发的纷争，黄帝决定选娶贤淑温柔而相貌丑陋的嫫母作为第四位妻子。黄帝说：“重美貌不重德者，非真美也；重德轻色者，才是真贤。”黄帝不是做秀，娶了嫫母就喜欢嫫母、信任嫫母，把管理后宫的事情交给她，并授以方相氏官位，利用她的相貌来驱邪。

黄帝不只得益于两位女性，他还富有智慧地指使着有不同智慧的能人，如让羲和与常仪负责观测太阳月亮，鬼臾区观测行星，伶伦创制律吕，大挠创立甲子，隶首发明算数，容成制作乐律和律历。黄帝还让伶伦和垂制造乐器，让仓颉造字，史皇作图，雍父造杵臼，夷牟和挥做弓矢，共鼓和货狄造舟。有了舟车可以远行，建造房屋以利居住，将华夏分为九州以便管理。这说明黄帝时期已经开始进入从蒙昧走向文明的征程。可以想见，明媚的阳光下，清广的田水边，一派三山五岭银锄落、笑语欢歌采桑忙的男耕女织景象。黄帝族经过夏、商、周三代与其他各族的冲突与融合，到战国时期基本形成了统一的华夏族。人民生活得以富足，国家疆域得以巩固。

三

微雨中，我踏上陕西黄帝陵的台阶，和我随行的是一群年轻的中学生，他们来自全国各地，是一帮子文字的精英。第一次拜谒高高的黄帝陵，原以为陵墓只是一个象征，当看到漫山遍野的已经老朽歪斜的苍天古树和一块块历代碑刻，才知晓那是天地认可的地方。桥山顶口立着“文武百官到此下马”的下马石，古代祭陵者，均须在此下马。陵前祭亭中一块高大石碑，上面原是蒋介石书写的“黄帝陵”，现在改成郭沫若的了。孙中山、蒋介石、毛泽东都表达过对轩辕黄帝的尊敬，历代皇帝也有到此祭拜的记载，宋、元、明、清还有保护黄帝陵的指示或通令。

据说全国共有黄帝陵七处，分布于甘肃、河南、山东、河北等地。河南灵宝和陕西黄陵、河北涿鹿每年都有祭祖活动，甘肃天水有轩辕文化节。从古至今，所有华夏子孙都把黄帝当作华夏文明的始祖来敬仰。

队列展开，恭立肃正，一个女学生朗朗颂道：

赫赫始祖，吾华肇造。

胄衍祀绵，岳峨河浩。

聪明睿知，光被遐荒。

建此伟业，雄立东方。

我忽然感觉这颂词接续了新郑黄帝故里的声音：

华夏各族　中原家乡

和平天下　国运兴昌

和睦百姓　社稷安康

同根同源　龙族荣光

拜祖也好，祭祖也好，都是一个意思，都有一个共同的祈愿。

每年的拜祖和祭祖大典，越来越多的中华子孙归来，中国台湾的，印尼的，新加坡的，马来西亚的，更远的来自欧洲、非洲、拉丁美洲的，他们举着旗帜，拉着横幅，给各方人士递着他们的联络方式，表明着他们的真诚。他们感觉着，来了就是来到家了，拜了黄帝就是找到了真正的根源。

这是一个节日，把大家聚在了一起，认识的不认识的，老的少的，有着各种各样口音的，相拥相抱，泪眼蒙胧。他们互赠礼物，互传文字，举办各种各样的研讨会、还乡会、茶话会，在会上朗诵自己的感怀，诉说自己的思念。他们来到黄河边，洛河、渭河边，登上嵩山、泰山、华山，他们激动啊，由黄帝创立的华夏之国，已经屹立于世界之巅。颂歌飘绕，钟磬萦响。他们拉起手来，就像五大洲的中国人拉起手来，像一条根系，将炎黄子孙的血脉紧紧相连。

大风起兮云飞扬

吾土吾心吾欢畅

四海之内皆和谐

吾思吾梦吾向往……

俊男潘安

一

郑州古时候多美女，《诗经·郑风》就写出了男人在郑都东门外见到众多美女的惊讶和赞叹。那可是笑靥灿然、缤纷照眼。可是你知否，郑州还出俊男，你或许会笑，咱翻翻积满历史尘埃的《晋书》，上面说，这俊男在洛阳走，洛阳你知道，当时的首都，有话“洛阳女儿好颜色”，也是美女如云的地方，美女一多就互相当镜子照，照自己也照他人，互相照着的时候，就照见了这个俊男，就为之癫狂不已，忘掉礼教矜持，跟着搭话说笑，还连手相拥，把个俊男围在中间，向他投掷花果。俊男少见这个阵势，善意笑着逃离，回去的时候，车上已经是满满的花果。这件事情，若不是当时传得到处都是，也不会进了严肃的史书。这个人就是潘安。

潘安从洛阳这么一走，就走成了大众情人。有个叫左思的，就是那个因写《三都赋》而“洛阳纸贵”的人，一直觉得自己很有男人气概，听说了潘安的好事，也想上街走一走，走是走了，却没有得到什么花果，而是一群韵香味艳的唾沫。左思好懊丧，左思右想去了。还有个张载，写了《剑阁铭》，晋武帝派人镌石的那人，也想上街一试，却被一群小儿用瓦片和石子撵了回来。

两人上演了一场男版的东施效颦。这世界是个世俗的世界，花遇蝶的感觉和花遇蝇的感觉是不一样的。左思、张载，文章上得了市面，人却容不得街景。这件事依然传得满洛阳，就又传到了《晋书》上。

俊颜也是会影响他人的，这里有着说不清的问题，其中可能就因妒忌而开罪什么人。有个人就现出了不满，这个人叫山涛，就是“竹林七贤”中那个被嵇康写绝交信的山涛山巨源，山涛在皇上面前说：“潘安之美，并不是真美，是他化妆化的。”然后给皇上献计，在烈日炎炎的夏天，宣潘安穿冬衣上朝，必然见分晓。潘安急匆匆换上冬天的朝服，顶着烈日在殿外等旨面君。等了很久皇上才召见，这时的潘安早已汗流浃背，脸上被汗一冲，愈加玉色凝脂，粉里透红，哪有什么粉妆。皇上龙颜大悦，极赞潘安的美是空前绝后。山巨源又一次陷入了尴尬的境地。

二

有人说，潘安不就那么一张脸？非也，潘岳不仅长了张锦绣皮面还写得一手锦绣文章，很早就名冠乡里。潘安祖父名瑾，做过安平太守。父亲名芘，曾是琅琊内史。这么好的条件，他十二岁就能作诗文，被乡里称为“奇童”，二十岁就写出著名的《藉田赋》。

潘安大名潘岳，字安仁，人家叫着潘安仁的时候，或许就把那个仁给省了。《文赋》将他与陆机齐名，“潘陆”就是潘安和陆机。梁钟嵘《诗品》将潘安作品列为上品，并有“潘才如江”的赞语。潘安的《西征赋》《秋兴赋》《寡妇赋》《闲居赋》《悼亡诗》都是诗赋中的名篇，流传后世有《潘黄门集》。

说归说，人们知道的，还是那个俊男潘安。中国历史几千年，潘安始终稳固着“大众情人”的民间地位。不都这么说嘛：“才比子建，貌若潘安”，“才比宋玉，貌似潘安”。再有，《金瓶梅》中王婆总结出完美男人的五项指标，第一点便是要貌若潘安。王实甫的《西厢记》里便以潘安代张生：“看你个离魂倩女，怎发付掷果潘安。”现在的黄梅戏《女驸马》，还有“我也曾赴过琼林宴，我也曾打马御街前。人人夸我潘安貌，原来纱帽罩婵娟”的唱词。

潘安小名檀奴，后世文学中，“檀奴”“檀郎”“潘郎”都成了俊美情郎的代名词。韦庄《江城子》中有词：“缓揭绣衾，抽皓腕，移凤枕，枕潘郎。”李后主《一斛珠》中言道：“烂嚼红茸，笑向檀郎唾。”都够骚艳的。

可见潘安貌对于审美的影响，潘安已成为千年来俊男的代称。

三

虽然长得帅，潘安却没有以此为资拈花问柳，而是对妻子用情专一。潘安十二岁时，与十岁的杨氏定亲，杨氏是晋代名儒杨肇的女儿。杨氏咱没见过，但可想象那人一定是既有内质的美，又有外在的秀，所以让潘安一生迷恋忠诚，二十多年，两人相濡以沫，感情甚笃。杨氏先其而殁，潘安悲痛欲绝，涕泪凝成三首《悼亡诗》，看到者无不跟着悲凄。李商隐就说“只有安仁能作诔，何曾宋玉解招魂”。多少年后，苏轼的《江城子》不知有无从这里受过感染。潘安此后一直独身未娶，更为千古佳话。“潘杨之好”

成了一个美词。就这一点，也够他成为无数女子梦中情人的理由。

还有一点让人感叹，潘安是个孝子。元康六年，母亲有了病，就毅然辞官照顾母亲。他在洛阳城南洛河旁造了一所房子，周围种了花草，栽了柳树，与母亲相亲相守。怕母亲烦闷，还经常驾车带着母亲出游。这时间他留下的名作就是《闲居赋》。事业和母亲，母亲为重，很得人们的称颂。二十四孝中“辞官奉母”就是说的潘安。

但是后来，潘安的一时之误，却把母亲连带进去，多少带有了悲剧色彩。

四

还得提提那个《藉田赋》，潘安二十岁时，逢晋武帝司马炎下乡耕田作秀，当时文人纷纷作诗拍马，潘安也凑热闹，一首《藉田赋》一下子声震朝野。人俊美，还写得好诗？嫉恨带来的结果，就是被排挤出朝廷，赋闲十年。青年人再有抱负也让你无用武之地。直到公元 296 年，潘安回到京城做官，已经四十有九。这中间“历尽坎坷路，少有顺畅时”，升升降降，似乎没有什么可说道的，很快就知天命了。没事就与一些人坐坐，喝喝茶赋赋诗，陆机、陆云、左思、刘琨以及大名鼎鼎的富翁石崇都在这个圈子中。潘安曾有《金谷集作诗》，写出他们欢饮笑谈的时光和清啸赏乐的友情，最后两句是“投分寄石友，白首同所归”，写得豪气冲天。

那个时候的社会背景很乱，搞不好就站错了队，或被人诟病。这个圈子就给人弄成了以贾谧为首的二十四人“政治集团”，贾谧是著名的丑皇后贾南风的侄子。贾谧欣赏潘安的才华，上朝的文辞多出自潘安之手。贾南风对潘安也不错，不错到什么地步，就只有潘安知道，反正也有传说称潘安和贾皇后有点儿那个。这或许是被那些杀潘安的人故意弄出来的，或许是一种无奈的应付，因为贾皇后着实是黑丑得可以。潘安毕竟是个小人物，左右不了自己的命运，或者说也想有一个好命运。别忘了那个时候正是“竹林七贤”的年代，一个个精神上都有点儿问题。不是人出了问题，是整个社会出了问题。贾皇后不会生子，又想长期左右朝政，就想把太子害了。有天晚上，贾后以惠帝生病为由，唤太子入朝，并设法将太子灌醉，哄他抄写一篇草书。太子醉得一塌糊涂，就照着乱抄一遍。太子哪里知道，抄的东西被进行了技术处理——成了一篇有谋反之意的文章。做技术处理这个活的，有人说是潘安，皇后安排潘安去做，潘安不做怕是不行。结果是，太子废为庶人，太子生母也被杀了。可是不久司马伦发动兵变入宫，尽诛贾后党羽，贾后被以金屑酒赐死。潘安势在难免。晋惠帝永康元年，潘安在洛阳被杀，并“夷三族”，时年五十三岁。

被槛车载送至东市时，潘安眼见白发苍苍的老母也身披锁具，这个孝子不禁泪如雨下，哭拜在地喊着：“是儿负了娘啊！”回头时又看见好友石崇一家几十口背插罪标，想起以前写的那句“投分寄石友，白首同所归”，本是讲两人友情笃深，一起终老田园，却一语成谶，血溅黄壤了。刚才说了，那个时代就是一个扭曲的时代，这一次光命丧权力争斗的就有万人之众，潘安只是其中一个小人物。非只美女多薄命，美男也如此。这次“杀身灭门”之祸，潘家只有因回老家扫墓等的四人逃脱。

按说潘安作为文臣才子、知名人士，谁要是说说话，或能逃脱一死。潘安去找了孙秀，早年潘安随其父在山东琅琊时，孙秀是父亲手下的小吏，潘安那时讨厌这人虚伪狡诈、两面三刀的本性，曾多次挞辱过他。但是仕途上走得顺畅的还多是这种人，现在人家当上了中书令，成了司马伦的红人。在人屋檐下，也得低低头了，潘安说：“还计较过去不愉快的事情吗？”孙秀正得意之时，自然不把以前的潘公子放在眼里，他对了一句《诗经》：“中心藏之，何日忘之。”潘安气愤地拂袖而去：“愿杀愿剐，潘某恭候！”

当时还没有给潘安定罪，只是受了牵连，孙秀落井下石，诬告潘安辱骂相国，司马伦珍惜潘安的人才，想留下自用，没有理会。但小人孙秀怕潘安不死，又诬告潘安及石崇、欧阳建等人阴谋奉淮南王允作乱，司马伦这才做出决定。

石崇的被杀也与孙秀有关，孙秀早就看上了石崇的婢妾绿珠，非要乘人之危夺爱，石崇将其婢妾数十人叫出让孙秀的使者挑选，尽管这些婢妾个个艳绝无比，但孙秀就要南国美女绿珠。石崇也算男人，坚持不给。孙秀大怒，极劝司马伦诛石崇，绿珠也跳楼自杀。

孙秀得逞一时，却不能舒心一世，后来也因陷害国家英才而触犯众怒，在宫廷斗争中，最终被乱刀砍死。

不过，很多人认为潘安的死是个冤案。因为其死因在东晋南北朝的史书中没有记载，只是三百年后，房玄龄写到的。所以很可能是误传。潘安的死因到底是什么，就真的不清楚了。

五

潘安是中牟大潘庄人。叫中牟是因为境内有个牟山，一千八百年前的官渡之战，就发生在中牟。去时问路于老乡，可知道潘安故里？可是知道，从这里往南再往东，一大片树林的地方就是。非常热情，那里面含了几分自豪呢！

走进潘安故里，曲径通幽处，池水荡漾，垂柳依依。墓地在树林后面，据说这墓经受了黄河的多次决堤，被埋在了黄土下面。棠梨点点在墓的四周白着，是潘安喜欢的花。

想起潘安三十岁后，重新被任用，当了河阳县令，河阳就是杜甫诗中的“急应河阳役，犹得备晨炊”的河阳，内心具有美质的潘安，治理山水时，引领百姓在道路两旁、田间地头、农家院落遍植桃李。几年后，河阳境内一片鲜花烂漫，秋天则硕果累累。时人号称“一县花”，潘安也被百姓戏称为“花县令”。

那么，这里花草缤纷，想是潘安喜欢的环境了。

圃田的列子

一

出郑州东去不远，有一个地方叫圃田。东西向的省道将这个地方打开，陇海线的火车使其合而又分。不知是沿袭还是巧合，列子故里竟就在这道路的旁边。初看到那个标示，还有些不以为然，现在都在争名人，有些地方打个旗号已经见怪不怪。回来查资料，真是有列子居郑国圃田的记载。

哦，那个“杞人忧天”“愚公移山”“夸父追日”的作者，战国时期的大学者列御寇列子就在这里啊！

转身就走进了圃田村。

穿山门、过钟楼、进大殿、绕廊房，一处处看去，脚步停在御风台，想象也停在这台子上：列子或就是从这里御风西去。《庄子·逍遥游》中，列子是一个能乘风遨游的神仙。《述异记》中也有，列子常在立春日乘风游八荒，立秋日返归，风至则草木皆生，去则草木摇落。后来列子也真的被渲染成了一个仙人，唐玄宗天宝年间曾诏封列子为冲虚真人，宋徽宗宣和年间也加封列子为冲虚观妙真君。列子升入了神仙的尊位。

看着想着的时候，眼前就浮现一幅画面：荒草疏离，烟霭凄迷，一个衣袂飘飘者鹏鸟斜风，倏忽间没入云霄。

脚步最后停驻在列子墓前。潮河环流，丘陵起伏，林木森森。

长久地盯着这抔老土，我甚至怀疑，那个仙人是否已经安息。这个早就进入传说中的人物，即使在民间，也说不好究竟是怎样的一个人。也许平时爱健身的列子，是练就了一身轻功，只是被后人越传越玄，传成了能飞的神人。列子既是仙人，也是凡人，仙时潇洒自如，随心所欲；凡时一介百姓，瘦弱书生，遇困顿，连锅都揭不开。在《子列子穷》里，我终于看到了列子的妻子，这让列子进入了生活或者说从生活中走了出来。正因为列子的平民色彩，所述也大都是平常人可以接受的道理。这是圃田的福分，也是列子的福分，圃田能使列子在这里潜心治学四十年，说明列子与圃田是相依相守互为默契的。

圃田曾是郑州至官渡间的一大薮泽，官渡即是“官渡之战”的那个官渡，是著名的古渡口。圃田在春秋名原圃，战国名囿中。水润草丰，古树参天，野物杂生，很有些气象，于是成了王侯狩猎的好去处，就像后来康熙喜欢的木兰围场。周穆王姬满统御天下时，就曾多次远离京城到圃田游玩、狩猎。一次周穆王在狩猎时遇一猛虎，不禁失色。卫士高奔戎上前与猛虎搏斗，最终生擒猛虎将其献给穆王。穆王令人将虎就近关在圃田西边的一个村子，这个村子就是现在郑州市中心的关虎屯。而后穆王又派人把那只虎运往了荥阳的汜水，也就是“锁天中枢、三秦咽喉”的虎牢关，是三英战吕布的地方。穆王姬满、宣王姬静都曾于此大会诸侯，进行狩猎活动。由于黄河决口淤塞而渐升为滩地，圃田更是美景加良田，成为人们喜居之所。圃田春草还是郑州的古八景之一。清乾隆年间郑州知州张钺曾作诗咏赞：“薮泽平铺嫩带烟，偶经酥雨倍芊绵。年年占得春风早，怀古重吟甫草篇。”光绪年间曾任郑州学正的朱炎昭亦作诗篇：“东都行狩几千年，此是天王旧圃田。鸟下绿芜春似海，马嘶碧甸草如烟。于今郑野风尘远，自惜周家雨露偏。几处牧歌牛铎响，依稀搏兽夕阳边。”可想当时的圃田是一处何样所在，那么列子在这里出现也就不足为奇了。

当时的圃田，即使有战乱，也相对平和安逸。这就使得聪敏的列子成了大气候。圃田春草作为风景而成为八景之一，列子当列入战国时期中国文化的“古八景”。说实在的，姓列的实为少见，上世纪初叶，国外有个人叫列宁，那个列也不是中国的姓。列氏当是一个大姓的，有说为炎帝神农氏的嫡传子嗣。在中华文明史中，列子是起了承上启下的作用的。他比孔子晚七八十年出生，他百年后，庄子出现。

二

从圃田向周边扩展，西部是商代古城郑州，还有先民群居生活的大河村，东去是后来的世界级大都市开封，北部有东方的母亲河汤汤流过，南则有人祖伏羲的诞生地。这样一个氛围是适合列子的。而他写到的杞国、鲁国以及太行、王屋，也都在圃田周围。原来读那些寓言的时候还有过疑问，怎么都写得那么具体？却是有来源的，列子从那时就懂得深入生活了。说不好是列子的寓言来自民间，还是列子的作品变成了民间文学。不管怎么说，列子是广众认可的最有名的作家之一。

我想重温一下那些启悟我们心智的寓言故事：

从前有个乡下人丢了一把斧子，他怀疑是邻家的儿子偷的。

此后，他观察那人的一言一行一举一动，无不像偷斧子的。后来，丢斧子的人在山谷里挖地时掘出了那件遗物。再留心察看邻居家的儿子，就觉得他走路的样子、脸色表情、言谈话语都不像是偷斧子的了。这是《疑邻盗斧》。

孔子到东方游说，路上遇到两个小孩子在争论，就上前问缘由。一个小孩说："我认为太阳刚出来时离人比较近，而到了中午太阳就离我们远了。"另一个小孩说："我认为太阳刚出来时离人比较远，而中午离我们近。"孔子感了兴趣，问各自的理由。一个小孩说："太阳刚出来的时候，好像车的盖蓬那么大；到了中午，它就只有盘子那么大了。这不正说明离我们远的看起来就小，离我们近的看起来就大吗？"另一个小孩说："太阳刚出来时，感到还有些凉凉的；到了中午，就热得跟泡在滚汤里一样。这不正说明离我们远的就感觉到凉，离我们近的就感觉到热吗？"孔子竟一时也判断不出谁对谁错了。这是《两小儿辩日》。

齐国有个人一心想发财，这天清早，他穿戴整齐来到集市，在卖金子的地方看见黄澄澄的金子，伸手抓了就走。官吏捉住他问："集市上这么多人，你为什么敢公然拿别人的金子？"此人回答："我拿金子的时候，眼睛里没有人，只有金子。"这就是《利令智昏》。

列子的作品可谓篇篇珠玉，读来妙趣横生，意味隽永。这些脍炙人口的寓言故事带给人很多可以咀嚼的道理，如做事情贵在坚持；以好心待人，必得到好的回报，以恶意待人，必得到恶报；在学习上不但要知其然，还要知其所以然；真正的本领是从勤学苦练中得来，知识技能没有穷尽，不能只学到皮毛就满足；等等。

我很想知道，列子这样一个人物为何这等聪慧，让所作进入一个又一个经典。也许这样的写作，就是列子融入社会、解说生命的一种方式，他沉浸在一个个寓言故事里，让那些故事伴随自己、提醒自己，也感染他人、警示他人。我觉得，在列子的作品里是有列子自己的，或也有我自己，这么觉着的时候，就感到离列子近了，就感到了列子的力量，就如汉语里成语的力量。

三

圃田南部的新郑是黄帝故里。列子对黄帝很是尊崇，按刘向的话说："其学本于黄帝老子，号曰道家。道家者，秉要执本，清虚无为，及其治身接物，务崇不兢，合于六经。"南面还有老子的出生地，列子受这个老乡的影响也很深。"清虚无为"即是由老子提出而列子发挥的。列子常以故事阐明自己的观点，比如那个《承蜩犹掇》，说孔子在林中看一位驼背老人在粘蝉，其准确度竟像用手取物，孔子感到奇妙，问可有道术。老人说明练习的艰苦性后说："虽然天地广大万物繁多，但我只看见蝉的翅膀，不容任何事物来分散我的注意力，怎能捉不到蝉呢！"孔子顾谓弟子曰："用志不分，乃凝于神。其佝偻丈人之谓乎！"

列子是个很虚心的人。他学射箭，偶尔射中了一次，关尹子说："你知道你射中靶心的原因吗？"列子说："不知道。"关尹子说："这样还不行。"列子回去后又练习射箭。三年后，列子又向关尹子请教。关尹子说："你知道射中靶心的原因了吗？"列子说："知道了！"关尹子说："好好把握这个技巧，不要让它荒废了。不光是射箭，治国修身也是这样。所以圣人不关心结果，而注重清楚整个过程。”

还有杨布打狗的故事：杨朱的弟弟叫杨布，有一天，他穿了件白色的衣服出门去。天下雨了，他把白色衣服脱下，穿着一套黑色的衣服回家。他家的狗认不出杨布，就迎上去对着他大叫。杨布非常恼火，拿了棍子要去打狗。杨朱说：“你不要打狗，你也会是这个样子的。假如你的狗出去的时候是白的，回来的时候变成黑的，你能够不奇怪吗？”

这样富含哲理的讲说在《列子》中是很多的，如列子问：“道术最高的人在深水中游泳不会窒息，入火不会烧伤，腾空行走而不恐惧，他们依靠的是什么？”关尹子道：“是纯气之守也，非智巧果敢之列。”就是说，他们依靠的是纯化本性，涵养元气，保持品德，而不是执意取巧的伎俩，所以能够通向自然。再比如，《黄帝》篇引粥子的话说：“欲刚，必以柔守之；欲强，必以弱保之。积于柔必刚，积于弱必强。”

作为一部哲学论著，《列子》对当时思想界关于有无本末的论题作出了独具特色的回应，也更体现了他对个体生命的关怀。可以这么说，《列子》之所以要讨论有无变化的问题，就是为了建构一套形而上的生命理论，以指导人们坦然面对世事自然。列子提出的人生观，就是达生乐死，活则善待生命，死则安逸顺然。知道生命的短暂，就要随心所欲地生活，而不违背自然的欲望，更不要被声名所累，被长生的企图所惑。这与儒家提倡的自我修养、清心寡欲有着本质的差别，更容易被百姓所接受。

史传列子一共花了 24 年证得了修真的极限，后来列子连谁是他的师父都不知道了，直把自己与自然互融为一个宁静和谐的整体。

四

正月十五元宵节，我又来到了圃田。

好热闹，完全是民间传承下来的带有点原始色彩的活动。高跷、舞龙的大场面，泥狗狗、吹糖人的小场景都构成了独特的氛围。器乐、锣鼓、炮仗、烟花配合着这种氛围。还有一种热闹，是夹在其间的“列子文化艺术节”。圃田人越来越感到了作为列子家乡人的骄傲，他们把列子做成了一种文化。杞人忧天的故事，愚公移山的故事，两小儿辩日的故事，都在这节日里展现出来。春天里，会有列子及其故事中人物的风筝，在圃田的旷野里翻飞。圃田，让人进入这里就会沉迷在一种与众不同的文化之中。

说实话，我觉得对列子这样的人物重视或者说宣扬得还有些不够，列子同老子和庄子应该有一比的。按照金克木的看法，《老子》是给王侯将相讲的哲学，《庄子》是给读书人讲的哲学，而《列子》是给平常人讲的哲学。既然如此，列子就直接进入了民间的记忆中。列子曾经是家喻户晓的，实际上，现在很多人知道那些成语，却不知是来自列子。而且列子在思想认识与文学理念上也是先进的，按现在的话说，是一个具有前瞻性的学者和作家，他的创作真的是如传说中的那样无拘无束，自由放达，想象斐然，视野极为辽阔，思路极为奇峻。也就不由得让人觉得这人真的是御风而行的非凡者。历史上像列子这样人仙合一的人物实为鲜见。“我欲乘风归去”——除了苏东坡，敢有御风而行的念想者不多。

离开的时候，又猛然想到了一个寓言：“海上之人有好沤鸟者，每旦之海上，从沤鸟游……”列子知道大海、去过海边吗？在那个年代，那样的道路，那样的交通工具，他怎样能从中原到达遥远的大海呢？如果没有到过，又是如何想象出了大海和鸥鸟呢？

我只能相信这位神人是御风而往了。

列子，真是少有能列于其侧者，不管是其人还是其作，都是一个历史的奇迹。

洗耳河畔的又一个春天

那个时候不知怎么了，都想着要把天下让给别人，而别人还不大乐意。不像后来人，别说让了，都是使尽各种办法占有天下。许由就唯恐这项大任落在自己头上。许由的智慧还是能够担此大任的，但许由不愿意跟人打打斗斗的，许由喜欢自己一个人清净，他心里透亮得很，所以尧一说禅位给他，他跑得比谁都快，以至于路途借住时还被人偷了一顶很不错的皮帽。许由如此更像一介农夫了，皮帽子和天下都是身外的，唯有自由是自己的。

箕山与嵩山相照，属于深山了，车子一路上迂回腾挪，山峰障眼，丘陵起伏，林木稀疏，野草蓬茸。当地朋友说，以前山上都是密密麻麻的林木，大炼钢铁时给毁了。箕山不仅有许由，巢父、伯益也都隐居于此。后来唐王绩有诗："家住箕山下，门枕颍水滨。不知今有汉，唯言昔避秦。"这里似乎成了避乱逍遥的好地方。

许由在一片山坡上盖起了房子，当起了自己的王。田地每年开花，许由看着那些花心里纷然，秋后结了果，许由去摘自己的收获。有人发现了许由，找到他的时候，许由已经是一个地道的农人了，他再不是那个戴着皮帽子、穿着长衫子给尧舜讲天下的老师。来人说了，尧要把九州长给许由去做。要说九州长是比这几亩田地好多了，不用费劲下力，一张口手下跑得比什么都快，多少人想这等好事还捞不着呢。许由是什么人？直恨怎么长了两只耳朵，让这样的话进去了，许由赶忙蹲在了水旁，不停地洗自己的耳朵。来人一看感觉许由一定是受了什么刺激，他走的时候许由还在那里洗耳朵，水清凉地进去又出来，如此循环往复，一切又是清清亮亮的了，风还是乡野里带有各种啁啾和馨香的风。许由看着那条水，洗掉的污浊已经流走了。

我来的时候，世上已经过去了数千年。地上漫了水，一片湿洇洇的，沾了一脚的泥。乡野的味道灌得满胸腹都是。车子进不去，山坡旁逸一条小路，路旁长满了野酸枣，一个老农正在堵水，看到我们，说来了啊，水漫了。我问这是哪里来的水，就听到了那个迷人的名字。老农说，洗耳河。他说得那么随便，看着我惊讶的神情，似疑问这不是洗耳河吗，俺从小就叫洗耳河。我说是呀，洗耳河，你知道怎么来的吗？那还用说，许由当年为了浇地从颍水引来的，听了不愿听的话，就洗自己的耳朵。我相信了这条水，老农说，以前水大，现在不成样子了。水绕着山盘旋而下，消失在了山弯那边。水前不远有一片屋子，却是显出了古老，说古老是因为屋子周围有那些老树，树长弯了长残了，多是老槐，生长得不快，一棵树竟然长在了房子里。当年许由住的比这个还要简陋，许由是知足的。

进到房子里，竟然看到一张许由的像，早先见过许由壮年的画像，俊朗慈善，这张老年的似乎更像一些，光着头，帽子被人偷了，就再也不戴，袒着胸，赤着脚，一副如来姿态，实际上如来还是讲究的，并且劳神的，许由则完全一个仙人。画像前有香炉，隐居到这样的荒僻之地，还是被人烧香拜了祖，一定不是许由的所愿。许由生儿育女，倒是弄得人丁兴旺，形成一个村子就叫了许由村。又慢慢形成一个许国，这是许由没有想到的，而成了国家又发生了争斗，许国也不知其果了，这也是许由没有想到的。一间屋子里跑出来一个小女孩，手里三两下就有了一把野菊。想问问她姓什么，女孩用花挡住一只眼睛不说话，另一只眼睛闪出羞来。老农说，她不姓许，她是外来户。

一股浓烈的香传过来，有什么拽住了脚步一样。蹲在水边，水依然清凉透彻，一个人的耳朵产生的幽默波澜还在荡漾着。这里是箕山脚下，抬眼就看见了那个东北西南向的山，山形如箕，名字是农家的。许由死后葬在山上，山也叫许由山。有个写《史记》的人登上过箕山，心情似也有不同，只是跑的路比我辛苦。

许由是阳城人，那里离他隐居的地方不远，这个阳城，后来又出现了一个人物，就是弄得争霸不已的陈胜。陈胜真成了王，拥有了想有的一切，住在豪华的宫殿里，却将同耕的朋友忘却了，也不会保江山，时间不长死于乱刀之下。陈胜喊出的那句“帝王将相宁有种乎”的话语，许由要是听到了，一定又要去洗耳了。阳城后来被叫成了告成，是因为武则天登封嵩山，在阳城举行庆祝大宴，意为大功告成。这也闹闹嚷嚷地扰乱了许由的初衷。最理解许由的是那个采菊东篱下，悠然见南山的人，许由天下都不要，还会要区区一个县令？想起来的路上，当地的朋友指着一个草坡，说这里每年春天都有自由寻偶的节日，就像《诗经》中描写的那样，成为一种民俗了。箕山脚下从古就是一个崇尚天然的区域。

站在高处的时候，就知晓了那些芳香从哪里来的了。那是远远近近的大片大片的油菜，还有红红黄黄的山花，难怪许由会看中这样的地方。虽历史经年，物是人非，但大地还是老样子，始终有旺盛的种子在开花。

香山上的香山居士

一

白居易去世一千一百六十五年后的秋天，我来香山。

下起了雨，淅淅沥沥的。在茂密的香山上攀，雨不能直接落下来，被那些树淡化了。踏上窄窄的石阶，石阶蜿蜿蜒蜒，通向高处。前面一个女子，白色长裙，露一双穿凉鞋的脚。不知道白居易的墓地，只能跟着这脚一步步地走。女子的前面还有人在攀，指向坚毅。到香山上来，多是一个目的吧。

跟着这长裙真就到了白居易的墓前。

我发现这是一个组织，他们还举行了简短的仪式，包括向白居易墓献花鞠躬，然后有人讲说。这时我才知道，这是一群韩国人。他们一起背诵白居易的诗句，回顾白居易的生平。从另一个国度冒雨而来，有老有少，年纪最轻的，就是那位长裙女子。

来寻根问祖？我的猜想得到了证实。我后来看到了报道，白居易的后裔有三十多万分布在韩国各地。他们成立了白氏全国宗亲会，这是韩国有较大影响的民间组织。我从那清秀的脸上望过去，看到一张张苍老的面容。直到我离去，他们还在那里，有的绕着墓地，有的抓起一把泥土，有的在树上挂上小纸条。我的眼里涌出了泪水。白居易，我们中华民族的杰出先人，依然活在人们的心里！

白居易祖父白湟曾任巩县县令，与当时的新郑县令是好友。见新郑山川秀美，民风淳朴，白湟十分喜爱，就举家迁移到新郑城西的东郭宅村。新郑可是非同寻常的地方，轩辕黄帝就诞生在那里，而且还曾是韩国和郑国的都城。那里有片水，叫溱洧，《诗经》中专门写过，至今还清且涟漪。

一代诗人在唐代宗大历七年正月二十降生。他在新郑一直生活到十一岁，那是童年最好的时光。所以大和元年时，白居易自苏州离任返回洛阳途中，在新郑又住了一宿："去时十一二，今年五十六。追思儿戏时，宛然犹在目。"白居易活了七十五岁，死后没有埋在家乡，而是葬在了他久居的洛阳香山琵琶峰上，应了他"香山居士"的号，琵琶峰又与他曾经作的《琵琶行》相合，墓志是同为河南老乡、也是诗坛奇俊的李商隐写的。

二

那次去杭州，迎接我的是一场罕见大雪，壮观的雪降在西湖上，茫茫一片白。白堤，同这场雪对应了，堤上的柳在风中一斜一斜，枝条也成了白条。不知道白居易当年可曾经历过这等美景。白居易修建白堤，只为蓄水灌田，却成了西湖一个胜景。当时朝中很乱，朋党倾轧。白居易怕再被伤害，请求下去挂职，皇上批准了，先让他做杭州刺史，后又任苏州刺史，都是天堂之地。白居易很舒心，干得也好，留下了千古美名。若不是小人当道，被贬谪或外派，白居易没有那么多的体察，中国的文学也不可能那么丰赡。

白居易是一个想有作为的人，总是上书皇帝，提合理化建议。四十四岁时，宰相武元衡和御史中丞裴度遭人暗杀，当权的宦官集团却不急于处理。白居易上疏要求严缉凶手。那些人能舒服吗？一说他抢在谏官之前议论朝政是僭越，二说他母亲是看花时掉井里死的，他写赏花诗有伤孝道。实际上也有那些讽喻诗的影响，白居易被贬为江州司马。这对他思想上打击很大，自比天涯沦落人。江州水边送客，逢到了一个歌女，不禁泪洒青衫，有了一篇《琵琶行》，和《长恨歌》同属于他最成功的作品。那种声随情起、情随事迁的歌咏有一种震撼人心的力量。“东船西舫悄无言，唯见江心秋月白。”“行宫见月伤心色，夜雨闻铃肠断声。”凄冷的月色、淅沥的夜雨、断肠的铃声，此背景下的人物统统染上了凄伤怅惘之色，读了令人唏嘘不已。

我去九江，江边已有琵琶亭，不知是不是琵琶的弹唱地。上到庐山顶，走进花径，倒是白居易消闲的所在。一尊立像，显出洒脱自如的姿态，仿若他当时“面上灭除忧喜色，胸中消尽是非心”的心境。

三

《长恨歌》也好，《琵琶行》也好，都能从中看出白居易是个很重感情的人。白居易十一岁时，因避家乡战乱离开新郑，随母亲到父亲做官的地方徐州符离。邻居有个比他小四岁的女孩湘灵，活泼可爱，成了他青梅竹马的玩伴。白居易有一首诗《邻女》，便是追述十五岁时的湘灵。白居易还有《寄湘灵》《寒闺夜》和

《长相思》，见出与湘灵感情笃深。白居易二十九岁考中进士，回符离住了近十个月，恳切向母亲要求与湘灵结婚，未被允许，白居易怀着痛苦的心情离开了家。贞元二十年秋，白居易作了校书郎，要将家迁至长安，回家再次苦求母亲允许他和湘灵成亲，被门户大于一切的母亲再次拒绝，且不让他们见面。白居易写了《冬至夜怀湘灵》《感秋寄远》和《寄远》怀念湘灵。白居易直到三十七岁，才与同僚好友的堂妹杨氏结了婚，不知道是否与此有关。他对妻子还是不错的，有《赠内》诗："生为同室亲，死为同穴尘。"但婚后仍没有断掉那份念想，写有《夜雨》《感镜》等。终有一次，白居易被贬江州途中，和杨夫人一起遇见了漂泊的湘灵父女，时湘灵已经四十岁，一直未婚。白居易与湘灵抱头痛哭一场，并写下了《逢旧》。这一点，让人传为佳话。

白居易不仅写有《卖炭翁》这类反映社会现实的诗歌，还有很多写女性的，贫苦的农妇、守陵的宫女、沦落的歌妓、闺中的怨妇等，表明了他对女性命运的关注与同情。另一方面，他有些诗作却显现出了对女性的不恭，因而让人诟病。

让人颇有微词的还有家姬。蓄养家姬是唐朝上流社会一种流行做派，白居易也未能免俗，甚至大大超过了当时规定的数目。白居易当时是正四品，按规定只能蓄女妓三人，但他的家姬知姓名的便有十几个，而且还频繁地更换。最出名的是小蛮和樊素。唐孟棨《本事诗·事感》中载："白尚书姬人樊素善歌，妓人小蛮善舞，尝为诗曰：樱桃樊素口，杨柳小蛮腰。"是说樊素的嘴巧艳如樱桃，小蛮的腰柔细如杨柳。现代人形容美女樱桃嘴、小蛮腰，就是从白居易那儿来的。老暮中的白居易，无力逐风捉柳了，还是让樊素和小蛮离开了，尽管樊素和小蛮跟老白还不错。

四

有人不大喜欢白居易，还与他做的有些事情有关。

徐州的朋友邀我去走走，我走到了燕子楼。燕子楼是徐州守帅张愔生前为关盼盼建的别墅。关盼盼原是妓女，被张纳为小妾。张愔病逝后，张家的妻妾纷纷自寻出路，关盼盼却不辞守节。燕子楼因而扬名。而助其扬名的还有白居易。白居易曾到张愔府上做客，张愔高兴地让关盼盼为客人歌舞，白居易看得眼直，赞叹不已，说关盼盼是“醉娇胜不得，风袅牡丹花”。

张愔去世后，关盼盼十五年不嫁，白居易写了一首诗：“黄金不惜买娥眉，拣得如花四五枚。歌舞教成心力尽，一朝身去不相随。”这就不明白白居易的意思了。关盼盼边读边流泪：我为张愔守节十几年，并非惜命不肯随之而去，而是怕千年以后，人们议论我夫重色，有从死的爱妾殉身，岂不损害了我夫的德行？于是写诗回答了白居易，然后绝食而死。白居易的诗分明就是一把利剑。关盼盼死后白居易很是震惊，却没有为此再写一首《长恨歌》。

多少年前，在成都郊外一片翠竹林里，我第一次知道了女诗人薛涛，还知道了她是元稹的相知，两个人有过密切的交情。后来负心的是元稹，让一个才貌双全的女诗人独守江边。元稹、白居易私交甚笃，相互唱和九百章，两人的文学观也接近，时人称“元白”。元稹离去后，薛涛闭门谢客，远离诗酒花韵之事。但十多年后，白居易却给薛涛写了一首诗，表示出某种暧昧之情。

这点做得不是太光彩。所以他编《白氏长庆集》没有收录这首诗，因为《白氏长庆集》要请元稹作序，怕元稹看见吧。

一个人总有他的多面性。但白居易的文才是难以掩盖的，诗史上的“李杜白”，占有着重要地位。

五

白居易的生活没有像苏轼和杜甫那样出现过窘迫，身边总是有酒又有女人，而且酒还都是好酒，除了自家精心酿制的，还有市上购得和朋友相送的。饮者大多是社会名流，多有丝竹伴奏，僮妓侍奉。他走的地方也不是很艰苦，大都临水，古时临水之地大都较为繁华。晚年久居的洛阳，也是繁华都市。

白居易常常边喝酒，边操琴，边吟诗。有时乘兴到野外游玩，车两边的竹竿悬着酒壶，抱琴引酌。白家有池塘，可泛舟，他在舟上宴请宾客，命人在舟旁吊百余酒囊，喝完一只再拉起一只，直至尽兴。

白居易余诗二千八百首，饮酒诗八百。可见不输李白。都还记得白居易写的《问刘十九》：“绿蚁新醅酒，红泥小火炉。晚来天欲雪，能饮一杯无？”是个性情中人。

白居易去世多时，人们前来拜墓，还是杯酒祭奠，墓前的地上常是湿漉漉的，一片酒的香气。

退出历史视线的那个商人

一

公元前627年的二月，天还是很冷，风从太白岭上刮过来，吹着那些纷乱的旗帜呼呼啦啦的，就更是感到寒冷。大军过了函谷关，就下起了雪，雪花一直伴随着到了周朝的都城洛阳。战车在洛阳的城外威武而过，再往前就是滑国了，绕过滑国，过了虎牢关，百里奚的儿子孟明和蹇叔的儿子西乞、白乙商量着先安营扎寨，休息后便向郑国发动偷袭。

秦国之所以动用重兵偷袭郑国，还要说说缘由。

公元前632年的城濮之战，晋文公打败了强敌楚国，奠定了晋国的霸主地位。原来归附楚国的陈、蔡、郑三国立刻同晋国会盟，但是害怕楚国报复的郑国暗地里还跟楚国结盟。晋文公知道后很生气，约上秦国征伐郑国，两国军队从四面包围了郑国。郑国使臣烛之武偷着去见秦穆公，说秦晋两国联手打郑国，郑国一败，土地归了晋国，晋国势力大了，明天就可能犯秦国，秦国能得什么好处呢？秦穆公一想是这么个理，便跟郑国单独讲和，还派了三个将军并两千人马，替郑国防守。晋文公一瞧秦军走了，生气之余又怕秦郑联手，也和郑国订了盟约，撤兵了。这也是一招狠棋。秦穆公得到消息，心里不痛快却无法发作。两年后，郑文公、晋文公先后病死，这可是个好机会，尤其是晋文公重耳，一代霸主死去，晋国举国悲伤，尚没有发丧。有人劝秦穆公趁此攻打郑国，晋国肯定不会出兵。留在郑国的将军也送信说，郑国北门掌管在秦军之手，只等秦国大军来袭，这样里应外合，会一举灭掉郑国。

此意正是秦穆公心里开的花，但是老臣百里奚和蹇叔都不这么认为，他们看到了白色的纸花，一千五百里的路，劳师以远，不堪一战啊。秦穆公不听，并且派他们的儿子为大将，这下蹇叔哭了，蹇叔是在儿子出征时拉着儿子哭的，蹇叔说：晋军必设伏于崤山。崤山有两个山陵，南陵是夏王的陵墓所在，北陵周文王在那里避过风雨，秦军必葬身于此处。蹇叔也真是，怎么能说这样的丧气话？

秦国的军队那个时候还是很棒的，郑国相对就弱得多。大军接受了军令，就这样怀着鲜花和纸花的心思走到了郑国的边上。

二

从郑国出来的官道上，走来另一支队伍，那是一支雄健的牛队，正享受着雪后的阳光，朝着洛阳的方向行进，队伍的领导者叫弦高，郑国的商人。那个时候做买卖不是太让人看重，在“各阶层分析”里，也是排得靠后的，不像现在，一说商人，就和大款联系起来，让一些有权的、有颜值的眼里放光。弦高为什么选中这个职业，就只有他自己知道了。其实经商的人脑子是很好使的。弦高就是讨厌权势阶层的尔虞我诈，况且政治形势不稳，说不定在什么时候就掉了脑袋。弦高活在自己的自在中。这不，这么一个牛群进入周都，就会立时赚回一大笔响当当的钱币来。

弦高正走着，就有人来报，说似乎前面有军队。弦高吃了一惊，亲自观察后认为，这确实是一支有备而来的大军，战车齐整，兵员众多，在通向郑国的道路上，不是朝郑国来又是向着哪里呢？可郑国似乎一点防备都没有啊，出城的时候，守城士兵懒散得像一群醉鬼。百姓也是在冬闲的时光里说笑着晒太阳。谁知道一场血腥的杀戮会临近呢？再看那旗帜，是秦军无疑。这些年，秦国和晋国一直对郑国耿耿于怀，都想吞并郑国扩大自己的势力范围。郑国夹在几个强国之间，跟这个好了不是，跟那个好了也不是，不跟他们好了更不是，郑国一直寻找不出一个好的办法。好在还有像弦高这样有正义感和爱国心的人。

弦高感到了事情的严重。他立即派人返回去向郑国报信，自己看了看那群皮毛光亮的牛。

军队整装待发，孟明正要发布命令，一个探子来报，说一个客使要求见军队的最高首领。孟明列阵迎候，进来的自称郑国使臣的不是别人，正是弦高。弦高拿着架势，真的像一个使者一般，行觐见礼，说是郑国国君听说秦国军队路过，特来犒军，共带来肥牛一十二头，熟牛皮四张，另外大军所在，可以尽享供应，直待大军离去。孟明和他的副将对了一下吃惊的眼光，怎么郑国已经有了防备呢？那么内应的事情看来也暴露了，这样还怎么偷袭呢？

三

再说另一面，弦高派的人很快到了郑国，郑穆公听到报告，派人到帮助守卫郑城的秦军驻地打探，果真秦军已捆好行装，准备好马匹，正磨刀霍霍。郑穆公就派皇武子对秦将杞子说，我们这里太穷，粮草也不多了，听说你们准备离开，那就到郑国园圃里猎取点麋鹿好了。杞子知道阴谋败露，又恐回秦国获罪，就仓皇逃到了齐国，另两个将军逢孙和杨孙逃到了宋国。

孟明无心再进攻了。为不致无功而返，秦军就顺手灭了滑国。滑国很小，就是现在的偃师一带，多少年后，那里走出了一个唐玄奘。滑国在周朝都城洛阳的边上，周天子很不高兴，但是不高兴又能怎么样？那时没有谁还把周天子放在眼皮下了，何况实力强大的秦军呢。但是秦军不知，还有比秦军更强的一支军队正等着自己呢，地点就在崤山。

别忘了蹇叔的眼泪。四月，秦军往回走入了崤山天险，那崤山是河南陕县（今三门峡陕州区）东边的一个关隘，我现在去看，依然山势陡峭，奇险无比。此地属于晋国辖地，来的时候秦军顺利通过，回去的时候却不知道晋襄公着丧服亲自督军，在东、西崤山之间设下埋伏。当秦军全部进入崤山峡谷，晋国的军队突然杀出。尽管秦军英勇拼杀，架不住劳师疲惫以及地势之劣，终于全军覆没，孟明、西乞、白乙三帅被俘。

郑国不战而胜，欢喜啊，能不喜吗？自己没有伤到半点毫毛，有人还为自己出了口气，而且晋国吊胖，也是要伤些皮肉的，两个强敌各有损伤，自己独好。郑国的国君郑穆公想起来就感激那个撂下自家生意，舍财挺身、不战退敌的弦高，要以存国之功犒赏他。喜极之际便大宴群臣，让弦高坐上座，并提出要给予重赏。

要说此事弦高值得炫耀，也值得在功劳簿上躺一躺的，何况郑穆公也拿出了诚意。有句话叫朝里有人好做官，更别说做生意了，和一国之君挂上边，那是生意人想都想不来的，何况是对于郑国有功之商人呢？但是弦高不这么看，人家做事是无私欲的，纯粹是出于对郑国的热爱，谁不爱自己的祖国呢？弦高觉得为祖国做事也就是为自己做了一件事，不值得挂记在心，更不需要国家来赏，而自己假借国家使臣的行为也是一种欺瞒行为，事先也没有征得国君同意，如果加赏，就会坏了国家纲常。

那么，这个不说了，十二头牛也没想着要赔，好好做自己的生意总可以吧？举国上下一定都知道了弦高救国的事，十二头牛简直就是活广告，借此做什么生意能不亨通呢？可是，弦高竟然辞谢后就退走了，而且退得远远的，甚至退出了国门，也没有到周朝的首都洛阳，那个他常去的地方。人们不知道他去了哪里，他一直退出了历史的视线。

四

那个勇敢的、仁义的、智慧的爱国商人弦高，只是在《左传》的一个段落里提及了一下，就一闪不见了。然而人们不会忘记他，到了唐代，诗人吴筠在《高士咏·郑商人弦高》中还写道：卓哉弦高子，商隐独摽奇。效谋全郑国，矫命犒秦师。赏神义不受，存公灭其私。虚心贵无名，远迹居九夷。

多少年后，在江西的婺源，看到了县城曾经的名字：弦高镇。这是中国以弦高名字命名的唯一地方，名字叫了许多年。莫非弦高来到了这里？婺源在安徽和江西交界地，属僻远之所。我查找了很多资料，没有得出一点结论。为什么叫弦高镇，谁也说不清，有说可能是跟地势风貌有关。镇子后来就又叫了紫阳镇。

又过了多少年，郑州紫荆山百货大楼前面，出现了一尊雕塑，是人们想象的商人弦高。郑州是应该记住弦高的，那是他们的老乡，值得说道的老乡。郑州被称为商城，一是因为这里是商都，有完整的商城遗址，还因为商铺林立，是全国商家抢占之地。经商的进货的，各种各样的口音在这里汇聚。尤其车站周围的店铺，早上五六点就人头攒动，在其他的省会是没有的现象。这或许与郑州人弦高没有多大关系。但是后来人们发现，越来越多的商家抬出了弦高，很多商界学术会、研讨班，会把弦高说成中国历史第一商人，也会将他的爱国举动和精神大力宣扬，以壮商家声誉。

这是退隐的弦高没有想到的，或许也是弦高不愿想到的。

西去的韩非子

一

韩非子沿着历史走来。

他走上秦宫外荒草弥漫的小道，小道上洒有他没有饮尽的酒。韩非不是不想饮尽，他很想让那刻有鱼鸟花纹的漂亮酒壶见底，以尽量满足秦王和李斯的心意。

一个话语迟钝、只会著书立说搞研究的人，怎么会想到能招来杀身之祸呢？也许默默地在老家的哪座案头，读一会儿闲书，看看窗外的鸟，还能够悠然一生。可谁让他的文字会像鸟一样飞呢？而且飞到了秦国，飞到了秦王的案头。

说实在的，秦王是对韩非充满仰慕之情的，只是这个情不能近挨，只能远怀，有距离感，就好办，一旦得手近身，就不一样了。

当初秦王嬴政看不得韩非的文字，看了就痛快得想哭，《孤愤》《五蠹》《说难》，都是绝世名言啊。你看，文章主张，国家的大权要集中在君主一人手里，应该使用各种手段清除世袭的奴隶主贵族，应该选拔一批经过实践锻炼的人充实各部委和军队，要改革和实行法治，制定了法，就严格执行，任何人不能例外。还有，要实行严刑重罚，这样人们才会顺从，社会才能安定，统治才能巩固。说得多好，真是说到了秦王的心里。若能见到此人，和他畅叙，真是死而无憾啊。秦王嬴政发这种慨叹的时候，李斯正在秦王的喜爱中步步高升，但这并不影响秦王对韩非的喜爱。

知道韩非在韩国，秦王迫不及待地发兵攻韩。韩王为保全韩国，不得不让韩非出使秦国。秦王终于见到了韩非，大礼相待。说起来秦王对韩非有知遇之情，韩非不会不明白，韩非无奈又有些感动，秦王还算是一个人物，韩非已开始同秦王交心了。而这个时候来了一壶酒，韩非也就知道，搞政治的人终是疑心太重，何况韩非的著作对于帝王之术、统治之术的分析那么透彻，让秦王对这种才华佩服的同时又暗生恐惧，何况自己还是韩国公子，何况还有人一旁添油加醋，而这个人又是秦王信任的李斯。

二

尽管秦王与李斯后来有了旷世之功，我仍然在某个层面看出了那戛然有声的人性裂痕，那是任何美妙的材料都无法焊实的。秦始皇很难说不想着韩非的好处，统一中国后，他采取的许多政治措施，仍旧是韩非理论的应用和发展。

几滴浊流落地，地上立即滚动起焦糊的泡沫，韩非知道那是什么东西产生的结果。韩非该走了，他没有任何留恋。

倒是秦王有些后悔，想起当初的渴慕："嗟呼，寡人得见此人与之游，死不恨矣！"又想赶紧挽回，然而一切都晚了。韩非的酒壶呛啷落地，发出了金石之声。那声音让后来的司马迁为之一震，怅叹的泪水洒落在冰凉的竹简上。

如果韩非多活几年，《韩非子》献给这个世界的礼物会更加丰厚，《自相矛盾》《心不在马》《讳疾忌医》《宋人疑邻》《击鼓戏民》《酒酸与恶狗》《子罕不受玉》……试看韩非之后两千年，有出《韩非子》其右的吗？难怪秦皇、李斯难容，人若超越别人太多，别人的妒忌也会生出刀来。

李斯，那么好的一个朋友，志同道合的受荀子器重的同窗，三年后告别老师，路口相别，一个决意报国，向韩国老家走去；一个对家乡不抱希望，转身离开楚国向西。虽同含一腔抱负，却从开始就看出了异同。

我不大喜欢李斯，尽管他很会玩政治。他把政治玩得官至丞相，让秦国剿灭了六国，为秦始皇定郡县制，焚书坑儒，以小篆为标准统一文字，后又推立二世胡亥。可谓玩得都很漂亮。只是玩得过于漂亮的人结局都不怎么好，不是人怒就是天怨，李斯的结局不比韩非好到哪里去。公元前 210 年，秦始皇死后，李斯为自己的既得利益，附和赵高伪造遗诏，杀太子扶苏，立胡亥为帝。赵高专权后，又诬陷李斯谋反，将其处以五种酷刑：脸上刺字，割掉鼻子，断舌，砍趾，腰斩于市，并被夷灭三族。

从现在的地域来看，李斯和韩非两家离得并不远，说句那啥话，都是河南老乡哩。起初韩非进入秦国，李斯也是极力美言的。一切就怕时间，时间能杀人。李斯或许也不是妒忌韩非，他是从大的方面考虑，若韩非入朝为官，作为韩国公子必定阻碍秦国攻韩，拖延统一的步伐。若是韩非回国，也必定协助韩国御秦，成为秦国无法逾越的障碍。无论从哪个角度说，韩非都是要被除掉的。

三

韩非只有走出这个世界。韩非走出荒草漠漠的小道，转上漫漫官道。

韩国的城墙还在，春天的风把阳光吹动起来，在一叶叶的草上晶莹。黄黄的土这里那里坍塌出残破。斜刺里的一棵树，把阳光又顶起来，让一些鸟儿在上面飞。韩非临走的时候，是出的哪道城门？他或许道了一声，说我还会回来的。一道水，映照着昨日的辉煌。有多少中原人，从这里走出去，就再也没有回来。

我站在郑韩故城上遥遥西望。在韩非的文章里，多是故乡一带的典故。故乡的风写满了对他的思念和怀想。

风从教室的窗子传出，那是朗朗的读书声，不，在整个中国，乃至世界各地的孔子学院，都有如此的风声。

韩非子还在向着中原走。渐渐地，我已经看不见他了，他似乎没入了一片草。

我看见一只螳螂在爬，它的前面是一只叫得正起劲的蝉，而它的身后有一只黄雀，黄雀的后面呢？一架弹弓正在瞄准。

我还看到一个郑国人拿着鞋的尺码往集市上跑，他是急着要为自己的脚买双鞋子，到店里发现把量好的尺码忘家里了，懊丧地赶紧去取，脚跟着他他却没让脚去试那鞋，反而让脚又一次劳顿，等气喘吁吁地赶到，人家却下班了。

还有个人在画鬼，那鬼画得狰狞无比，齐王问他为什么画鬼，他说，画鬼最容易，鬼没有人见过，而要是画狗、画马，就难了，都见过，画不像了人家不买账。

一个人在路边哭，他拿着一块璞玉本来是献给厉王的，匠人说那只是一块石头，厉王偏听偏信，一怒之下使他失去了左脚。武王上台，他还是要献美玉，武王仍偏听偏信，砍去了他的右脚。直到文王走来，发现他三天三夜的哭声里的真诚和冤屈，让人雕琢，一块真正的宝玉惊世骇俗。失去了两只脚，却坚持着换取一个真实，卞和他不悔。

一只兔子在狂奔，可能是遇到了麻烦，以致慌不择路遇到了更大的麻烦，一棵树被它撞上，树没咋的，兔子的脖子却咋的了。一个耕田的农人捡到了便宜，以为就此这便宜会不断地来，于是放下农活，每天守着等这便宜。他没有等到再遇见麻烦的兔子，反倒是自己遇了麻烦，被韩非写到书里，笑得哪里都是。

一个个故事，有着历史与现实的深刻意义，在那个时候，韩非就已经知道这个民族还有很多需要警诫的地方，而运用的寓言方式，又是多么高超的思想与艺术的完美结合啊。

这些故事像那路上的草，每年每年，都在绿着。

唱曲的李师师

一

我在清明上河园里徜徉，我想找到一处演唱曲子的场所，想听听宋词是怎么唱出来的，小时曾听到过毛泽东的诗词《沁园春·雪》《卜算子·咏梅》的演唱，悠扬婉转，意味十足。

人很多，我不知道该拐到哪一条路上去，但我似乎已经听到了那种不同于现代的低回婉转的曲调，那是曾经家喻户晓后来又被传扬得不怎么样的李师师的嗓音吗？

《大宋东京梦华》的演出，专门有一场展现了宋徽宗与李师师的缠绵情节，说实话，格调并不粗俗，特意配有曲调，唱词就是周邦彦的宋词《少年游》，将一个大宋国君与一代名妓的故事演绎得淋漓尽致。

二

实际上，传说中的李师师并不是一个淫荡妖媚之流，倒是知书达理、懂得感情、通晓词曲的文艺才女。这个才女生活在那个以男人为中心的时代，她只能维持自己的喜好和生活，而她结交的，又都是上层名流，所以她的言谈举止，或也不是粗俗，甚至还可称得上文雅。

野史记载说，李师师身形窈窕，嗓音婉转，皮肤如雪，举手投足都显现出艺术的色彩和光辉。她不满十五岁，就已经是色艺双全，琴棋书画无所不通，在京师各教坊中独领风骚。李师师最擅长的是“小唱”，所唱多“长短句”，长短句就是今天说的宋词。而当时的文人骚客又多有新词，李师师一唱，真格是声情并茂，十分添彩。那些文人还不趋附风雅？力争使自己的词通过李师师的口演唱出来。当时和李师师有过交往的北宋著名词人就有张先、晏几道、秦观、周邦彦等人。

《水浒》中有一段故事说宋江扮作客商上门套近乎，李师师给予了热情接待，说明李师师即使受皇上宠爱，却依然平常心态，时常地走在街上，与这个打声招呼，给那个送个笑脸，完全的大众之人，绝非宫廷禁脔。

传说中李师师有两件事让人在意，一件是她推助了宋江一伙梁山好汉的招安，《水浒》说燕青细数了皇上遣人招安，奸臣如何抗拒的事，皇上才知道被欺骗了，李师师奏道：“陛下虽然圣明，身居九重，却被奸臣闭塞贤路，如之奈何？”几句话正敲到点子上，让“天子嗟叹不已”。在后来看，这是一起不好的事件，怎么能帮助宋江出卖梁山，使他们的正义之举变了味道呢？但在当时，却是社会安定、不致兵戎相见生命损伤之举。李师师没有那么久远的眼光，她要做的，只是帮助宋江解决聚众梁山的两难之境。第二件事是她对于《清明上河图》的保存做了工作，也就是她同宋徽宗同样欣赏《清明上河图》并知道它的艺术价值，所以她私下帮衬，使得这幅具有极高历史和艺术价值的瑰宝得以珍藏。当然这只是传说。

很多关于李师师的故事和话本里，李师师不是一个随便之人，就她的结局来说，也能说明问题。金兵进逼，徽宗退位，李师师却将所得金银献给官府作为抗击金人的军饷。金人攻陷汴京，宫廷遭殃，百姓涂炭。汉奸张邦昌为讨好主子，要把李师师献给金主帅闼懒。李师师绝不屈从，痛斥张邦昌之后吞金而死。另有说李师师悄悄遁入了空门，在慈云观出家。还有说她随便嫁了个商人，终了一生。“辇毂繁华事可伤，师师垂老过湖湘。缕衣檀板无颜色，一曲当时动帝王。”这是诗人刘子翚的一首诗，是说在湖南境内与李师师偶然相遇，李师师已经垂垂老矣，过着颠沛流离的生活。

不管是哪一种，都说明李师师后来的命运不济，这种不济也是由于她的不屈造成。

三

有两个绘声绘色的段子一直流传到今天，一个说武功员外郎贾奕以前与李师师交情深厚，虽然知晓宋徽宗迷恋李师师，但是旧情缠绕，时刻上心。一日偶遇李师师，师师还是像以前那样对他。贾奕感慨，酒后写了一首讽刺宋徽宗的词：“闲步小楼前，见个佳人貌似仙；暗想圣情浑似梦，追欢执手，兰房恣意，一夜说盟言。满掬沉檀喷瑞烟，报道早朝归去晚回銮，留下鲛绡当宿钱。”宋徽宗知晓后一怒之下将贾奕贬到琼州做了参军，没有杀他就不错了。

周邦彦和李师师也是旧交，一个写词一个唱曲很是投合，李师师虽然与皇上好，但不能就此忘记了友情。一次宋徽宗生病，周邦彦趁空儿看望李师师。两人正在畅叙之时，忽传圣驾到。躲避不及，周邦彦藏在了床下。宋徽宗同李师师说了会儿话，李师师给皇上剥了个橙子，而后又唱了一曲，徽宗走了。周邦彦为此填了一首词，这首词就是《大宋东京梦华》演出中唱的：“并刀如水，吴盐胜雪，纤手破新橙。锦幄初温，兽烟不断，相对坐调笙。 低声问：向谁行宿？城上已三更。马滑霜浓，不如休去，直是少人行。”

徽宗再来时，李师师把这首词唱了出来。宋徽宗知晓其意，回去让蔡京以收税不足为由，将周邦彦的税官免职押出京城。李师师知晓，冒着风雪去为周邦彦送行。周邦彦走后，李师师并无顾忌，将周邦彦谱的一首《兰陵王》唱给宋徽宗听。“登临望故国，谁识京华倦客，长亭路，年去岁来，应折柔条过千尺。”李师师边唱边流泪，当唱到“酒趁哀弦，灯照离席”时，几乎泣不成声。按说，李师师这个时候还唱情人的词，搁谁身上也受不了，别说是当朝皇帝，简直是对徽宗的大不敬，怒而杀之还能再找不到张师师、杨师师？结果是，不知是受了这首词的感染，还是李师师情绪的感染，宋徽宗没有恼怒，反把周邦彦召了回来，封他为大晟乐正，命订正雅乐。

由此看出李师师的率真，她不攀附，不惧皇权，而重情义。另一点也说明宋徽宗艺术细胞活跃，文学的相知压过了人间伦理、尊卑纲常，同李师师的率真搅和在了一起。

两个故事虽然都很诱人，但是恐怕都不是真的。李师师二十余岁正走红的时候，周邦彦已是年近六旬，他那首著名的《少年游》据考证是周邦彦年轻时所作。那个时候李师师不可能与周邦彦相遇。那么周邦彦写的内容也就不是宋徽宗与李师师，说明是后人以趣闻逸事凑成的情节。

宋徽宗与李师师有过交情大致是可信的。宋徽宗喜欢艺术，甚于喜欢政治，他乐于出没坊间里巷，喜听乡间民曲，也就能够听到李师师完全不同于宫廷的演唱，而如广众般迷醉其中。

正史不屑于提到李师师的名字，野史传闻及人们茶余饭后的闲聊中，却是津津乐道，使她带有了一层神秘的色彩。

四

在清明上河园的近旁，有一座“樊楼”，传与李师师居住地不远。樊楼是 20 世纪 80 年代新建，地址或是有依据的。那里是御街的开端，离皇宫不远，离大相国寺也不远，是一个中心地带。樊楼周围，酒肆茶坊相接，歌楼舞榭相邻，是一个热闹的场所。有说李师师住地下面曾有暗道直达皇宫内院。

李师师是随着靖康之难一同消失的，或者说她是随着北宋江山一同消失的。那个曾经鲜明华丽的形象，渐渐变得模糊起来。

杭州西湖畔有一个名妓苏小小墓，传说苏小小不仅貌美，而且没有风尘中人不可免的市侩气，更重要的是她有才爱才。许多人走到那里，都会停下脚步去看一看她，说一句，钱塘苏小是乡亲。李贺、徐渭、朱彝尊都为苏小小写过诗词。

苏小小与李师师是不是同一类人？似乎沾了文人倒也没啥，但不要沾上皇帝，尤其是沾上宋徽宗。西湖还给苏小小留了一块地方，李师师却是不知埋在了哪里。

那个推动一班文人热情写作宋词的明腔亮嗓，只能留在宋词的袅袅余音中了。

诗豪刘禹锡

一

唐大历七年，也就是公元 772 年，中国发生了一件大事，一代诗人刘禹锡诞生了。就此说这件事还不完整，同时诞生的还有一个人：白居易。

到了公元 793 年，又发生了一件大事：刘禹锡与柳宗元一并进士及第。

二

秋天的长安，突然地就刮起了一阵风，天立时显得冷了，树叶子纷纷落下来，翻卷得到处都是。

一辆车子出了东门，另一辆车子也出了东门。

一个人从车上下来，那是刘禹锡，他向着从另一辆车上下来的柳宗元走去。自此后是漫漫的长路了，旱路加水路，不是一天能走完。自此后，“刘柳”的称号就刻在了中国的文学史上。

刘禹锡和柳宗元都是有着政治抱负的，当然不是想把皇上拱下来自己做，而是想帮着把李唐王朝经营得更好。那个时候，经历了安史之乱、宦官专权、藩镇割据，政治越发不清明，并且直接影响到了民生。皇帝李诵有心改革，但是朝政要比想象复杂得多，不是一人想做就做得了的，况且李诵的身体还不大好。这件事王伾、王叔文干了，加上其他朝中大臣的赞同，尤其是刘禹锡、柳宗元，可以说是赤胆忠心。事情进展得还可以。但是皇帝那里不大可以了，李诵中了风，口不能言，只得交权给太子李纯，唐宪宗李纯一上台就开始对革新派加以迫害。王伾、王叔文被逼身亡，刘禹锡被贬为连州刺史，柳宗元被贬为邵州刺史，半途中，朝廷又传圣旨，加贬刘禹锡为朗州司马，柳宗元为永州司马。其他人也都一概贬为了司马，去到离朝廷很远的地方。并且说“纵逢恩赦，不在量移之限”。

数月后，两辆车子的人已经在船上了。那船一直向南，穿过了洞庭湖水，还在往南，长安越来越远了。长安的这场风一刮，就将刘禹锡刮在了朗州十年。朗州就是现在的湖南常德，那可真是西北望长安，可怜无数山了，按当时的说法就是蛮地，饮食生活习俗都差得远，十年的生活，对于一个中原人来说可想而知。

而朝廷也不是总按照既定方针办的，偶尔哪一天看到园子里的桃花开了，就会在心里起一个雷鸣，想起这么多年的一些隐忍，刘禹锡们就被召回到长安来了。来了就先稳住神再说嘛，刘禹锡是谁？还是那么随性、刚直不阿，还是那么富有诗人情怀，到了长安就写了一首诗：

紫陌红尘拂面来，无人不道看花回。

玄都观里桃千树，尽是刘郎去后栽。

有些人也真会闻味，一闻就闻着不对劲，到皇帝那里添枝加叶，就把刘禹锡又添回去了，于是刘禹锡被贬谪到播州当刺史。刺史比司马高一级，看似是提升，但是播州比朗州还远还偏僻。

与此同时，刚刚回到长安不久的柳宗元被贬至柳州。柳宗元得知自己被贬至柳州，要比播州好些，不禁大哭起来，说刘禹锡还有八十老母，如何受得这苦，请求朝廷愿以自己的柳州换刘禹锡的播州，终使得刘禹锡改刺连州。

那些人没有想到，由于自己的阴暗，成就了一代诗人的辉煌。没有朗州、连州、夔州、和州、苏州等地这些经历与生活，刘禹锡不可能写出那么多深入其境的诗文。也可以说，对刘禹锡来说，贬谪是他个人的不幸；对中国文学史来说，却是一种大幸。

又是多少年过去，刘禹锡再次被召回京城，他还是写了一首诗：

百亩庭中半是苔，桃花净尽菜花开。

种桃道士归何处？前度刘郎今又来。

比较前一首诗，讽刺更为辛辣，态度更为倔强。这就是刘禹锡。

说起刘禹锡与柳宗元的友情，可真的是叫人感叹。那次两人又一次一路同行，旅途劳顿，到了衡阳，该分手了。人生还能有几个十年呢？看来是最后一别了，刘禹锡含泪站立船头，向柳宗元告别。柳宗元也站立船头，发出了这样的感慨：“二十年来万事同，今朝歧路忽西东。皇恩若许归田去，晚岁当为邻舍翁。”衡阳一别，刘禹锡越过五岭，南下连州，柳宗元从湘江入漓江而赴柳州，从此，天各一方，只能凭窗瞭望，以书信聊寄相思。由于南方不适的气候加之工作的辛勤，柳宗元病倒了，了却不了归田比邻的愿望了，临终写下遗嘱，要仆人在他死后将全部书稿交付给刘禹锡：“我不幸卒以谪死，以遗草累故人。”刘禹锡收到柳宗元病故的噩耗，悲痛至极，即刻派人料理后事，并含泪给韩愈写信，希望能为柳宗元撰写墓志铭。后又倾注精力整理柳宗元的遗作，筹资刊印，使其得以问世，以慰好友之灵。

三

人们对刘禹锡的敬慕与仰止，不仅仅是因为他诗文言辞的精锐与意境的妙道，更在于刘禹锡热情、坚毅、真挚、豪爽的人格魅力。他同柳宗元的莫逆之情让人感叹，与白居易的相知之谊同样令人称道。

白居易虽没有直接参与永贞革新，内心却是支持的，并对刘禹锡深表同情。后来白居易也因事被贬为江州刺史，还没到任又追诏再贬江州司马，同刘禹锡的遭际差不多。白居易一直很仰重刘禹锡，曾寄诗百首给他，把他当做知音。

在贬谪的生涯中，两个人终于在扬州相遇了。这是他们第一次见面，因而更是高兴异常，到酒馆里好好地喝了一场。刘禹锡醉没醉不知道，反正白居易喝醉了，“你该当遭到不幸，谁叫你的才名那么高呢！可是二十三年的不幸，未免过分了”。白居易的《醉赠刘二十八使君》的诗，既是同情，又包含着赞美，透着白居易式的真情与幽默。刘禹锡也是感慨万分，两个人推心置腹。“真的是啊，我谪居在那些荒凉的地方，都已经二十三年了呀。”回的一首《酬乐天扬州初逢席上见赠》，也成了名诗，其中有句“沉舟侧畔千帆过，病树前头万木春”，带出一种大胸怀。

白居易对刘禹锡是掏心窝子的，尽管他的诗好得十分了得，还是十分赞赏刘禹锡，说他是中唐诗豪。由于两人的友情和影响，人们把他们称为刘白。大和五年（831）十月，刘禹锡由礼部郎中、集贤学士转任苏州刺史，赴任途中路过洛阳停留了十五天，与时任河南尹的白居易朝觞夕吟，白居易的感情又上来了：“刘郎刘郎莫先起，苏台苏台隔云水。酒盏来从一百分，马头去便三千里。”刘禹锡也感慨啊：“洛城洛城何日归？故人故人今转稀。莫嗟雪里暂时别，终拟云间相逐飞。”白居易对刘禹锡的推崇让刘禹锡深受感动，到苏州后弄了一只华亭鹤寄给了十分爱鹤的白居易。

刘禹锡与白居易二人间唱和诗很多，白居易先编了《刘白唱和集》上下卷，后来又成了上、中、下三卷，再后来扩编成了四卷。白居易和刘禹锡在诗歌上都有很深的造诣，一个是诗魔，一个是诗豪。我觉得，这种评价，包括他们的作品，也包括他们的人。他们就此没有忘记相互学习，白居易的竹枝词就是从刘禹锡那里学来的。

两人的生活和工作状况，白居易要比刘禹锡好，即使被外贬，白居易去的也都是好地方，回来得也快。白居易似乎也很会生活，用现在的话说，就是想得开，会玩。而刘禹锡就差远了，艰苦的环境可能影响了他的身心。会昌二年（842）七月，刘禹锡先白居易长辞于世，白居易挥泪写下了《哭刘尚书梦得》二首，“今日哭君吾道孤，寝门泪满白髭须”，可见一片真情。

四

说起刘禹锡，大家都知道他有一个住处，一间文学殿堂里的“陋室”，那陋室很多年了，还是那么简陋，但是上千年不颓，依然苔痕上阶绿，草色入帘青，散发着幽香。住金銮殿的人为数不少了，富丽堂皇中也未见让人记住几个。

或许只是一时的住处，却感觉那陋室伴了他一生。这么说刘禹锡是沾了小屋的光了，自然也是沾了境遇的光了，如若在朝廷里顺顺当当地做着大官，政治革新推行得无阻无拦，刘禹锡就不会有那么多的遭际，受那么多的排挤，吃那么多的苦，也就不会有这样的陋室，这陋室让刘禹锡冷静、警醒、自励、思想。所以刘禹锡把陋室搞成了思想殿堂。谁进到这个殿堂里都会感染得浑身温暖。

刘禹锡还走入了乌衣巷，看到了寻常百姓的生活；刘禹锡的小船进入了偏僻的少数民族地区，这里有好听并且难懂的方言和唱曲，刘禹锡学着适应。司马的官不是什么大官，刘禹锡不在乎那个权力，刘禹锡泡在了读书写作上，他将自己写成了一个理论家和哲学家，并且逐步熟悉了那些地方民歌，他觉得来自民间的歌子通晓易懂，极富深情，慢慢喜欢起来，并自行加工创作，他的诗歌也就进入了演唱，有了更多的读者和听众。“杨柳青青江水平，闻郎江上踏歌声。东边日出西边雨，道是无晴却有晴。”这是刘禹锡的作品。后来这些作品传到了内地，同样受到了欢迎。

刘禹锡后来又走过了很多地方，一直到年老了才回到洛阳，在外漂泊的这些年，是他文学上最好的时光，因而说刘禹锡虽然在政治、生活上是一种“陋室”状态，在精神、文学上却是“殿堂”结局，就像刘禹锡来到乌衣巷看到的那只飞入寻常百姓家的燕子，自由而快活。

有人说《陋室铭》是刘禹锡被贬和州当通判，被人刁难而写的，可能是一种误传。刘禹锡去和州当的是刺史。而通判一职直到宋代才开始设立，刘禹锡不可能去当宋朝的官员。

说起传说，还有一个因刘禹锡的一首诗而起的。说刘禹锡在大和五年，经宰相裴度推荐，回京当了个礼部郎中，挂集贤殿学士衔。不巧的是，也正是这一年，裴度罢相，刘禹锡又被贬到苏州。

司空李绅仰慕刘禹锡才名，设宴款待，司空在唐代只是给予贵族的虚衔，地位待遇很高，却不管什么事。席间李绅高兴，就让自己的宠姬出来唱歌侑酒。此姬不仅身段妖娆，舞姿曼妙，而且眉眼带电，歌音带雨。刘禹锡心中多云间晴天，早忘了一干不快事体。禁不住脱口吟道："高髻云鬟宫样妆，春风一曲杜韦娘。司空见惯浑闲事，恼乱苏州刺史肠。"这么魅力四射的美女在司空大人身边，还不是天天见得寻常，感觉不出什么了，但是却让我老刘心恼肠乱啊。李绅不傻，还能听不出来？而且他也是个豪爽之人，当即笑着说，哈，你喜欢，就归你了。刘禹锡不仅得到了一位美人，创造了一段佳话，还传扬了一个成语，就是"司空见惯"。刘禹锡是性情中人，又有诗为证，肯定是带着醉意的、调侃的，至于是不是得到了美人，就不好说了。

五

刘禹锡多是做刺史，是一个地方的一级长官，做得都很好，深受百姓的爱戴，比如苏州就把在此担任过刺史的韦应物、白居易和他合称为"三杰"，建立了三贤堂。皇帝也对他的政绩予以褒奖。刘禹锡晚年回到洛阳，任太子宾客，死后被追赠为户部尚书。

刘禹锡一生勤于著述，传下的诗有 810 多首，文 240 多篇，其中不乏脍炙人口之作，不仅反映出他的文学成就，也是唐代社会状况的真实记录。有说后世对他文学地位的评价不大公正，如明代肇始的所谓“唐宋八大家”，就没有他的份。可能刘禹锡以论说文成就为大，比如他的《天论》，那是他在中国思想史上哲学史家地位的奠基之作。他的论文论述范围包括哲学、政治、医学、书法等方面。“唐宋八大家”指的是散文成就，刘禹锡未入列也说得过去。

刘禹锡死后葬在了荥阳。他说过，“家本荥上”，荥是一道水，那水很老了，可我现在见不到这道水。在刘禹锡的墓园，倒是流着一道水，水中有白白的芦花在风中写诗，还有绿色的蒲草摇着诗的月光。荥阳人还记着这位老乡，记着他生前曾住过简陋的房子，特意为他建了一处敞阔的庄园，安放他的梦。

白居易死后葬在了洛阳，荥阳离洛阳不远，两个人想得很了，还可以遥相呼应。只是离葬在柳州的柳宗元远了，那可是千山万水。我想，他们或许会经常在梦里见到的。

顺着朱雀门看到一个人

走在开封的大街上，总觉得能闻到一股大宋皇朝的味儿，是香车宝马散出来的，还是雕楼舞榭散出来的？槐树浓得有些发暗，垂柳绿得倒是正好。水汤汤接去了蓝天，龙亭反而显得不高了。黄色的菊铺排得到处都是，与这个曾经的世界级大都市融融相和。

转而进入了御街，以前这是京城南北中轴线的通关大道，从皇宫正门宣德门，向南经过朱雀门，直至外城。御街、朱雀门分别是皇帝举行庆典与出游的大街和主门。《东京梦华录》里曾形容，御街宽二百余米，中间为御道，由皇家专用，两边是蓄满荷花的流水，水边广植树木。再外是御廊，店铺林立其间。可见当时气象。

这里现在已经不是原来的朱雀门了，这个皇城的正南门，以四象中朱雀代表南方而得名。更看不到五侯府、辟雍宫、龙德宫、棣华室、九成殿那些富丽堂皇的建筑，即使有着开封府衙，也小得不似先前的格局。要看，只能是张择端的《清明上河图》了。亏得《清明上河图》，还能看到大宋的一角。说起来，张择端依据的可是实景，那实景有些是由人造出来的。顺着朱雀门往前走，就渐渐看到了一个人，大宋皇朝的建筑师李诫。朱雀门就是李诫所建，刚才所提那些著名的建筑，也都是出自李诫之手。李诫是以实物彰显了大宋的辉煌。

可惜历史快把这个人遗忘了。一幅《清明上河图》，让人永远记住了张择端，老去的开封，却无法记住这个伟大的建筑师。随便地问一个开封本地人或是来旅游的，都能说出张择端，而不知道李诫；还能知道司马迁的《史记》、张仲景的《伤寒论》，但问起李诫的《营造法式》，摇头的比比皆是。更别说他已经散佚的《续山海经》十卷、《续同姓名录》二卷、《琵琶录》三卷、《马经》三卷、《六博经》三卷、《古篆说文》十卷了。

前些时我来到新郑龙湖镇于寨村的一个土丘前。李诫在这里很久了。在四处争名人的时代，没有人来争他的出生地和墓地，他被人冷落了许多年。《宋史》没有为他立传，明清两代《郑州志》《郑县志》亦没有他的传记。他的建筑作品和他的著作却是被世人认可的，在书法上，篆、籀、草、隶，无所不能。他家藏的几万卷书中有几千卷是由他亲手抄成。他的绘画也颇得古代名家笔法，《五马图》深受懂书画的宋徽宗的好评。说不清是为什么，《宋史》中提到了他的父亲，评价却是为人“反复诡随，无特操，识者非之”。他的父亲李南公曾官至户部尚书，干得不好会在北宋王朝为官六十年“干局明锐”吗？他的兄长官至龙图阁直学士，史中也被说成“人以为刻薄”。他是因为抓建筑干得好被调任虢州知州，并鞠躬尽瘁病逝于任上的，死时还不到五十岁。

即使历史对李诫的葬处没有过疑问，他的墓前却没有什么人的碑刻题词，也没有郁郁葱葱的参天古木，20 世纪 60 年代，这里几乎被铲平。直到 2005 年，才有了一个国家级的文物保护的碑石立在那里。到了 2010 年 10 月，在报纸上看到一条为纪念“我国建筑学界鼻祖”李诫逝世 900 周年，当地政府整修墓园的消息。

李诫，他在这条街上走过多少来回？尽管原来的大街在下面六米处，但我依然能感受到他的脚步，就像能感受到欧阳修、苏轼、沈括、范仲淹、毕昇、周敦颐、司马光、米芾、王安石、程颢、程颐、黄庭坚、包拯等人的脚步一样。在浩繁的史册中，一部《营造法式》，可是让建筑学家为之顶礼的，宋之后的中国及日本、朝鲜，都将这部书当作了建筑界的至上经典。现今世界范围内，从事建筑的人几乎没有不知道这部书的，他们要学习东方传统建筑，必以这部书为研究摹本，任何把东方古典建筑诠释和再现得精到透彻的，一定从这部书中汲取了精华。

李诫的家在新郑，也属于郑州。新郑是个好地方，有着溱水与洧水，是郑国与韩国故地，《郑风》从那里产生。李诫出身名门，受到良好的家庭教育，博学多闻，还工书法绘画，这对他研究建筑有很大帮助。李诫在当时该是皇家建设院长的，他的任职，使得宋代的建筑特点十分突出。那时由于经济繁荣，手工业和科技都有发展，出现了很多的木工、技工以及研究斗拱体系、建筑造型的专家，李诫自然是最好地调动了这些人的积极性。比如为了增大室内的空间与采光度，采用了减柱和移柱法，梁柱上硕大雄厚的斗拱铺作层数增多，更出现了不规整形的梁柱铺排形式，跳出了唐朝梁柱铺排的工整模式。这一时期的建筑，曲线柔和，华丽繁细，油漆颜色更加跳突，窗棂、梁柱、斗拱的雕刻与彩绘变化极其丰富。

这些多进入了李诫的《营造法式》。书中几乎包括了当时建筑工程以及和建筑有关的各个方面，把当时和前代工匠的建筑经验加以系统化、理论化。比如列举了各种工程的制度，包括壕寨、石作、大小木作、雕作、旋作、锯作、竹作、瓦作、泥作、彩画作、砖作、窑作共一百七十六项工程的尺度标准以及基本操作要领，更是提出了一整套木构架建筑的模数设计方法。

突然想起了现代的梁思成、林徽因，大概很多人都知道他们是建筑学家。我用电脑敲“梁思成、林徽因”的时候，只输入了名字的第一个字母，就出现了他们的汉字，而我敲“李诫”，却是没有这种便利。电脑输入的设计者也疏忽了这个人。梁思成、林徽因一定知道李诫，并且认定那是他们的祖师爷的，因为他们的儿子名叫“从诫”。按照现今有些地方的搞法，不管是开封还是郑州，都该给李诫建立个什么才是。可能是这两个地方出现的名人太多了，无暇顾及这么一个人。

我要看看李诫长的什么样子，对一个人物崇拜起来，总会有这种想法。有一个年轻的画像，还显得精神，一张皓发白髯的就让人疑惑了，四十多岁的古人能那么老吗？画得老点，可能更有大师风度。不管怎样，李诫不像一个城府深厚的官员，倒像个饱读诗书的文人或治病救人的先生。我还找到了多种版本的《营造法式》，那真是一部好书，让一个外行人也有些爱不释手。古代技术书籍，多重文字少有图样。李诫的《营造法式》不仅有说明，更是附有非常珍贵的建筑图样，附图就占了六卷，凡是各种木制构件、屋架、雕刻、彩画、装修等都有详细图示，这些图样不仅能够帮助理解文字表达的内容，更能从中看出当时的建筑艺术风格，为后世朝代的建筑比如明朝的《营造法式》、清工部《工程做法则例》奠定了基础。

顺着这条街道走得恍恍惚惚，不知怎么又走了回来。前面不远是樊楼，再就是清明上河园，那是依照张择端的图复原的，还没有听说有建筑是依照李诫的图复原的。随脚拐进一个很窄的胡同，里面有些老旧的院落。走进其中的一个，惊奇于现在的开封还有这么古朴的房屋，门框、窗扇上都刻有木花，墙角尚有镌字石柱。院中一棵古槐，枝虬叶茂。有琴声从哪个屋子里传出，似是一种古琴，音声柔缓而沉郁。想象不出是一双什么样的手在拨弄着。正发愣，一个声音从后边发出："才刚来呀，坐了嘛。"原是一位老者。立时就感到了亲切和温暖。我说："这院子可是好老了。""是啊，该拆了，政府已经打过招呼了。老辈留下的，不舍得呢。正谈着，说不准还会留下来。其实这一片都是，原来是个大户的庄园，后来隔开了。"老者很健谈，对老开封很是熟悉。我问他可知道李诫，他竟然说知道，大宋时期很多建筑都经过李诫的手。而且他也姓李，与李诫同乡，说起来还属同宗。我笑了。

琴声戛然而止，屋帘启处，出来一个清秀的姑娘，对着老人说："爷爷，我该走了。"就仙然而去。老人说是孙女，清明上河园茶楼的琴师，上晚班。环顾这个小院，不仅摆放了很多菊花，树上还挂着鸟笼，完全一幅旧时开封人生活的图景。李诫当年住过这样的院落也未可知。

告别老人来到大街上，我还是感到了初开始的那种味道。那是大宋遗风啊。没有李诫这样的建筑大师，如何会显现出大宋的辉煌？一代建筑学家造就了皇家乐园，也造就了满足与安逸，造就了远方踏踏而动的觊觎之心。

郑重虔诚一世名

一

一条苍远的古道旁，杜甫与一个老者正在道别，此后两位挚友再也不能在一起畅饮了，杜甫忍不住眼角挂了泪珠。杜甫写了一首送别诗给先生：

郑公樗散鬓成丝，酒后常称老画师。
万里伤心严谴日，百年垂死中兴时。
苍惶已就长途往，邂逅无端出饯迟。
便与先生应永诀，九重泉路尽交期。

这诗写得情感交融，语调凝重，让郑虔也忍不住掉下泪来。郑虔的车子远远地去了，此一去台州，两个人就再也没有见过。

郑虔和杜甫是河南老乡，杜甫总觉得郑虔是一代英杰，却生不逢时。此次郑虔是因为安禄山事件被贬台州的，安禄山将百官从西安掳去了洛阳，想让为他服务，封了郑虔一个水部郎中的官，郑虔称病不干，为证明忠诚，还给肃宗写了信，但过后还是被贬了。

做官就怕被贬黜，使人在精神上和生理上都受到摧残。郑虔起初做协律郎，公余喜欢收集当朝的一些奇闻怪事，渐渐就写成草稿八十余卷，这应该是很有价值的东西，如果流传下来，说不准会是一部好看的名著。却不料遭小人暗算，诬告成“私撰国史”。

郑虔惶急中烧毁了书稿，等到的结论还是被罪贬出京，这一去就去了十年。

那是第一次被贬，消耗了郑虔的大好年华，这第二次呢，却是耗尽了郑虔的生命。

二

郑虔是个很有才华的人。他是著名的诗人，更是著名的书画家，还精通天文、地理、军事、医药和音律。他曾写过一本《天宝军防录》，是关于军事地理的，还写有《胡本草》，是医药学著作。如果受到重用，郑虔会出更大的成绩，当时的唐玄宗还是很爱郑虔文才的，在第一次被贬后忽然就想起了他而召回京师。郑虔为玄宗画了一幅画，把自己的诗也写在上面，玄宗看了拍案叫绝，挥笔题写了“郑虔三绝”。唐玄宗为郑虔设置了一所“广文馆”，任命郑虔为广文馆博士，让他传授学问，实际上就是高级教师。这就是“郑广文”的由来。可惜安稳的时间不长，遇到了安史之乱，郑虔的道路又变得坎坷曲折起来。

郑虔的诗名很大，不知道为什么至今仅存一首，这首诗按说应该是传世之作，却是一首《闺情》，内容和艺术手法都似见惯：

银钥开香阁，金台点夜灯。

长征君自惯，独卧妾何曾。

这首诗没有给郑虔在后来的诗界带来多少影响。

郑虔的书画却是洛阳纸贵，为后代皇室及达官贵人所珍藏，历代美术史家都认为郑虔与王维一样是中国文人山水画的开创者，对郑虔的评价很高。但也是不知何故，到了后来，郑虔的画作传世的仅有清宫所藏的《峻岭溪桥图》，其他都只在图画资料中看到。他的草书也受到了高捧，认为达到了“如疾风送云，收霞推月”的境界，并推他的成就高于怀素媲美张旭。郑虔流传下来的书法以《大人赋》为最著，后面附有历代收藏与鉴赏者印章二十余枚，其中有苏轼、米芾的。苏轼和米芾是何等人物，有他们的认可可为了得。书家们认为《大人赋》“用笔随锋取势，纡屈如转环，一片化机，不可捉摸”，是“人间难得之宝、稀世之珍”。郑虔留存于世的书法作品还有敦煌写卷《书札》楷书残页，可惜流落到了俄罗斯，不知俄罗斯人看不看得懂。

三

所谓物以类聚人以群分，由于当时的诗名与画名，郑虔有不少的粉丝和好友，其中就有杜甫。杜甫的诗名按说是大过郑虔的，但三十九岁的诗人还是称五十九岁的郑虔为先生或郑老。两个人的家离得不远，一个在荥阳，一个在巩县，口音都差不多。杜甫倾慕这个河南老乡，主要还是因了郑虔的人格与学品。

两个人都爱喝酒，又都有些怀才不遇、愤世嫉俗的郁闷，总是相邀举樽放歌，一醉方休。杜甫有一首诗，就是写与郑虔相互邀约，找钱打酒畅快一饮的情景：“得钱即相觅，沽酒不复疑。忘形到尔汝，痛饮真吾师。”杜甫为郑虔写了不少诗，就像对李白一样，都是抒发的真情实感，流传下来的就有二十多首。

郑虔去了台州，杜甫总是打听他的消息，并写诗送他，诗中总是相思相怜之情。一次得知了消息，就写了这么一首诗：

台州地阔海冥冥，云水长和岛屿青。

乱后故人双别泪，春深逐客一浮萍。

酒酣懒舞谁相拽，诗罢能吟不复听。

广德二年（764），郑虔去世了，杜甫乍获噩耗，垂泪作《哭台州郑司户苏少监》：“故旧谁怜我，平生郑与苏。存亡不重见，丧乱独前途……”郑虔有知，也当泪洒蒿蓬了。

四

我在电脑上敲郑虔的名字，却敲出来一个“挣钱”的词，让人郁闷。郑虔竟然没有成为固定的名词。

郑虔虽是大家，却一生与富贵绝缘，年轻时最落魄的时候，连画纸都买不起。他曾借住在长安的慈恩寺中，苦读苦练。慈恩寺就是大雁塔，那塔很是高耸，在老远的地方都能看到。塔的四周是蓊郁的林木，其中最夺眼的是柿树，秋天一到，红红的柿子就挂满了枝头，而叶子却是先落了，厚厚的叶子让僧人们看着怜惜，就捡拾回来，天长日久，捡拾的叶子竟然塞满了好几个屋子。这真的是一件盛举，而且是十分生动的盛举，可以想见每日里捡拾的身影。更让人感叹的盛举，是一个人发现了这些叶子，每日里，利用它来写字作画。那一定是过了捡拾的季节，买不起纸张的郑虔就与这些叶子结下了不解之缘，直到将几个屋子的叶子全都写完。

想起来这又是一个多么令人感动的画面。慈恩寺的钟声里，一片片的叶子飘落了。一支笔在划动，一枚叶子上出现了美丽的线条。一枚枚的叶子连起来，是一幅卓有气势的画面。

清苦的郑虔，正是因为大雁塔中的叶子而成为了一代名家。

后来郑虔即使做了官，家中仍然一贫如洗，书画和知识即是郑虔的财富。杜甫有赠郑虔诗：“才名四十年，座客寒无毡。”

不能同现在的书画家比，郑虔那时是不挣钱的。

五

郑虔去的台州，那时荒僻而清寂，人多贫寒而没有教养，甚至看到郑虔都稀罕异常。“一州人怪郑若齐，郑若齐怪一州人。”若齐是郑虔的字。郑虔不会闲着，他想到了办教育，以启蒙教化，他就在台州司户衙门自己的住地设帐授徒，一时郡城“弦诵之声不绝于耳”，“自此民俗日淳，士风渐进”。郑虔终于发挥了自己的作用，可惜发挥得太晚了，到台州几年后就去世了。

郑虔为台州人民所尊敬，被视为台州文化启蒙者、斯文之祖。经过郑虔的人文一脉，薪火相传，后来台州官府都重视倡办教育，台州渐渐成了一个文化重镇。据记载，至嘉泰元年（1201）“举进士者逾七千”，景定三年（1262）时，台州已有县以上书院12处。台州人没有忘记郑虔，一千多年来，台州人总是把郑虔的墓园修了又修，每年都有人去献花。

郑虔，就是为人郑重，为文虔诚。

宋徽宗的徽光

一

说赵佶，或许有人一时想不起他是谁，但说宋徽宗，就想起来了，想起来还是因为大宋江山毁于他的手上。而说到李煜，却正好相反，忘了他曾经是哪国国君。李煜的南唐国土面积有限，人口不多，让大宋得了也就得了。赵佶可是失去了一个富庶广大的王朝，而且还是败给了异族。这就总是让人不愿提起他，一不愿提起，连他那些值得提的也都撂一边了。同赵佶的可恨相比，李煜就总有点儿让人可怜。人就是这样，一可怜，就想起他的好来了，李煜的好就放了光彩。这样一比，赵佶反倒更可怜了。那么，能不能像李煜一样，给赵佶除去政治历史以外的另一个评价呢？

说句实在话，赵佶应该是一位超绝一时的艺术家，他在诗词书画各方面都达到了一定的艺术高度。

先说绘画，赵佶是工笔画的创始人，无论山水、花鸟、人物，都能“寓物赋形，随意以得，笔驱造化，发于毫端，万物各得全其生理”。他的《祥龙石图》《芙蓉锦鸡图》《翠竹双雀图》《瑞鹤图》《柳鸭图》《四禽图》等，都是花鸟画精品；山水画《雪江归棹图》，意境清远高奇，为一般山水画家所不追；《听琴图》则是艺术水准极高的人物画代表。赵佶的画能够体现出他所提倡的诗、书、画、印多层面结合的艺术追求。劳伦斯·西克曼在《中国的艺术和建筑》一书中说:“帝位为徽宗的绘画活动创造了条件，但徽宗的画并不是因其帝位，而是因其画作本身的艺术魅力而流传后世的。”这是一句十分客观的公道话。

再说书法，《中国通史》评价，在赵佶的时代，赵佶为四大书家之外最具成就的书法家，他的草书直追盛唐时期的草书书圣张旭与怀素。他对书法艺术是既执着又痴迷，各个名家都十分看重，认真学习。他还经常与米芾探讨书法精髓。而最让人叹服的是他能将前人的经验融会贯通，独创而成一种新的书法形式“瘦金体”，这是中国书法史上的一枝奇葩，挺拔秀丽，笔力劲健，劲瘦淡雅，飘逸犀利，即便是完全不懂书法的人，看了也会感觉极佳。书法家赵孟頫就有“天骨遒美，逸趣霭然”的评价。今天的仿宋体也是通过对瘦金体改造演变而来。瘦金体得到了后世的认可，很多书法爱好者学习这种书体，台湾《故宫季刊》的刊头题字就一直用的是瘦金体。

赵佶传世的书法作品很多，楷、行、草各种书体都有。《秾芳依翠萼诗帖》的大字楷书，是瘦金体的杰作，《千字文》《欲借风霜二诗帖》《夏日诗帖》等，都是书法史上的神品。

2012年1月2日，一件被称为宋徽宗瘦金体《千字文》的书法作品，在深圳拍出1.4亿元天价。随后，上海博物馆书画部主任单国霖表示，目前存世的宋徽宗瘦金体《千字文》只有一件，收藏于上海博物馆，深圳拍出的这件作品应当是赝品或临摹品。此话一出，收藏界哗然。拍卖方急忙解释说：“上海博物馆的藏品是手卷，我们的拍品是册页。虽然写的内容都是《千字文》，但是完全不同的形式。”

二

不仅是个人研学探究，国家画院也在赵佶时代达到了全盛时期，规模宏大，名手众多，建制比其他历史时期更趋合理和完善。政和、宣和年间，赵佶从艺术发展角度构建国家艺术体系，成立翰林书画院，即宫廷画院。据画史记载，唐代宫廷画家的地位是极低的，自后蜀、南唐至北宋，由于画院的设立，画家的物质生活有了保障，地位也较前代有所提高。但画院的官职，与其他部门的官职相比，待遇仍然较差，服饰也与其他同等文官有别。历代帝王仅仅将画院看作一种服役机构。赵佶则是从艺术发展的角度去建设画院，将画家地位提到中国历史上最高的位置，允许书、画两院和其他文官一样，可以佩戴代表身份、等级的金质或银质的鱼袋。这对于发挥画家的积极性、繁荣创作是有利的，使得这一时期的绘画最为繁荣。

赵佶还按照自己的审美取向选择和培养画家。据说张择端也是赵佶发现并重用的。张择端从山东来到开封增长见识，先是在大相国寺跟着一群文化人观察市井人生，体悟社会风情，对着雕梁画栋学习绘画。徽宗赵佶来大相国寺上香，发现了专心作画的张择端，而且发现了张择端的才华，就让张择端进入了翰林书画院。张择端不负皇恩，用十年工夫，画就了著名的《清明上河图》。这幅展现太平盛世的历史长卷，让赵佶心爱不已，用瘦金体亲笔在图上题写了“清明上河图”五个字，并钤上了双龙小印。赵佶成为此画的第一位收藏者。

崇宁三年，赵佶在国子监增设画学，使画院成为科举制的一部分，在考试内容、课程设置、画学建制上，提出了许多创造性的方案。为了调动学生的创作思维能力，以诗词做题目，激发出许多新颖的创意。如题目为“山中藏古寺”，许多人都画深山寺院飞檐，而得第一名者，却没有画任何房屋，只画了一个和尚在山溪挑水。山水画大家李唐也是通过考试而被录用。他的《竹锁桥边卖酒家》，让桥边竹林外挂一酒幡，只有一个“酒”字飘摆，林中并无酒家实景，巧妙地表达出“锁”的意蕴。赵佶的这种做法，激励画家不走老路，勇于创新，调动灵感，发挥想象，极大地促进了中国画的发展。

由此还引出徽宗赵佶亲自出题的一段佳话：一日，赵佶踏春而归，雅兴正浓，突发奇想，以“踏花归来马蹄香”为题，在御花园举行了一次别开生面的画考。这里面，“花”“归来”“马蹄”都是有形的，还好立意，唯有“香”是无形的，用画很难表现。许多画师虽为丹青妙手，却碰到了创意的难题。有的画骑马人踏春归来，手里捏一枝花，有的在马蹄上面沾几片花瓣，都实而无味，表现不出“香”来。独有一青年画家奇思杰构，设意巧妙，让几只蝴蝶飞舞在奔走的马蹄周围。这就形象地表现了踏花归来，马蹄还留有浓郁馨香的意境。赵佶俯身细览，抚掌而赞：“此画之妙，妙在立意好而意境深。把无形的花的‘香’，有形地跃然于纸上，实令人感到香气扑鼻！”众画师听了，莫不叹服，不唯是叹服人家高妙的立意，更叹服徽宗高深的艺术造诣。

由于北宋灭亡，兴盛一时的徽宗宣和画院命运不济，但是画院画家李唐、刘宗古、杨士贤、李迪、李安忠、苏汉臣、朱锐、李从训还是辗转集结于南宋都城临安，先后被恢复画院中的职务，成为南宋画院的骨干力量，使得南宋绘画仍然繁盛不衰。

三

由于喜欢古物和书画，赵佶个人多有收藏，不时会拿出研究欣赏。

虽酷爱艺术，但他并不巧取豪夺。赵佶很欣赏蔡京的才华，曾花两万贯从他人手中买过蔡京题词的扇面，两万贯相当于一户人家一年的花销了。那时蔡京因力主王安石新法而遭弹劾下野，不在京城，按照现在的话说，是个犯了严重政治错误的人，赵佶可是当朝皇帝。

还有，赵佶知道王诜藏有名画《蜀葵图》，王诜却时常在赵佶面前提及自己只有其中半幅，遗憾之情，溢于言表。赵佶便记在心里，派人四处寻访，终于找到另外半幅，就向王诜要那半幅画，王诜以为赵佶想要走收藏，只好割爱。没想赵佶将两半幅画裱成一幅完整地送还给了王诜。当时高俅在王诜府中服务，因王诜同赵佶的关系时常跑个腿，就跑到了赵佶的门下。赵佶善蹴鞠，高俅早年便是街头蹴鞠的高手，人不是书画，就直接要走了，高俅由此发达。

在赵佶执政的二十几年里，皇家的收藏也得到了极大的丰富，而且为了保存和传扬，他还主持将书画编纂为《宣和书谱》和《宣和画谱》，成为今天研究古代书画史的重要资料。

四

尽管人们说徽宗赵佶只会玩艺术不会玩政治，是个昏庸的君主，实际上他还是做过一些事情的，而且不是小事情，现在来看，更是意义重大。

比如在其统治的中期，赵佶派遣将领王厚消灭了青唐羌政权，收复了自中唐以来已经陷于吐蕃人之手三百多年的青唐地区，并且在崇宁二年，派遣童贯远征青唐残部，一路远征至今新疆且末县附近，按王安中《定功继伐碑》所记载，“二年诏发兵六万讨之……师逾青海至节占城（今新疆且末县）”，一度控制了西域的东南部地区，收复了大片疆域。瘦金体《千字文》，就是徽宗赵佶亲自书写了赐予童贯作为奖赏的。《千字文》每行十字，前后百行，颇为壮观，似乎是灵感所至，一气呵成。书法落款为“崇宁甲申岁宣和殿书赐童贯”，可见赵佶的高兴和认真。童贯得之比得个奖状都荣耀，不知道如何得以保存流传。不是童贯家人后来拿出换钱失于民间了吧？

这幅珍贵的瘦金体《千字文》，后来奇迹般地到了乾隆手里，似乎几百年还有气息相通着，同样是艺术家、收藏家的乾隆郑重地将一方“乾隆御览之宝”印于上面，将此作品著录于《石渠宝笈》初编。乾隆之后，又传给了嘉庆和宣统，分别又有了“嘉庆御览之宝”“宣统御览之宝”的印章。现在这件书法成为上海博物馆的镇馆之宝。

五

公元1126年那个寒冷的冬天，风从黄河上吹过来，一直弥漫了开封城，随着黄风而来的，还有马蹄踏踏的金兵。艺术家可算为一个、政治家只能算半个的赵佶不会想到，经营了数百年的北宋江山毁于一旦，汴京被攻破，金帝废宋徽宗与其子钦宗赵桓为庶人，并连同后妃、宗室、百官数千人，以及教坊乐工、技艺工匠押送北方，法驾、仪仗、冠服、礼器、天文仪器、珍宝玩物、皇家书藏被掳掠一空。

据说，宋徽宗听到财宝等被掳掠毫不在意，听到皇家藏书也被抢去，才仰天长叹。当然，金兵依然抢不去赵佶的才华，前面没顾上提他的诗词，你看他的《题团扇仕女》："浓黛消香澹两娥，花荫试步学凌波。专房自得倾城色，不怕凉风到扇罗。"不是写李师师的吧？虽然同那个同样有着艺术细胞的名妓有过不少的传闻，却没见为她留下什么，反倒听说李师师在徽宗受辱之后，以身殉国。徽宗赵佶此时或是明白了点什么，没有了国家社稷，一切都成了灰烟。"彻夜西风撼破扉，萧条孤馆一灯微。家山回首三千里，目断山南无雁飞。"即使是被囚，仍掩不住他超拔的才情。

明白似已经太晚了，赵佶终是没有回来，死在了家山三千里外的金地。去的时候才四十五岁，死时也不算大，五十四岁。

又想起一点，除了诗词书画，赵佶还对中国的茶文化感兴趣，他撰写的《大观茶论》，对于地宜、采制、烹试、品质等研究相当切实，比如关于点茶，就详细记录了宋代流行的茶艺，为后人了解宋代茶文化提供了依据。这本书被称为中国茶书的经典之一，是对中国茶事的最大贡献。

六

漫步在清明上河园，到处可见宋徽宗赵佶的瘦金体，不是店铺的招牌，就是门楼上的匾额，说明人们认可这种书法艺术，这种清秀而刚劲的字体，一看就是赵佶的，瘦金体成为了他的象征。

这个身上披着多层尘灰的人物远去了，但是历史尤其是艺术史真的是不能将他忘记，他身上的闪光点在这个黄昏越来越多地亮了起来。

张择端和《清明上河图》

一

在我走过的地方，或许多少年前正走着一个人，这个人风流倜傥，气宇轩昂，他如我一样站在虹桥上往下望，撩起茫茫思绪，而后他没入人流之中，在繁忙的搬运工身边走过，同酒肆的老板说上一两句话，遇到几个乡间来的村姑，他露出惊讶的神色，而妓馆里的一声娇音，让他又恢复了原本的状态，他夺路而走，被一个故交撞上，拉去了一个画店，向他讨教技法上的问题。

这个人就是张择端。

张择端在这个都市在这条河上生活得久了，有事没事的就会到河上走一走，到桥上转一转。说心里话，他对这条河是有感情的，正如他对大宋江山有感情一样。这种感情不仅存在于他的心里，也一直幻化成一幅图景，在眼前晃动，直到晃动成一卷永恒。

在我还是一个小学生的时候，恰遇故宫博物院珍宝馆展出珍宝精品。在人头攒动中，我看见了《清明上河图》，那种水墨淡设色的泛黄绢本。好长的一幅，在玻璃柜子里，人们挤着走着，只能看到眼前的一点。一忽是树，一忽是房屋，一忽是船，一忽是桥。上面的人物密密麻麻，大不足三厘米，小如豆粒。有的地方有放大镜，放大镜里，一个个形神毕备，毫纤俱现。于是就有人啧啧有声。我不大懂，但我知道那是一件具有很高艺术价值的作品。

那个时候，我还没有到过开封，不知道《清明上河图》描绘的是北宋首都水陆和市面繁忙的景象。我只是深深地在记忆中留下了这幅图的烙印。

没有想到多少年后，我会走进开封，并且有几年的时光走在那图描绘过的土地上。

我能看到张择端吗？我在人群中遐想。张择端确实不能与我相遇，甚至连擦肩而过的可能都没有。可我还是想着这个名字。我不知道他为什么叫了这样一个名字，早前高考复习的时候，我先是将他叫成了张择瑞，后来才发现错了。叫“端”的名字，突破了传统的概念。

张择端一定是走在人群里的，只是，我和他差不多错过了千年时光。

二

宋代初年，农业经济得到了恢复和发展，百万人口的宋都汴梁成为当时国内的贸易中心。随着工商业的发展和都市的繁荣，市民阶层逐渐壮大。

就像我最开始走进开封一样，张择端渐渐没入了繁华热闹的街市。他看到了汴河，汴河两岸的各种房屋和树木，穿梭于其中的农民、商人、船夫、手工业者，当然还有官吏、士子、仕女、大胡子道人、行脚僧人及各色人等。街道两旁的空地上不少张着大伞的小贩，卖刀剪杂货的，卖茶水的，更多的是挂着各种牌号和幌子的店铺、作坊、酒楼、茶馆。

画面是静止的，但又是活泛的、流动的、喧嚣的，声音自这里那里传来。

张择端继续往前走着，熙熙攘攘的人流之间，有人驾车，有人挑担，有人抬轿，一阵嘈杂，他必须让一让了，一群驼队赶了过来。

张择端上到一座坐落在汴河上的环形大桥。大桥那般宏大，没有一根支柱，全部以木条架空造成，像夏雨初晴的彩虹。这样的桥可结实？可是你看桥上熙来攘往着各色行人，桥中间的行道上，还有骑马推车的，有人伏在桥上并不走动，只是凭栏闲眺。而那大桥一点事都没有。

桥下汴河的繁忙不比岸上差。大船小舟，有的张帆竞发，有的刚刚离港，有的停泊码头，装船卸货。有的大船负载过重，很多纤夫在拉行。最紧要的，是一艘载货的大船驶到了大桥下面，要穿过桥洞。水流很急，船又很大，千万别碰到桥上，那样不是船毁就是桥断。但好像大船过桥是时时都有的事情，场面上专有这等行家。你看，尽管显得忙乱，还是忙乱得有条不紊。这种场面，最是来往行人爱看的热闹。他们有的呐喊助威，有的瞪着眼睛呆看，有的就觉得稀松平常，司空见惯。

大桥南面和大街相连，还是行人不断。最后张择端看到的，是柳树下面主仆一行人正在朝前走着，他们趁着这清明时节是去踏春还是赶集？张择端陷入了沉思，那沉思是美好的，在一片祥瑞的阳光下，充满了自由与迷幻主义色彩。

三

那张《清明上河图》，挂在世界的最高处，彰显着一个时代的辉煌和骄傲。是的，它不仅是水陆交通便利，商业发达、人口达百万的世界级大都市的骄傲，也是中国古代绘画艺术的骄傲。很多的人循着那张图来到中国，来看宋代的汴京，看今天的开封。

不知道张择端的经历，在极其有限的文字介绍里，我知道张择端是现在的山东诸城人。诸城我去过，走在那里就想起张择端，我不知道张择端的家在哪里，我将整个诸城作为了他的家来看，到了诸城就是到了他的家，看见每一个人都觉得亲切，以为是张择端的后人。

张择端怎么就是诸城人呢？在我的感觉里，他该是开封人，但他确实是出生在诸城。他后来从诸城出发，怀着一腔愿望，一直向前走，走到汴京。那时的人们，同现在的人一样，都想着在首都弄出点声响。张择端骨子里还是很文人的，他就是想学习大都市的先进文化。不知道是先前就学过，还是后来接触了绘画，更不知道怎么就走进了翰林画院，成了全国首屈一指的大画家。他画的画，是要被皇上先睹为快的。张择端是个奇人。他的奇，怎么就在史料里不见详细呢？难道金兵进入开封，将所有关于张择端的档案简历都毁掉了？就这寥寥的信息，还是来自一个叫做张著的金代人物，在画幅后面跋文的一段题记。张著的题记这么说："翰林张择端，字正道，东武人也。幼读书，游学于京师，后习绘事，本工其界画，尤嗜于舟车市桥郭径，别成家数也。”

也有人推测，可能张择端进入画院时间较晚，编著者还来不及将其收编书中。那么，这个较晚进入画院的画师，竟然比较早的那些已经没有什么名的画师要成就斐然啊。难道较晚进去是因为张择端长时间地逗留在宫墙外面，同市井百姓生活在一起，见识了大千世界芸芸众生的快活，所以才有了《清明上河图》吗？那些宫廷绘画，多有迎合升拔，孤芳自赏。这张全景式构图的社会风情画，可是基本上没有涉及皇宫奢华的生活，也没有皇帝的一丝动静，完全是一幅清明祥和的民乐图，古代绘画相当少见，现代绘画中也是罕见的。

而懂艺术的宋徽宗却是喜欢得不得了，宋徽宗不仅懂得这幅画，而且懂得这幅画的意义，所以亲自用瘦金体在画上题写了“清明上河图”。也算是张择端找到了知音，或者说宋徽宗找到了知音。

久在皇宫里闷得慌啊，也希望呼吸一下新鲜空气。所以宋徽宗喜欢微服出行，踏踏青，逛逛市井，看看汴河，听听宋词，也就知道了唱词唱得好的李师师。喜欢钻研书法和绘画，对张择端的画也就甚为欣赏。题写“清明上河”，那个清明，是专指一个季节呢，还是另有含义？这个只有宋徽宗自己心里知道了。我们且认为是两者兼备，既是一个季节的时光，也是一个朝代的时光，这个时光是清明的，祥和的，温暖的，快意的，符合图的意思，也符合宋徽宗的意思，更符合大宋王朝的意思，尽管这个意思很快就被金兵打碎了。

现在人们所见的《清明上河图》，已经看不见宋徽宗的瘦金体签题和他收藏用的双龙小印印记了。有人分析原因有两种，一种是此图流传年代太久，辗转宫廷民间，得而复失，失而复得，开端部分受损，谁装裱时顺手裁掉了；一种是当时的宋徽宗题记十分难得，加上双龙小印，更是金贵，有人图利，故意将那部分裁去收藏或卖掉了。这么说来，宋徽宗题字的那一块，应该也是有画面的。画的什么不为人知，只是知道开始原图应该比现在的还要大。

大千世界无奇不有，什么时候出现裁去的部分，那该是一个惊天动地的事件。

四

现在，《清明上河图》变成了某种现实。走进清明上河园就如走进了《清明上河图》，将自己变成上千人中的一个。

清明上河园一进门的地方，有一尊张择端的雕像，一定是雕塑家凭想象做出的。说实在的，那确实是一位艺术家的形象，我暂且同意他的这个样子，只是穿梭在人群里的时候，这个影像又模糊了。

张择端，他普通得几乎没有什么特点，唯一的特点就是他敏锐的眼睛。当一个人的目光具有一种特殊的光芒的时候，是很容易被人发现的。那种目光里有爱，有情，有探求和思索。我说不准哪个架子车会被张择端推起过，哪条船揽，被张择端拉起过，还有哪匹马、哪头牛，被张择端抚摸过。还有哪个店铺靠窗的座位，张择端一定是坐过的，张择端还要了一碗酒，慢慢地喝。张择端会上到一条船上，让水慢慢地流过，让岸上的景象慢慢地流过。

我不知道张择端遇没遇到过一个女人，像宋徽宗遇到李师师那种，或者像西门庆遇到潘金莲那种，张择端难道不该遇到吗？张择端不是一个圣人，皇上能遇到，诗人能遇到，甚至一个市侩之人都能遇到，张择端为什么不能遇到呢？有人会问，难道非要人家遇到一个女人吗？怪我是个俗人，俗人不能免俗，俗人总是这样想的，苏轼、欧阳修、周邦彦、柳永都是那么让人慨叹，张择端为什么不能呢？

可是我们真的不知道，所以张择端的形象一直是平面的，只有那张图是立体的。据说张择端画这幅画画了十年，十年中这个人多少次走进这样的人群呢？十年中张择端是变老了还是继续年轻着？我真的不知道张择端活了多大岁数，多大岁数开始画《清明上河图》。我相信张择端最后一笔画完，扔掉画笔，对着大宋的天空，长长地出了一口气。

十年间，张择端对于开封生活的了解已经很深很深，他将这种深留在了心里，那心是《清明上河图》，那是大宋的心。什么时候想起来，都意味深长。

五

《清明上河图》自问世以来，历代都有摹本，一是学习，一是伪造，大小繁简不一，功夫手段不同。而且从宫廷到民间都有收藏，多数人没见过真的，也就不知道假的，只管视为珍宝。还有流失到海外的，海外的博物馆里也宝贝地珍藏着。有人统计过，《清明上河图》摹本有三十幅之多，按照临摹仿造的年代算起，那些也算是文物了。

只是张择端不知道，他的《清明上河图》自问世起的八百多年里，曾五次进入宫廷，四次被盗出宫，演绎出许多传奇。

靖康之难后，《清明上河图》竟然没有进入金人手中，而是流入了民间，历经辗转，被南宋贾似道所得。到了元朝，又被皇帝收入宫内，至正年间又被宫内的贼人掉包，偷出宫外，在民间飘荡了一阵子，到了明代，又落到严嵩、严世蕃父子手上。严嵩倒台，抄没所有家产，图也被没收，第三次纳入宫廷。同样的事情再次上演，图又被宫内太监冯保偷出，并且在画上加了题跋，认为这件无价之宝永远归冯家所有了。可惜冯保活不过那幅画，他的后人也没有活过那幅画，那幅画谜一样地不知了去向。两百年后，改朝换代成了清朝，这幅画又飘了出来，到了湖广总督毕沅手中，毕沅也没有活过《清明上河图》，他死后这幅画第四次进宫。虽然经历了 1860 年英法联军以及 1900 年八国联军两度入侵，这幅画居然逃过了劫难。

1911 年以后，《清明上河图》连同其他珍贵书画一起，被末代皇帝爱新觉罗・溥仪以赏溥杰为名盗出宫外，存在天津租界内的张园内。1932 年，溥仪在日本人扶植下，建立伪满洲国，于是这幅画又被带到长春，存在伪皇宫东院图书楼中。

那个图书楼我看过，不是很大，但很精致，溥仪可以很容易地从住的地方到达那里。但是我想，这幅图放在里面，他是无暇也无心去欣赏的，而且，他或许也认不得哪一幅是真正的张择端的作品，因为他带进去三幅《清明上河图》。

1945 年 8 月 12 日，日本宣布无条件投降的前三天，溥仪一行从长春逃至通化大栗子沟，那里的机场上，一架军用飞机正等着他逃往日本，一旦出境，这幅珍贵的国宝将陷于灭顶之灾。飞机即将起飞的一刻，被苏军截获。溥仪被捕，随身携带的珠宝玉翠、书法名画也一同被收缴，归东北银行代为保管。

到了1952年，东北文化部门开展文物清理工作，其中就有苏联红军转给地方的，展开这些文物发现，竟然有三件《清明上河图》，这让在场的人大为吃惊。原来三件都是皇宫里的藏品，说明溥仪也弄不清真伪。工作人员看来看去，最后把画得很工细的明仿《清明上河图》选了出来，《清明上河图》真迹却被搁置在了一旁。还是很有鉴定经验的杨仁恺被调去后发现了问题。他觉得放置一旁的这个画卷虽然没有作者签名和画的题目，但画卷上历代的题跋却非常丰富、翔实，收藏印章更是琳琅满目。杨仁恺的内心与这幅画的信息瞬间接通了：难道这就是数百年来埋没在传闻中的稀世珍品？

不久，时任国家文物局局长的郑振铎将这幅画卷调往北京，经专家学者进一步考证，最终确认这幅残破的画卷就是八百多年来闻名遐迩的《清明上河图》真迹。

这张图就这样辗转进入了故宫博物院，成了镇院之宝。历史终于松了一口气。那是多么让人欣喜的时刻啊。

六

在清明上河园里走，到处都有店铺，卖什么的都有，但是无论卖什么，到处都可以看到《清明上河图》，在这里，它是卖点。大大小小的、普通的和精致的《清明上河图》，被各色人等看来看去，摸来摸去，最后喜欢到了自己的包包里。

现在的张择端只是一个符号了，没有史书记载，没有墓地，没有后人。

历史留下的，就是一个张择端的名字。

而这个取名张择端的人是幸运的，他生活在了宋朝。宋朝是幸运的，它遇到了张择端。

大唐文学的一盏夕阳

一

我终于走到了这样一处地方。

为了找到这里曾两次下车问路、查看路标。到这里已是黄昏时分。夏日的夕阳依然十分地艳丽，如果不知道，会以为是旭日初升的时光。

辉光洒满了整个园子，让人自然地想起那句“夕阳无限好”的诗句，而这不正是园子主人的写照吗？唐朝是中国诗歌的鼎盛时期，它就像中国文学的一颗光耀无比的太阳，高高地悬在历史的天空。大唐末期，这颗太阳在即将沉落的时刻，又猛然现出了李商隐的光芒。

这是一处植被十分丰茂的所在，真想不到，一代大师竟长眠在这里。李商隐是怀州河内（今河南沁阳）人，从他曾祖母起就移居到了荥阳，以后数代再也没有离开，李商隐在《祭裴氏姊文》中说：“檀山荥水，实惟我家。灵其永归，无或栖寓。”荥阳就此成了李家的故乡。

吟着“巴山夜雨涨秋池”，还以为李商隐是川西一带的人，谁想他竟然是我的老乡。“夕阳无限好，只是近黄昏。”“春心莫共花争发，一寸相思一寸灰。”这个老乡将他的才华释放得举世瞩目。

我的眼前复制出了一个院子，老屋必是利用了邙山的黄土，属于干打垒样的，敦敦实实、矮矮壮壮地蹲在那里，还有柴扉，在不高的院墙上不是为了遮挡什么，只是营造一下氛围。我还幻制出了另一个有着青砖灰瓦的院子，一条狗从院子里跑出，后面跟着一个少妇的影子。哪一个该是李商隐的老家，我搞不清楚。

我真实地迈进了眼前的李商隐公园。

二

李商隐是晚唐最著名的诗人，他和杜牧合称小李杜，与温庭筠合称为温李——这是在文学影响上，他政治上并不顺畅。他曾想凭借自己的才华受到当朝的赏识，但志高命乖，空负一身才学，“伶伦吹裂孤生竹，却为知音不得听”。

他遇到一个叫令狐楚的人，令狐楚才思俊丽，能文工诗，对李商隐十分欣赏，不仅教授他骈体文的写作，还资助他的家庭生活，鼓励他与自己的子弟交游。李商隐由此在文学与仕途上都有了很好的展望。

但李商隐文人气太重，不会在政治圈子里混。令狐楚去世后，他娶了为李党所重的王茂元的女儿，被令狐楚之子令狐绹等“牛党”说成是“背恩”。负上“背恩”之名的李商隐夹在朋党倾轧的缝隙中，备受排挤。他的《流莺》《蝉》《柳》《高松》《牡丹》等诗就是诗人一生自我形象的写照。

李商隐中年之后陷入了痛失挚友、骨肉分离、丧失爱妻的痛苦之中，生活也窘迫困顿起来。

无法指责他什么，李商隐的痛只能变作深谷中的飞瀑，百转千回，倾泻而下，荡起一片飞花。

“凄凉宝剑篇，羁泊欲穷年。黄叶仍风雨，青楼自管弦。新知遭薄俗，旧好隔良缘。心断新丰酒，销愁斗几千。”

一腔言语都收进了这《风雨》之中。

三

夕阳将最后一点余晖散落进园子，风摇动了所有能摇动的叶片。

夕阳对于李商隐来说，是一种什么喻示呢？

那日，李商隐漫步登上郑州的夕阳楼，凭栏远眺，想到自己的身世，心头一哽，涌出的仍是一首夕阳歌：

花明柳暗绕天愁，上尽重城更上楼。

欲问孤鸿向何处，不知身世自悠悠。

李商隐的一生，如何遇到了那么多的无奈？政治上不顺意的他，把更多的感情投注在对爱情的追寻上，但同样不遂意。正是有这么多的经历，才使他写出如此真挚感人的诗篇。这些诗篇记录了李商隐的一生。

可以说李商隐是幸运的，也是不幸的。他遇到爱，又总是失去爱，有些爱是与他的幸福和痛苦相伴的，比如他与王氏。王氏是李商隐的妻子，两人的感情非常好。但结婚不到 12 年，妻子便死了。12 年中，李商隐不得已到处漂泊。

君问归期未有期，巴山夜雨涨秋池。

何当共剪西窗烛，却话巴山夜雨时。

这首诗表达了他身居异乡对妻子的深深情感。王氏去世后，他又写下《房中曲》等情感真挚的诗，沉痛地怀念这位贤妻。他还有《悼伤后赴东蜀辟至散关遇雪》：“剑外从军远，无家与寄衣。散关三尺雪，回梦旧鸳机。”

有说李商隐在与王氏结婚前，曾有一小名为荷花的恋人，两人十分恩爱。在他进京赶考前一月，荷花突然身染重病，李商隐陪伴荷花度过了最后的时光。这段悲剧给他造成很大的打击，以后的诗中他常以荷花为题表达对旧情的眷恋。

还有柳枝。李商隐有《柳枝五首》，在这组诗长长的序言中李商隐讲述了柳枝的故事：她是一个洛阳富商的女儿，活泼可爱，开朗大方，在一个偶然的机会听到李商隐的《燕台诗》，心生爱慕，主动与他约会。但李商隐没有抓住机会。他后来得知，柳枝被一个有权势的人收为小妾。两人再也没有见过面。这一段没有结果的感情可能是李商隐的初恋。

有些爱更是只能遥遥远望。

1200 多年前的一个黄昏，李商隐走进了玉阳山修习道术。在这里他认识了宋华阳，并对这位女道士产生了感情。在《月夜重寄宋华阳姊妹》《赠华阳宋真人兼寄清都刘先生》等诗中，李商隐都提到了宋华阳，或许他同时爱上了宋华阳姐妹。但是由于礼教约束，爱情之树只能是空枝一枚。“相见时难别亦难，东风无力百花残。春蚕到死丝方尽，蜡炬成灰泪始干。”李商隐为这段没有结果的爱情留下了幽怨凄迷的记录。

李商隐还有一首著名的《锦瑟》诗：

锦瑟无端五十弦，一弦一柱思华年。

庄生晓梦迷蝴蝶，望帝春心托杜鹃。
沧海月明珠有泪，蓝田日暖玉生烟。
此情可待成追忆，只是当时已惘然。

刘攽在《中山诗话》中提到，有人猜测“锦瑟”是令狐楚家的一位侍儿，李商隐在令狐家受学期间，曾与她恋爱，但没有结果。诗人四十七岁时所作《锦瑟》一诗，是他生命中的最后一首诗。我们仍然不知道他表现的是何样的心绪，但似乎又都写明说尽了。

四

也有说不尽的，或者无法言说的。那就是李商隐写了那么多的《无题》，这些无题给人留下了无尽的思索。为什么要叫“无题”呢，真的不好起什么题目吗？

“昨夜星辰昨夜风，画楼西畔桂堂东。身无彩凤双飞翼，心有灵犀一点通”是《无题》，“飒飒东风细雨来，芙蓉塘外有轻雷。金蟾啮锁烧香入，玉虎牵丝汲井回”是《无题》，上文所提“春蚕到死丝方尽，蜡炬成灰泪始干”句也是《无题》。

这是何样的无题？述说着李商隐何样的心曲？缠绕着李商隐何样的痛苦？隐现着李商隐何样的追求？

《无题》诗断不是一般的男女之情。唐时对于男女之情是没有太多的约束的。若不是命运一次次把诗人逼入绝境，或许不会有那样多的无题诗的产生。

无题的骨子里透露了他绝望掩盖下的春花萌发、不可抑制的炽热情怀。无可指实才正是李商隐诗的独特之处，沉吟时，万念俱出又万念俱灭，空余那不可言说的幻美。无题之境犹如杜鹃啼血、峡猿哀鸣，一种残酷的美。如果你沉入进去，你的心也跟着一起残酷地碎。

不管怎样，李商隐都是中国最著名的诗人之一。他的出现是唐朝的骄傲，也是郑州的自豪。在他的身后，跟着无数的赞赏与崇敬。王安石曾赞李商隐：“唐人知学老杜而得其藩篱者，惟义山一人而已。”李商隐的诗好读却又耐读，是那种余音绕梁的美，情深而又意切，是那种拍案叫绝的真，不仅有夕阳在山的万千气象，也有潇潇暮雨的迷离景观。

透黑的微风浸入衣衫，我已经走到了李商隐的墓前。一生经历了政治上的不顺、生活上的曲折、爱情上的痛苦，李商隐累了，终于在一个暮春，在吟完了那首《锦瑟》之后，永远地躺在了这“群峰峙其南，邙岭横其北，东拥京襄城，西跨虎牢关”的荥水之畔。

爱过，恨过，就再也不想了。商隐，这名字中有“伤”的东西、“隐”的东西吗？

我说不清楚。

颍水旁，黄城冈

一

真无法想象眼前的这条阴司沟就是两千多年前郑庄公“黄泉见母”的地道，沟自东向西，深十米，宽十米，长却有八十米，西端直通连到了水里。

草长莺飞，风走云散，原来的隧道塌成了现在的样子，不变的是田地，依然生长着快乐的庄稼。秋风阵阵地吹着，玉米穗子干干地在空中摇荡，一把快镰闪过，给风腾出了鸣叫的空间。正是秋收时候，农民一家家紧忙着。牛伴在一边，等着一会儿去拉千年传就的工具。一个红衣小女在田地间跑，手里拿着大大的玉米棒。狗倒是悠闲，这里走走那里转转，看到生人就猛叫两声。

农人见来了外人，紧说道，歇会吧，好像你进了家门。忙说不累嘛，说这玉米好啊。又道，拿点去吧，不碍。怎就那么朴实，颍考叔在时，或也这么说。颍考叔当年也是这样快乐地生活。他在这里建了一座房子，边劳动边唱歌，歌子就叫《耕耘乐》，唱得老百姓都会了，就随着唱，于是颍水河畔，春天的田野充满了劳动的快乐。那快乐被人叫做“颍水春耕”。现在是秋了，感觉的是春释放的信息，收获的是春点播的成果。

可惜颍考叔早已不在，他的城还在，说是在，也就是一圈不高的土围子了，走到土围子跟前，还能看到版筑的痕迹，城上长满了酸枣树、蓬蓬草，老得不成样子。可是在两千多年前，这里却是颍考叔的管地，叫做颍谷。后来这里叫黄城，黄颜色的黄，不是皇帝的皇。颍考叔负责颍谷的一切，把百姓的生活料理得也好，空闲的时候，就和百姓一起劳作。颍考叔欢喜这样呢。

二

让颍考叔不快乐的事情还是有的，比如郑庄公和他母亲的事。郑庄公是个怪人，在母亲肚子里就不好好待着，生的时候倒着出来，把母亲差点疼死过去。所以母亲武姜给他起了个名字叫寤生。母亲后来又生了个儿子叫段，母亲喜欢段不大喜欢寤生，还一度想把他的王位继承权转给段。庄公即位后，武姜总是与段密谋。段发动了内乱，却不是哥哥的对手，被远远地打出了国门。对于武姜所为，庄公很是生气，气头上狠狠地对母亲说："不到黄泉，就不要相见了。"把武姜赶到了颍考叔的封地。

善良的颍考叔很是不安，他觉得这是郑庄公一时生气做过了头。他想了好一阵子，终于上路了。到了郑国国都，也就是现在的新郑，庄公自然热情款待，因为考叔在郑国威望很高。可是庄公发现颍考叔偷偷往袖子里藏着吃食。庄公就问了，你这是干什么，难道怕在这里吃不饱吗？考叔回答，我是家里还有个老母呀，这么好的东西，我想给她老人家带回点尝尝。庄公脸上就挂不住了，怅叹着说自己也有老母，却不能相见。考叔装不明白，听了庄公的叙说就笑了，这有什么难的，不就是"黄泉相见"吗？在地下挖一个隧道通到黄泉的地方，不就可以见了吗？庄公高兴了，立即就着五百人在城西南开挖隧道。

西南是坤，是地，黄泉见母也就要在颍谷西南。地道一直挖到泉水处，而后在里边建了一间屋子，将武姜从洞这头送进去先等着，让庄公从那头迎过来。母子俩一见就抱头痛哭，而后便高兴地笑。那叫做：“大隧之中，其乐也融融。”当地百姓至今还会说那句歌谣：“大窟窿，小窟窿，窟窟窿窿到黄城。”大窟窿小窟窿就是从两边挖的隧道的洞口。

颍考叔做的这件事，可是让古人也感动得不行：“君子曰：颍考叔，纯孝也。爱其母，施及庄公。”认可颍考叔是一位真正的孝子。

看得久了，就觉得有哭音和欢笑从沟底传出，宣扬着一个千古佳话。

三

黄城里不再住人，城周围的老房子一座座也颓毁了，那些房子起码上百年了，新房子在它们周围建起来。可是要退回到颍考叔的年代，不知道要颓毁多少老房子。黄城里随便可以捡到以前的瓦片，那个时候人们已经会烧制砖瓦了。我捡起一片瓦，似乎在上面闻到了那个时代的气息。如果不是从现代的高速路上来，还真感觉是回到另一个时代了，田地是一样的，庄稼是一样的，收秋的人是一样的，犁田的家什是一样的，踅来踅去的风是一样的。

远处还是箕山在南，嵩山在北，峻拔高耸而对峙，不远是颍河的源头。长着胡子的老辈人，还是说着颍考叔的故事。这故事好老好老了，听的人却总是那么认真。可惜颍考叔死得亏，勇健无比的颍考叔为了帮着郑庄公打下许国，硬是摇起了大旗，直冲许国都城。大夫子都也是一员猛将，能征善射，主帅让颍考叔争去就老大不满，这时见考叔先已登城，忌其有功，便在乱军中“嗖”的发一冷箭，颍考叔从城上掉了下来。

子都有着一副漂亮的外表，那是全郑国公认的美男子，女子们都以能一睹子都为快。《诗经·郑风》就有：“山有扶苏，隰有荷华。不见子都，乃见狂且。”然而这美男子做的事一点都不美，其形象被后人编入了戏中，好一世腌臜。有一出昆曲的内容是，为赏公孙子都灭许之功，也为解考叔之妹颍姝丧兄之苦，郑庄公将考叔的妹妹赐嫁子都。新婚之夜，子都见颍姝光彩夺目，颍姝自然也喜欢这位英才，都觉得相见恨晚，情意深浓。但子都心里有鬼，于是上演了一出爱恨情仇。

郑庄公，还有那个武姜，多少年里都应该会对颍考叔心怀感激，所以该当厚葬这位贤士和功臣，但史料里我没有看到有关文字。

四

松木带着我来的时候，正值午后，四野静悄悄的，刚下过几天雨，地里蒸腾着浓浓的湿气，乡人拉农物的车子歪歪斜斜走在泥泞的土路上，将路面撵出深深的车辙，车辙里积了水，好几天也不干。倒是高兴了田里的鸟啊什么的，到这水里吃吃喝喝，还有蚯蚓，滚一身泥巴出来晒太阳。我的鞋子和裤脚已经沾上了泥点子，但妨碍不了那种兴致。

黄城应该立一块碑，不为颍考叔也要为这个故事，百善孝为先，中国历来是讲孝的。

回头再望那个塌得深深的隧道，黄草漫漫遮挡了阳光，野菊花开得到处都是。

似乎觉得时光并没有走动，走了的只是郑庄公和颍考叔。

老子·函谷关

有一名画，老子扬须飘髯，骑一头青牛上。老子骑牛而非骑马或驴，可是一个与道德有关的问题？那牛比他类或更具辩证法。老子就这样于东来紫气中，骑着步履稳健的青牛进入了函谷关。其时四面山峰耸峙，古木参天，唯一峡谷雄关在夕阳中峭立。

老子登上函谷关的时候，他那眯着的眼睛放出一线光芒，灵感随之漫涌而出。老子此时一定看到了那个离此关不远的小秦岭。可能老子致力于写作《道德经》，也可能青牛上不了 2400 米的最高峰，老子与那个叫做老鸭岔垴的地方擦肩而过了，但他的思想缭绕在了那个高峰。

数千年过去，我等溯黄河而上，从函谷关逶迤而来，直奔老鸭岔垴。为何叫老鸭岔垴呢？这或许也是一个道德问题。

路盘桓而上，越往上越开眼。满山尽是野趣天然，那些林，想怎么长就怎么长，有力量的独个蹿，没力量的抱团长，长不动了就躺下来。那些石，不知是山生出，还是天上掉下，横七竖八，立着、蹲着、卡着、悬着，各具姿势，有的骏马奔驰，有的巨象吸水，有的说是老子对弈。鸟就在林上盘旋，在石上蹦跳，一忽惊翅而飞，不知是赤狐跑过，还是豺狼跳过。不怕的是飞鼠，活跃着眼睛看着四周动向。

钻过一线山峰，正觉热，凉凉一股水汽袭来，原来是枣香河，自峡谷中跳荡。果然一股秋枣的味道满怀里灌，直让人吸了这口，赶快吸那口。上到老鸭岔垴，万千江山，尽收眼底。一群美丽的鸟，于色彩斑斓的丛林之上，左旋一阵，右旋一阵，兴奋得不知道怎么飞。秋叶正红，层层叠叠，直把老鸭岔垴擎上天去。山岚随着云岫袅袅而生，岚云起处，阳光随风翻卷，一些翻到叶子上面，一些翻到叶子下面，一片片的叶子哗哗啦啦爆红了整个秋天。

想起那句话：天下皆知美之为美，斯恶已；皆知善之为善，斯不善已。故有无相生，难易相成，长短相形，高下相倾，音声相和，前后相随。恒也。老子真老子啊！

老子要是在这里打坐，或更有一番情怀。

老鸭岔垴以中原最高峰的姿态，同函谷关遥相呼应，呼应中回应的是灵宝。过了这灵宝之地，过了这雄关高岭，就是陕西平川了。

当老子骑着青牛离中原越来越远的时候，老子一定是恋恋不舍的，没有这灵宝之地，他或许完不成《道德经》。谁说的："《道德经》像一个永不枯竭的井泉，满载宝藏，放下汲桶，唾手可得。"尼采都在其中享受不尽。老子西出函谷关后就没有了踪影，他是不知道把自己的形骸放在什么地方，还是执意想把自己的形骸放在什么地方？其实他要是留在函谷关或者小秦岭，他就不会"不知所终"了。

再过函谷关，猛然回头时，老鸭岔垴怎么就像端坐的老子，沉入五彩的夕辉中。老子，他把一世英名留在了一个让人高仰的地方。

道口·书院·秋声

一

我的记忆在涨水，我曾经来过道口镇。那个时候我还很小，我天真地寻找着那个道口。一定是有一个道口的，它在摆渡着来往，引导着方向。

可是我没有找到。

现在我依然在道口徜徉。有个声音告诉我，欧阳书院就是道口的标志。我看到一扇门无声地开启，一股清风灌了满怀，我的怀里立时温热起来，心里在荡舟。

我曾经找过的那个历史的道口，就芳香四溢地站在四通八达的地方。

二

滑州，你是作为一个音符在那里发着骨感的声响吗？你的卫国的月光里，飘着许穆夫人的裙裾，一曲未经化妆的绝唱，在时光深深的庭院里舞蹈。

那个在乎山水之间的人也在乎“庭院深深深几许”，他找到这里的时候，“星月皎洁，明河在天”，一缕秋风正在流浪。他记住了那个朴素的路碑，正如多少年后我们循着那个路碑，毫无偏差地找到你。

三

我试着像欧阳修一样在秋声里沙哑地歌唱，真的，我真的在那种歌唱里越过了灵魂的高峡，在一片清澈而亲切的水上飞奔。

水的四周是辽阔的北中原，中原一派玄黄。一个个经过无数次痛苦和愉悦而繁衍的村庄，把这玄黄连缀起来，就如汉赋、唐诗、宋词的连缀一样，将广袤和丰收连缀起来。一个人从广袤和丰收里站直弯着的腰身，甩出一串汗水，那汗水变成了飒飒秋风。

带着秋香的风吹过大地，大地上一片繁忙。欧阳修来的那天，是否也是这样的景象？我去过欧阳修的家乡，正是“白水芦花吹稻香”的季节。

四

一群学子的声音水一样缱绻在风中，我听到了你们的歌唱，不，不唯是我，我身后那个摇摇晃晃的醉翁也听到了你们的歌唱，他激动得抖动着胡须，陷入了沉沉的回忆，似乎感怀那两次人生短暂的行程，感怀历史的理解和千年中滑州人的感情。欧阳公，六一居士，你始终让心居住在孩童中吗？你的生命里，重叠着那个儿童的节日，我们叫起来是那么亲切。

声音就这么缱绻地流着，我在这流水里偷偷地泡着自己的泪光。我回头看欧阳公，欧阳公的眼睛里映着清澈的天空。

五

欧阳书院已成卫河边的风景，我在这风景的夜晚久久不能成眠。

秋风扫过大地，我随风扶摇而上，看一个人怎样地对天惆怅，惆怅中又带有着怎样的调侃与放浪。你一定流过泪，没有泪水的男人是不真实的，只是我没有看见。故乡沙溪旁，满头白发的芦花摇出的风，一直吹过卫水，抖乱你的衣衫。

“草木无情，有时飘零。”人生不可能长驻春天，那就在秋天里扎下根，把春天重新孕育。绵州、夷陵、扬州、滁州、滑州，欧阳公，你把坦荡和豪情种植在这些山水的深刻部位，让它们长出思想和灵魂，长出文字和墨香，没有人知道你的痛苦，亦如不知道你的快乐。你看，童子都睡了，你露出了宽和的笑意。

深秋的风重复着重复着，一直重复到现在。

其实我不该想起这些，我应该想起醉翁亭的快意，想起蝶恋花的清香，可我还是忍不住。我还想起你的直率，你的不屈，你的无愧。就让我这样多想一些吧，想得多了，我就离你越来越近了。

不，我一点都不怀疑你的意志，你只是借助秋风放飞一下自己的思绪，就如你放飞吹落的一根胡须。“人为动物，惟物之灵，百忧感其心，万事劳其形。”谗佞的草在你的跟前，早拂之而色变，《秋声赋》后不知去向。

滑州，让我搬运些秋声走吧，我要把它扎成生命的篱笆。

六

在欧阳中学，我看见那些不老的风，在雨中丝丝落地，长出又一茬嫩苗。风雨之间，千岁欧阳依然“子夜读书”。

欧阳书院，请允许我作为你的一位晚来的学子，让我再坐在那方舢板样的小桌前，用我满腹的激情诵出：“初淅沥以萧飒，忽奔腾而砰湃……”

辑二

洹水南，殷墟上

一

我是最先看到了一条水，河水是淡蓝色的。或许是天气的原因，有时还会是墨绿色的。无论是什么颜色，都是那种让人一看就神迷心醉的水。水边植有柳树，刚绿了芽，垂丝绦绦，随风斜向水面。有人垂钓，构成一幅完美的画。

初开始不知道水的名字，怎么有这么漂亮的一道水。有人回答了，第一次听到，洹水。水字边加一个亘。亘，空间和时间上延续不断的意思，加了水边，叫成现在的名字，或许仍有原来的意思。

洹，是独特的，只为一条水造的字。殷墟出土的甲骨文中，洹字的左边是一条水，右边却是盘盘绕绕刻的像一条龙。这许就是古人对这条河的直接印象。

古人是善于依河而居的，这条发源于太行山深处的水，流出不远猛然钻入了地下，后又变成多股泉眼喷涌而出，像在地下酿造了一遍，水凛冽而清澈，兴奋而激昂。

盘庚从山东迁都而来，必是先看中了这条水，于是中国最早最大的一个都市兴盛起来。洹水不仅提供了生活保障，还提供了冶炼以及制陶等手工业用水。那都是当时最大的生产作坊。水与火的淬炼，使我们今天看到那些器物仍感到惊异。

二

1939 年的一个夜晚，武官村农民吴培文带领着四十二人的挖掘队正紧张地劳作。这是因为前一天他用探杆探到九米多深时，捣住了一件十分坚硬而巨大的物体。经过不断挖掘，尽管增加了人数，仍然不顺利，打成井，架起辘轳，边往上拉边在下边垫土，弄断了几根绳子，费了三个夜晚，才把这个重近九百公斤的大鼎弄上来。

吴培文兴奋之余还是有了某种担忧，先是埋在粪坑里，后又埋在草棚底下。日本人搜了几回都没搜到。日本人投降后，来了一个叫陈子明的古董商，出手二十万大洋，想把大鼎碎成八块带到北京。大锤一抡，金石之声响彻云霄。那是一种天怨地怒的声响，从此谁也不敢再有打碎它的主意。直到 1949 年因为个大不好装机而遗落南京机场。

一件件青铜器在辉耀着一个朝代、一个民族的文明。而这个文明竟然出现在三千多年以前，这是多么不可想象的事情。铜器上的花纹是那么精细，设计是那么讲究，让你至今都不好猜想是如何做上去的。

在宫殿附近的铸铜、制玉、制骨、烧陶等作坊里，聚集着多少工匠啊，那既是一个热火朝天的场面，又是一个精加工的表演，绝对是融合着物理、化学、数学、美术、文学等多学科的技艺展现。

“司母戊”三个甲骨文字即是在大方鼎内里发现的。要么它会有一个很土的名字：“马槽鼎”，那是武官村农民刚把它挖出时的叫法。这三个字不仅改变了大鼎的名字，更为它的出身提供了研究依据。

表面虽已看不出什么，可资料告诉我，这里发掘出的宫殿基址就有数十座，在王陵区，还发掘出了十几座大墓、一千多座小墓以及大批祭祀坑。

放开脚步，我竟不知该去哪里了，视线所及，一片辽阔。殷墟所包含的面积，竟然有三十平方公里。

三

“洹水南殷墟上”，最早出自司马迁的《史记》，《史记》里还有“闻古五帝三王发动举事必先决蓍龟”的话。司马迁真的是了不起。后人多少研究都从《史记》中找答案。当然也有依赖于更早期的《诗经》《论语》的。可孔子一定没有见过甲骨文，孔子错过了一个机会。东汉的许慎也没有遇到这个机会，甲骨文比他所处的时期要早一千五百年，他如遇到了，会使《说文解字》丰富许多。当然其后很多的大师级人物也都无缘于甲骨文。直到清代末期，一个叫王懿荣的人遇上了。

王懿荣是京城的文字学家和金石专家。这天他病了，派人拿着药方去菜市口达仁堂药店取药，其中一味药是“龙骨”，细心的金石专家看到小片的“龙骨”上竟然有符号，他怀疑这些符号是一种古老的文字，随即派人购买了达仁堂以及其他药店的全部“龙骨”，共计有一千五百余块。

这之后又经刘鹗、罗振玉的搜集，已经达到一万多块，并且由此研究确立了安阳的小屯区域就是商代晚期的都城遗址。后来又出现了王国维，出现了董作宾，竟有了四万多块甲骨的研究留存。在那个非常的年代里，这些精英为中国的文明进程研究付出了十分昂贵的代价，有些竟是生命的代价。

洹水南殷墟上，在这里徜徉，会听到许多让我为之感叹的事情。其中一个传说，1936 年，在盗掘了几十年的废墟里，考古队竟然发现了一个后来标为 YH127 号的甲骨窖穴，这是一个皇家档案库，甲骨成堆，大致有一万多片。考古人员决定整体挖掘装箱搬迁，必然是费尽周折，巨大的箱体下用木棍当滚轴，一点点前行，两公里的路程拉了四天，终于拉到了安阳火车站。正准备装车，天气骤然变化，洹河陡然涌起波涛，翻卷成团团云气，云气快速涌向车站上方，变成乌云蔽日，顿时电闪雷鸣，大雨如注。这种景象让现场的人惊呆了。后来有人说，洹水与它们相伴了那么久，或许是一种难以割舍的表现吧。

甲骨在地下沉睡了三千多年，是一种什么力量让它们必得在 19 世纪末期那个动乱的年代走出来呢？初开始没有人知道它们的价值，在田地里翻挖出甲骨的农民，随手把它们扔在地头上，很多是刨碎或故意打碎了。一个叫李成的小屯人，开始靠剃头为生，因为身上长了疥疮，奇痒难忍，就坐在地头随手捡起村人扔的白骨片，他用刀子把骨片刮下些粉末撒在挠破的创面上，感到痒痛减轻了，于是就多捡了些去药店卖，说是可以治创伤。药店则将有刻画符号的拒之门外。李成为了换钱，就将那些符号用小刀一点点刮掉。刀与骨的刻划有些刺耳，随着李成的每一刀刻划，我感到了阵阵心疼。后来这个叫李成的人干脆做起了骨药生意，经他手砸碎或研成粉末的甲骨不知有多少。

2009 年的一期《华豫之门》鉴宝节目，一个安阳人拿出了一块兽骨，上面尚有一段较为完整的甲骨文字，立时就照亮了现场专家的眼球，最后这片藏于民间的甲骨成为当期最为珍贵的宝物。

我不知道确切的数字如何得来，那就是现在大陆收藏的甲骨有九万多片，台湾有三万多片，香港竟精确为八十九片，总计我们共收藏十二万多片，日本、加拿大、英国、美国等国家共收藏了两万多片。郭沫若就是在日本先看到甲骨的资料而产生兴趣，回国后又进行了细致的研究。

一个资料记载，在殷墟发现的十五万片甲骨上，有一百五十万个文字，除去重复的，尚有五千左右的单字，而我们能认识的大致在两千上下。一个人掌握两千汉字便可以读书看报了。那三千没有弄明白的文字又是什么呢？可想当时人们的聪敏与智慧。

我仔细地观察那些甲骨，多是十分罕见的龟壳，讲解员说那些龟壳来自遥远的南洋海域。这是一个多么难以想象的运输以及储备的过程。还有那些精美的用于装饰的玉器，多是来自新疆，用作钱币的贝壳是来自台湾、海南和南洋一带。由此也说明商代后期疆域的辽阔和交往的广远。

这是一个时期繁荣的象征。

四

武王伐纣灭商，使这里变成了一片废墟，不知是不是好的事情。名士箕子经过殷商都城遗址，见原来的宫室已然残破不堪，有些地方长出了狂草和庄稼，箕子亡国之痛涌上心头，以诗当哭，作有《麦秀歌》。

洹水南殷墟上，那是一片至上宝地。清末，袁世凯蛰居在安阳洹上村，他对策划清王朝灭亡起过重要作用，后由于恢复帝制，使这段史实逊色。我曾经见过一张照片，袁世凯坐在一条小船上，身披蓑衣头戴草帽在静静地垂钓，他钓的是什么呢？我只是相信他看中了这片风水，死后哪儿也不去，就睡在了这洹水之滨。

时间到了 1952 年，毛泽东顺着洹水踏上了殷墟，他望着漫漫荒野感慨道：“来到这个地方，也看不到多少古啊。”但他话音一转又说：“不，来到这个地方，连土地都是古的！”

近几天看到一则消息，台湾五百余人专程包机到郑州，然后直接去安阳，就是为了看看殷墟。殷墟在游子们的心里沉啊。这都是些什么人呢？河南人，安阳人，还是那些自认为殷商后人的人？

正是三月，洹水边的旷野里有人在放风筝，大大小小的风筝自由地在天上翱翔，细细的线，牵引了那么多的目光。我看到，有些风筝竟然是甲骨形的，上面还有象形的甲骨文字。

洹水人对这块地方有着独特的理解和感情。

五

洹水南殷墟上，使安阳成为中国八大古都之一，说明了这块地域的影响力和说服力。没有这块地方，安阳成不了如此大名。

洹水南殷墟上，独特的甲骨文让朦胧的商代变成了有依凭的史实。文字的演化有了强有力的依据。人们惊异地发现，甲骨文已具备了象形、会意、形声、指事、转注、假借的造字方法，展现出中国文字的独特魅力。为此安阳建起了国家级的中国文字博物馆，此议一倡，无有与之争者。

洹水南殷墟上，中国迄今最大青铜器的发掘，对于研究三千年前的历史文化提供了坚实的依据。这也成为中华民族的骄傲，许多的场合，司母戊铜鼎都是一种代表与象征。

洹水南殷墟上，一个地方出现一种奇物都是不得了的事情，而这里竟然出现了两种：中国最早的甲骨文字和中国最大的青铜器。骨质的与铜质的构成，使得这块土地产生特异的色彩。何况还有一个洹水呢，三者共同浇注了中国文明史。

洹水南殷墟上，到处都是绿的草和鲜的花，张扬着一派盎然生机。其下面不知道还有多少未知数，但有一点是肯定的，随着时间的推移，这里将更加散发出迷人的魅力。

宋词，东风夜放花千树

一

在《清明上河图》中，一层层的瓦的房屋，显示出城市不同阶层的结构：富丽堂皇的是皇家所在，高墙壁垒的是官商大户，这些都不是能够随便进去的。那么还有勾栏瓦肆、酒馆歌楼，那是市民集中的地方，城外的人走进京师，眼花缭乱之后，还是会找到这些地方来看热闹，要不城市还有什么好玩的，好玩的就是热闹，看得见城市以外看不见的东西。

那些勾栏瓦肆中有各种各样的技艺表演，其中就有唱曲的，听那些曲子，你似不必有太多的疑问，演唱的多为抑抑扬扬的词句，那般有韵味，好听得在耳朵里打着转儿，从空中飞出去，很久才发现，有一多半还在心里。

那曲子叫慢词，其实就是宋词。如果你有心，你还能听到从那些高墙大院里同样传出的悠扬的曲调，那里也是在唱词奏曲。

《水浒传》中有燕青让李师师在家中引见徽宗的一段：“李师师叫燕青吹箫，服侍圣上饮酒。少顷，又拨一回阮，然后叫燕青唱曲。燕青……唱《渔家傲》一曲，道是：‘一别家乡音信杳，百种相思，肠断何时了！燕子不来花又老，一春瘦的腰儿小。薄幸郎君何日到？想是当初，莫要相逢好！着我好梦欲成还又觉，绿窗但觉莺声晓。’燕青唱罢，真乃是新莺乍啭，清韵悠扬。天子甚喜，命教再唱。燕青拜倒在地，奏道：‘臣有一只《减字木兰花》，上达圣听。’天子道：‘好，寡人愿闻！’燕青拜罢，遂唱《减字木兰花》一曲。”

文学作品是当时社会生活的反映，由此可见曲中宋词的广达程度。

宋词是多么响亮的字眼，说到宋词，中国的文学就显示出一种骄傲和自豪，就像东风夜放花千树一样，让人目不暇接。

宋词不同于唐诗的，就是它兼有文学与音乐两方面的特点，能够在演唱中传扬。尽管唐诗也有人唱过，毕竟没有大的流行。我在后来听到演唱的律诗，不管以歌曲的形式还是戏曲的形式，都会将一些句子整句或半句地重复来重复去才可以唱得顺口。宋词干脆不要那个重复，直接来长长短短的句子，既有了美感，也不至于啰嗦无味。当时的长短句就是宋词的本名。

二

长短句也是有着自身的发展基础的。隋唐形成的曲子词，就是配合“燕乐”歌唱的，一边吃饭，一边弹奏演唱。燕乐曲调一部分来自边疆地区，还有一些是来自靠近边疆的外域民族。如《望月婆罗门》来自印度，《苏幕遮》本是龟兹乐曲，人们熟悉的《菩萨蛮》，据说是唐代女蛮国进贡，来的女子梳着高髻，戴着金冠，佩挂满身，一个个看去菩萨一般。当时就有教坊为此谱成了《菩萨蛮曲》。唐代的曲子还有很多本就是民歌，如《竹枝》原是川湘民歌，刘禹锡贬谪在那个地方，学写了很多竹枝词，张志和、韦应物、白居易也喜欢以这种民歌体的形式写词。

晚唐和五代时期，文人对写词有了更大兴趣，晚唐词人温庭筠以及以他为代表的“花间派”，还有以李煜、冯延巳为代表的南唐词人，都为词体的成熟作出了贡献。

到了宋代，经济较之前朝是大踏步地向前发展了，一度出现了安居乐业的祥和景象，市井文化更为丰富，皇廷提倡歌舞升平，与民同乐，晚间也不像唐代很早就关门闭户，熄灯灭火，不得夜行。百姓有了更多可以赏玩的地方，也就追求赏玩的形式，既然宋词成为了一种具有综合娱乐效应的视听艺术，在演唱时就有形体动作的表演，又有美妙音乐的伴奏，为广众所接受。

曲子的发展使审美传统发生了变化，一些文人尤其是诗人十分喜好加入到歌词的创作之中。辛弃疾是个大词人，每到开饭，就让侍妓唱他作的词。在某些场合，如果客人中有词人，主人就会让歌妓唱客人的词。北宋贾昌朝宴请欧阳修，席间歌妓唱的都是欧阳修的词，使得欧阳修十分得意，每听一首，就饮一杯酒。晏殊与张先是好友，张先每次造访，晏殊就让侍女出来侑觞，唱张先作的词，张先高兴得一醉方休。

这些唱词从私宅庭院蔓延到勾栏，到酒楼邸店妓馆，众人就渐渐从悠扬婉转的唱音里知道那些词人是谁。词作被传唱得越多，词人必然越是有名。当时最流行的是柳永的慢词，那个时候，连周边的西夏都是“凡有井水饮处，即能歌柳词”。这可不是个简单话语，说明柳永的词深入人心，上至皇帝宰相，下至平民百姓都有柳永的粉丝，难怪柳永能在开封极尽风流。

苏轼当时也是知名度很高的诗人，只要写了新词，一经演唱，在京城里就传得哪里都是。还有黄庭坚、周邦彦等，都在宫廷贵府、市民百姓间有很高的地位，那些演唱的歌妓，只要人们点出名字，她们都会随口唱出。

词的日益流行和广为传唱，给词人带来广泛的社会声誉。柳永在《鹤冲天》一词中写道："才子词人，自是白衣卿相。"语气中流露出几分自信和自得。

宋词的娱乐性和普及性，刺激和扩大了社会对词作的需求。词人的创作质量和数量都让人惊叹。仅辛弃疾、苏轼、刘辰翁、吴文英、赵长卿和张炎六人现存的词作，就相当于唐五代三百多年间所有词人现存词作的总和。

三

先开始的时候，宋词多以艳词俚曲充斥于街巷坊间，就像东北的二人转，成为市井百姓喜闻乐见的艺术形式。所以宋词的题材多为伤春悲秋、离愁别绪、风花雪月，即便是被后人推尊为"豪放词"开山祖的苏轼，多数词也免不了婉约艳丽。这或与宋代的社会生活有关。前面提到燕青给宋徽宗唱曲，当时燕青说了句："所记无非是淫词艳曲，如何敢服侍圣上？"徽宗道："寡人私行妓馆，其意正要听艳曲消闷，卿当勿疑。"燕青唱的就属于这一类。

当然，文人们还是发现了这一点，为了保持那个"文"，渐渐地要将艳情的表述含蓄化、朦胧化，从俗向雅转向，给以更高层次的兴寄托喻，既要有诗的艺术特质，又有演唱的韵致效果，这样就使得宋词真正达到典丽高雅的风貌。词也由此分成了婉约派和豪放派两大分支。

豪放派创作视野较为广阔，气象恢弘雄放，语词宏博，不拘音律。“靖康”以后的词人，悲壮慷慨之调更是蔚然成风。“豪放”词人中，苏轼当坐第一把交椅，苏轼之后有辛弃疾、陈亮、黄庭坚、晁补之、贺铸、陆游、张孝祥、张元幹、刘过等。

这样看起来，还是没有婉约派的队伍壮观，而且豪放派中也有不少喜作婉约词的。婉约派一拉，还能拉进他们的行列。婉约词结构深细缜密，重视音律谐婉，语言圆润，清新绮丽。由于长期以来词多趋于婉转柔美，人们便形成了以婉约为正宗的观念。婉约派的代表人物自然首推柳永，后面跟着一群骁将：李煜、李清照、晏殊、欧阳修、周邦彦、秦观、晏几道、姜夔、吴文英等。较之豪放词，他们有着更多更好的收获。

《全宋词》共收录流传到今天的词作一千三百三十多家，将近两万首，当然还有很多散逸的。在中国文学的艺术宝库中，这是多么大的一笔财富啊！

印刷技术的文化革命

一

活字印刷术是人类历史上最伟大的发明之一，是中国对世界文化的重要贡献。印刷技术到了宋代，进入了一个历史高峰。

从雕版发展到活字，是有其历史渊源的。“印刷”就是印与刷，跟印章、拓碑具有血缘关系。印章在先秦时就有，字很少，表示姓名、官职或机构。在纸出现之前，公文或书信都写在简牍上，写好之后，用绳扎起，结扎处放粘泥封结，将印章盖在泥上，称为泥封，这是保密的一种手段。纸张出现之后，泥封演变为纸封，在几张公文纸的接缝处或公文纸袋的封口处盖印，就像后来的档案袋。后来有人怕封口的印章太小，就把印章做得很大，盖在公文封口上相对安全。这个时候的印章，就是一块小小的雕刻版。一旦字数加多，很容易形成印刷功效。

在历史的行进中，刻碑技术、拓片技术、印染技术都对雕版印刷有很大的启示。东晋时期，道教兴起，他们在桃木或枣木上刻文字较长的符咒，从而扩大了印章的面积。据晋代葛洪的《抱朴子》一书记载，道家有一种刻着一百二十个字的复印。可见当时已经能够用盖印的方法复制一篇短文。这实际上就是雕版印刷术的先驱。

二

公元7世纪左右，雕版印刷活动先在民间出现，用于印刷佛像、经咒、历书等。这样说来，雕版印刷大致是起于唐朝。唐初的时候，玄奘曾用回锋纸印普贤像，施给僧尼信众。到了唐太宗时就有了用雕版印刷《女则》的记录。诗人白居易曾把自己的诗编成了一部《白氏长庆集》，让朋友元稹写上一篇序文，元稹的序文中说到，当时人们把他和白居易的诗“缮写模勒”，在街上贩卖。“模勒”就是雕版印刷的意思。1900年在甘肃敦煌千佛洞发现的藏书中，有一卷雕版印刷的《金刚经》，其末尾题着“咸通九年四月十五日王玠为二亲敬造”。咸通九年即公元868年。这是目前世界上发现的最早的印刷品。

宋时雕版印刷已发展到全盛时代，雕版印刷的书籍，现在知道的就有七百多种。北宋初年，成都印《大藏经》，刻板十三万块。北宋的教育机构国子监印经史方面的书籍，刻板十多万块。那时刻字的雕版，多用比较坚硬的梨木和枣木，后来有“徒灾梨枣”“横灾梨枣”之语，就是指刻印的书无价值，白白地浪费书版。那么“寿之梨枣”呢？就是刊刻好书，流传后世。

宋代也有人用铜版雕刻。上海博物馆收藏有北宋“济南刘家功夫针铺”印刷广告所用的铜版，可见当时也掌握了雕刻铜版的技术。

三

多年前我去过福建一个叫做四堡的地方，那里曾经是雕版印刷的基地，辉煌一时。虽然只是一个村镇，却做着让人惊叹的事业。一个村子无论大户小户，几乎都加入了印刷的大军。或一家只做一种营生，比如专做刻板，或专做印刷，或专门开店、运输，或一条龙全包，印刷、装订、制墨、校对。这么说吧，很长的时期，全国不少地方的书籍都来自这个深山区。更是有些皇家禁书，也是从这里印刷出去，批销到了人们手中。

我一家家地转过，那些作坊的痕迹依然存在，一家家因为印刷而发迹的前庭后院，分布着作坊的各个工序。洗刷雕版的石槽还在，边沿磨砺得十分光滑，一些油墨粘在墙上，斑斑点点。即使在活字印刷盛行的很长时间里，他们还在印刷着《水浒传》《西游记》《金瓶梅》等，因为雕版是现成的，印刷又已十分熟练，家家都有整套的雕版，怕什么呢？这种土法生产文化的行为不知进行了多少年。后来印刷行为终止了，雕版还有，被一家家整套地珍藏着，就像珍藏着用过的砖瓦一样，直到“文化大革命”。在对这些属于“四旧”的破坏行动中，家家都被要求将整批整批的雕版堆放在场地上放火，全村的人看着大火熊熊燃起。不止一次的焚烧，终使得四堡的雕版销声匿迹。原本就已经走向败落的四堡更加败落了，当然，即使是败落的四堡，也能看出比马大的骆驼骨架。

也许是心内一时的隐痛，使得有人在上缴雕版焚烧时偷偷藏下了一些，藏下也并不知道还有什么用处，只是割舍不下。但是后来，有人高价收购的时候，有的人家拿不出一块，有的人家竟然搬出了一车。再后来，一块雕版已经价值连城，还见有人拿得出来，只是越来越稀少了。人们蹲在墙角，不住地慨叹，都是祖宗的物件，到了自己这一代，败家了。

我还曾在江西吉水杨万里的家乡看到过收集上来的雕版，那是在村子的文管所里，村主任抖抖索索地用钥匙打开了房门，我一下子就看到了堆在地上的一摞摞的雕版，内容都不全了，但是依然能够从那黑紫的色光中，感受到一种文化的强大信息。

四

雕版印刷已经是一个伟大的创造了。一种书，只雕一回木板，能印几百部甚至几千部书，比手写不知要快多少倍。然而，每一种书雕一回版，材料和人工都构成浪费，有些书字数很多，常常要雕好多年才能完工。一旦这部书印一次不再重印，雕的木板就放置在那里没用了。而一部书有几十几百块版，无数种书呢？雕版的存放就要占很大的地方，时间久了还会变形、虫蛀、腐蚀。此外，雕版发现错别字，少了还可以，多了常需重新雕刻。雕版印刷的短板还是慢慢显现出来，急需一种新的印刷技术来代替。

11 世纪中叶，宋仁宗庆历年间，毕昇终于发明了一种更为先进的活字印刷方法，把印刷技术推升到一个新的高度。有欧洲人曾把活字印刷术的发明归功于德国一个叫古登堡的人。古登堡发明铅活字印刷术，大约是公元 1440 至 1448 年间的事，比毕昇发明陶活字印刷术整整晚了四百年。

沈括与毕昇是同时代人，比毕昇小一些，毕昇制造的陶活字后来都归了沈括的侄子所有，那么沈括《梦溪笔谈》中关于毕昇活字印刷术的记载应是翔实可信的。

毕昇用胶泥做成一个个四方长柱体，一面刻上单字，用火烧硬，就是一个一个的活字。活字大都是常用字，每一个都刻一二十个，碰到没有预备的冷僻生字，就临时雕刻，这样慢慢地即使不常用的字也多了，成了一个字库。

我小的时候，读到毕昇发明活字印刷术，总是想不通这活字是如何印刷的，在课堂上也听过不少老师讲毕昇，没有一个讲过具体的操作。我想老师们是应该补课的。

现在知道，毕昇印书的时候，先在一块铁板上面放上松香和蜡，铁板四周围铁框，在铁框内密密地排满活字，满一铁框为一版，经检验没有大的错误，就用火在铁板底下烤，使松香和蜡熔化。再用平板在排好的活字上面把字压平，而后晾干，一块活字版就排好了。同雕版一样，只要在字上涂墨，就可以印刷。为了提高效率，准备两块铁板同时工作，一块印刷，另一块排字。两块铁板交替使用。

那些字粘在了板子上，再印其他的文章怎么办呢？这都是我费脑筋的。其实很简单，印过之后，把铁板再放在火上烧热，松香和蜡熔化，活字就掉下来，集中按类收好，以便下一次使用。这就是最早发明的活字印刷术，已经具备了活字、排版和印刷三项内容。

五

活字制版正好避免了雕版的不足，只要事先准备好足够的单个活字，就可随时拼版，大大地缩短了制版时间。且活字比雕版占有的空间小，容易存储。活字的优越性显现出来。

遗憾的是毕昇的发明在当时并未受到足够的重视，直到他死后，活字印刷术还没有得到推广，他创造的胶泥活字也没有保留下来。但他发明的活字印刷技术，却流传了下去。

1965 年在浙江温州白象塔内发现的刊本《佛说观无量寿佛经》，经鉴定为北宋元符至崇宁年间活字本。这是毕昇活字印刷技术的最早见证。宋人周必大曾被封为济国公，老年时从沈括那里学来了毕昇的方法，印了自己的著作。他做了一点小改动，就是把摆字的铁板改为铜板。铜板比铁板传热性好，易使粘药熔化。

到了元代，姚枢提倡活字印刷，他教弟子杨古用活字版印成了朱熹的《小学》、朱熹和吕祖谦合著的《近思录》，以及吕祖谦的《东莱经史说》。清康熙六年，翟世琪出任饶州推官，造青磁《易经》一部。所谓青磁，据专家分析可能是以制青瓷的瓷土烧成的陶活字。

用金属材料制造活字，是活字印刷的一个发展。在王祯以前，已有人用锡做活字。但锡不易受墨，印刷很困难，难于推广。公元 15、16 世纪，铜活字流行于江苏无锡、苏州、南京一带。铜活字印刷在清代进入新的高潮，最大的工程要算印刷数量达万卷的《古今图书集成》，用铜活字一二百万个。

六

由于职业的关系，我曾经多次与印刷厂打交道。进入排字车间，就可以看到一排排的字模，同样的字有很多排，尤其是常用字。

排字工看着稿子，十分熟练地从字模上拣出所需的字，排在手中的一个小盒子里。等一个页面排完，就放进一个更大的模块之中，再进行下一个拣字的程序。由于熟练，速度还是可观的，但是需要大量的校对工，印刷厂专门有一个校对室，排好的稿子经过校对送回到编辑部，编辑部再校对，发回厂里。反复三次，最后对过红才能付印。每一次校对过后，排字工都会重新换字。毕竟是人工拣字，拣错字是难免的。等一批文章全部捡完字模，会一层层地堆成一堆在那里，而后用专门的搬运车推到印刷车间。我曾经见到过由于工人操作不慎，将一大堆的字模搞翻，那些字模散乱一地，工人会发出惊天动地的叫喊，因为白忙活了。

后来进入电脑排字程序后，排字车间取消了，那些铅字字模失去了自身的作用，在一层层地布满尘灰后，被送进了炼铅炉，永远地结束了毕昇以来近千年的活字印刷的使命。

清明上河园中有一个门户，上面一块牌匾，书着“印刷馆”三个大字。熙熙攘攘的人群，怕只顾及那些敞开的大门，而不会在意这个关着的地方。

这里面有没有宋代那样的作坊并不重要，重要的是它存在着，作为一个时期的见证。看到这所院落，就会想到在中国的宋代，曾经出现过关于一种文化的伟大革命，这就够了。

《清明上河图》中，想也是有这样的处所的。起码在张择端的心里知道它的方位。

这里藏着一个世界级的摇篮

我曾在这个地区一次次地游历。

攀上过汉霸二王城，探访过至今仍然宽阔深邃的鸿沟，随着当地人捡拾过当年鏖战留下的铁枪头，拜谒过忠义刚烈的纪信的庙，也去考察过距今五千年的西山古城。但是我确实不知道，古荥镇还躲藏着一个汉代冶铁遗址。

汽车行驶在凹凸不平的道路上，荡起一片烟尘。已经进入了乡村地界，周围是平阔的田野，地里是有望获得丰收的秋天的庄稼，绿绿的气息扑面而来。周围看不出有什么奇特的标识，但是车子却突然停了。

人们穿过一个不大的门脸，门脸旁边堆放着一捆捆新收的芝麻。灰灰的砖墙，灰灰的房屋，不大的院落栽种着果树，棚着几架秧苗架子，简直就是一个农家院。

走进一个看似平房的门口，映入眼帘的是两个高炉的炉门。这必定是一个模型了。转过高炉，会发现一些挖掘的现场。我看不明白当时是如何制作和生产铁器的，我甚至有些怀疑，在几千年前的汉代，靠着如此普通的设备，会能炼出坚硬的铁器？带着此种疑惑，我很快就转完了不大的展厅，我想找到一种说服我的理由。

当我推开一个边门，这个理由沉沉地出现了。另一个院子深深的泥土中，插着一个又一个巨大的铁坨子。必定是当时的物品了，这种铁坨子是否还要经过燃烧锻造，再做成一种农用工具或者战斗兵器？巨大的铁坨子，现在也必得用很大的吊车才能起吊，用汽车才能够装运。

这真的是汉代的实物，我突然对这种实物感到亲近起来，仿佛一下子就探寻到了汉代遥远的深处，并且亲临了那个热火朝天的冶铁现场。这些没有完工的物品，可能就盛在巨大的模子里，正准备做着什么。它是突然遭遇了战争，还是遇到了不可抗拒的灾难，以至于就此停工，剩下这些毫无规矩可言的铁坨子？

简陋的台子上展览着汉代铁犁铧的工具模型。已经能够想象得出，当时有了这样一个冶铁基地，一定会有成批量的农用工具和战场兵器炼制而出。听介绍说，这是当时最大的冶铁高炉，有着完备的冶铁设备和先进的工艺流程，有批量成套铸造铁器的模和范，冶铁的技术领先世界，连国外的钢铁史专家都一致称“这里的文明属于全世界”。

走出简陋的院子，我和同伴们讨论着一个话题：这里现时看来是荒僻的，交通不是十分便利，当时为什么会在这里设立一个冶铁基地呢？

归来查阅史料，才发现古人的设置是多么的科学。在战国和秦汉时期，这一地区已经发展得很繁荣，主要是战国时期韩国对鸿沟的开凿和秦三川郡的建立。公元前 4 世纪，韩国在大禹疏水引流和郑国开发的基础上开凿了鸿沟，以荥泽西岸的古荥为起点，利用黄河、荥泽及淮、泗等水系，形成了贯穿全国南北的水路交通网。《史记》有载：“自是之后，荥阳下引河东南为鸿沟，以通宋、郑、陈、蔡、曹、卫，与济、汝、淮、泗会。于楚，西方则通渠汉水、云梦之野，东方则通沟江淮之间。于吴，则通渠三江、五湖……此渠皆可行舟，有余则用溉浸，百姓飨其利。”这样说来，汉代的这个冶铁基地所生产出来的物品就可以非常便利地转运到全国各地，以备农耕或战争之用。

这可真称得上是河南的骄傲、惠济的自豪。鸿沟距离冶铁遗址很近，可以想见当时铁炉高架，烟腾火燎，水陆并用，车船塞道的繁忙场面。

只是我觉得这个冶铁遗址纪念馆规模有点小，同“世界冶铁工艺的摇篮”的称号不相匹配。应该有一个象征着汉代文明史的标志性建筑，有一个巨大的展览厅，把当时冶铁流程工艺热火朝天的场面以实景的形式展示出来，把各式各样的模具和生产的物品也展示出来，造成一种影响，一种惠济的影响、中原的影响。

火药，原本是一味中药

一

清明上河园里有一处建筑，显得有些神秘，紧闭的大门似乎平时不开，门上有块匾额，大字是“火药馆”。给人的感觉，这里就是一家专门生产火药的工场。

火药盛行于宋时期，为古代四大发明之一。那么，想过火药是什么东西吗？你可能想都不会想，认为我问的问题有点小儿科，火药不就是炸药吗？

其实叫这个名字是有说头的。既然是药，必然与药沾亲带故，它原本真的是中药的一种，由于能起火，被称为火药。

二

火药发展到宋代，才被人们进一步认识，作为武器应用到战争中。恩格斯曾经肯定过中国人的发明，他说：“现在已经毫无疑义地证实了，火药是从中国经过印度传给阿拉伯人，又由阿拉伯人和火药武器一道经过西班牙传入欧洲。”

火药的发明大大推进了历史发展的进程。我曾在土耳其历史博物馆看到了苏丹穆罕默德二世利用火药进攻东罗马帝国（又称拜占庭帝国）首都君士坦丁堡（今伊斯坦布尔）的场景。君士坦丁堡城墙长七点二公里，有两层，内墙高约九米，厚近五米，外城墙有九十二座炮塔，还有一百一十座瞭望塔和十四座城门。

当时的人们已经掌握了雷石火炮的技术，城上城下交战猛烈。奥斯曼帝国穆罕默德二世的士兵用铁筒制成的六七米长短、一米左右直径的大炮，是我没有见到过的重武器。火炮点火后，会将巨大的球弹瞬间推出去，砸向坚固的城墙。

由于火炮较为笨重且球弹重量大，火炮不能离得很远，所以火炮前面有了遮挡的东西。士兵们有的是火药的装填手，有的是球弹的装填手，有的是点火手。一架火炮，有无数人在操作。攻城的队伍中，有好几架这样的巨型火炮。当然，还有一些小型火炮，它们与巨炮比起来，真的是小巫见大巫了。

在这样的火炮轰击下，君士坦丁堡的城墙壁垒终于被轰塌了。这场胜利宣告了东罗马帝国的灭亡，伊斯坦布尔成了奥斯曼帝国的首都，奥斯曼帝国得到了大片的土地，扩大了势力范围。苏丹穆罕默德二世得意的表情中，是否觉得来自中国的这种传奇般的火药，真的是神奇无比呢?

这个事件发生在 1453 年。1453 年已经是中国明朝中前期，武器技术已经很大程度地向前发展了。没有火药的传播，要想凭借冷兵器攻克如此坚固的城堡，恐怕是一场梦。

火药的配制现在说起来很简单，我们在电影里看到，民兵和农村百姓在快乐地用石碗和碾子操作，其中还有年轻的妇女。他们用硫黄、硝石和木炭混合成火药，用火药和石头做成地雷，似乎很轻易就制造成了消灭敌人的武器。而历史上，发现并掌握这种合成方法，却经历了十分漫长的时间。

三

很早以前，我们的先人对这三种物质就有了一定认识。

新石器时代人们在烧制陶器时认识了木炭，知道它是比木材更理想的燃料。商周时期，人们更是在冶金中广泛使用热值高、性能好的木炭了。硫黄呢？天然存在，高热的温泉周围就有，离得很远就能感受到它释放出的硫黄气味，很容易采集。再就是硝了，硝的化学性质很活泼，能与很多物质发生反应。古人掌握的最早的硝，就是墙根屋角下的土硝，只需用扫帚扫下来即可。

当时认识的硝石和硫黄，是被作为药材使用的。在汉代的《神农本草经》中，硝石被列为上品药，站第六位，认为它能治二十多种病。硫黄被列为中品药的第三位，也能治十多种病。

虽然人们对三者的性质有了一定认识，但是硝石、硫黄、木炭按一定比例放在一起制成火药还不是一句话的事情。最终发现这种比例并使之产生效能的是炼丹家。

说到底，人还是希望长生不老的，有着优越地位的人，活着的感觉就更好。从战国至汉初，帝王贵族们沉醉于神仙般的幻想，向民间广求良方，招纳方士，来获取一种长寿丹药。汉武帝为了“长生久视”，还亲自炼过丹。炼丹也就一度成为一种风气。历代都出现过炼丹方士。

炼丹术只是后来看透了，觉得荒谬可笑，在古代，炼丹家还是很神圣的，普遍地受到尊重。炼丹家其实就是专门研究一种丹药的药理学家或者说科学家。比如唐代的大医学家孙思邈就是炼丹家，现在我们只把他认作了医学家，似乎沾上炼丹家就贬低了身份。

一次次的虔诚和挫折，使得炼丹家不得不反复实验和寻找新的方法。这样就为火药的发明创造了条件。比方说炼丹家对于硫黄、硝石这种具有猛毒的金石药，在使用之前，常用烧灼的办法将它们降伏一下，也就是过过火。《诸家神品丹法》卷五所引《孙真人丹经》内“伏火硫黄法”一节中有很详细的记载（孙真人即孙思邈）：硫黄、硝石各二两，研成粉末，放在销银锅或砂罐子里。掘一地坑，放锅子在坑里和地平，四面都用土填实。再把没有被虫蛀过的三个皂角逐一点着，夹入锅内烧。等到烧不起焰火了，再拿木炭炒，趁还没冷却进行混合。这就是伏火。唐朝中期有个叫清虚子的，在《铅汞甲庚至宝集成》中记载有“伏火矾法”，提出了一个伏火的方子：“硫六两，硝二两，马兜铃三钱半。右为末，拌匀。掘坑，入药于罐内，与地平。将热火一块，弹子大，下放里面，烟渐起。”他用马兜铃代替了孙思邈方子中的皂角。

伏火的方子都含有碳素，而且伏硫黄要加硝石，伏硝石要加硫黄。看来，在唐代初期和中期，炼丹家将硫黄、硝石研成粉末，再加皂角子或者马兜铃一起烧炼，三种药料的混合，已经具备了火药所含的成分。

那么火药是如何被发现的呢？虽然炼丹家知道硫、硝、炭混合点火会发生激烈的反应，并采取措施控制反应程度，但是不知道三者会引发严重的后果。这个后果就是因药物伏火不当，而造成炼丹房失火。失火的情景越来越多地出现，就知道这种配制的威力了，火药的概念也就成熟。

关于炼丹失火的事故，《太平广记》有一个讲说，说隋朝初年，杜春子去拜访一位炼丹老人，老人好客，杜春子当晚留住在那里。杜春子睡着了，炼丹家还在忙碌。可能配制药物时一时疏忽，使得药猛然燃烧起来。半夜杜春子惊醒，看见炼丹炉内腾起紫色的烟尘，直窜屋顶，还没反应过来，屋子已经烧着了。为此不少人有了经验之谈，一本《真元妙道要略》的炼丹书，已经讲到了要防止炼丹引起失火的事情。他们将这种极易着火的药称作火药，《本草纲目》中，就提到火药能治疮癣，杀虫，避湿气、瘟疫。

后来，炼丹家又发现，将火药贮存在密闭的容器内，不小心会发生燃烧并且爆炸。爆炸时容器碎片四下飞迸，很容易给人带来伤害。由此知道了火药被密闭后的威力。而且装在坚实的金属或石器中，产生的后果会更加严重。

火药的最初使用并非在军事上，而是民间的爆竹烟花之类，王安石写的“爆竹声中一岁除，春风送暖入屠苏”就说明了这一点。爆竹和烟花也用在马戏、杂技、木偶戏的演出中，以制造神秘气氛。还有，表演幻术时，把火药点燃散出烟尘，在烟火云雾中把人或物变没有，使观众看不大清楚真相。

四

火药应用于武器的最初形式，即是利用火药的燃烧性能。

之前，火攻是军事的进攻手段，常用的就是火箭，箭头上绑一些松香、硫黄之类的易燃物质，点燃后用弓射出，一旦点着敌人易燃的东西，就会产生事半功倍的作用。有了火药后，将其绑缚在箭头上发射，燃烧的效果会更加奇妙。据《宋史·兵志》记载：公元 970 年，兵部令史冯继升进火箭法，这种方法是在箭杆前端绑缚一个火药筒，利用火药燃烧向后喷出气体的反作用力把箭镞射出。这是世界上最早的喷射火器。公元 1000 年，神卫队长唐福向北宋朝廷献出他制作的火箭、火球、火蒺藜等火器。1002 年，冀州团练使石普也制成了火箭、火球等。火药兵器在战场上的出现，标志着战争从冷兵器阶段向火器阶段过渡了。

由于战争不断，对火器的需求日益增加。宋神宗时设置了军器监，统管全国的军器制造。军器监雇佣工人达四万多名，监下分十大作坊，“同日出弩火药箭七千支，弓火药箭一万支，蒺藜炮三千支，皮火炮二万支”，说明当时北宋军队的火器也是可以的了。从这个数字看，说北宋皇帝不重视军事倒是有些冤枉他们。

即使有了蒺藜火球、毒药烟球，也还是威力比较小的火器。到了北宋末年，爆炸威力比较大的火器“震天雷”出现了。震天雷是一种铁火器，大概类似后来的粗管铁炮。公元 1126 年，李纲守开封时，就用这种炮击退过金兵的围攻。金与北宋的战争使火炮进一步得到改进。但是光有好的火器也没用，最后还是被金兵拿下了北宋的首都开封。武器只是一种工具，到了谁手里，就为谁服务。后来金兵守南京（开封）时，也用了这种武器，以对付元军的进攻。《金史》对震天雷有这样的描述：“铁罐盛药，以火点之，炮起火发，其声如雷，闻百里外，所爇围半亩之上，火点著甲铁皆透……人与牛皮皆碎迸无迹。”描述可能有一点夸张，但也表明了宋、金利用火药武器的成功与进步。

到了南宋，火药武器又进了一步，出现了管状火器。公元 1132 年，陈规发明了火枪，陈规守德安时就使用了二十余条长竹竿火枪。同时点着也够有威力的。又过了二十多年，有人制成了突火枪，用更粗的竹筒制作而成，不是能喷射火焰烧人的那种了，而是装进了“子巢”，“子巢”就是弹丸。可见，宋代管状火器的发明已经是武器史上的一大飞跃。

五

游园的时候，又看到了战船交战的场面，各自战船上的火炮都发挥着威力，谁的威力大，谁必然会占先。有的已经败下阵去，接着一艘大的战船也被击中着火，场面十分逼真。

人们站立在河水两岸，拥挤着看热闹，当然，也会有人联想到历史上火药的发明与演变……

济沧海的云帆

一

2007 年，深藏于海底八百多年后，一艘满载货物的商船在南中国海被整体打捞出水，置于为它准备的水晶宫，接受世界惊奇的目光。2013 年年末，人们开始对它进行全面的考古发掘。

这艘被称为“南海一号”的南宋古沉船，是迄今为止世界海底沉船中年代最早、船体最大、保存最完整的远洋贸易商船。专家推测，这艘古船是从中国驶出，顺着海上丝绸之路赴印度或中东地区进行海外贸易的。“南海一号”长二十六米以上，宽十余米，船身高八米，排水量可达六百吨，载重近八百吨。

还是在水下的时候，就已经从船上打捞出瓷器等六千余件，据说尚有超过八万件的文物没有清理。而与这些瓷器年代、工艺相当的一个瓷碗，此前在美国就卖出了数十万美元的天价。

二

北宋时，中国拥有了世界上最庞大的帆船舰队和商船队，频繁远航至阿拉伯、印度、东南亚和东亚的日本与朝鲜、东非等地区。这无疑应该归功于皇帝的英明决策。宋高宗就曾说道：“市舶之利最厚，若措置合宜，所得动以百万计，岂不胜取之于民？朕所以留意于此，庶几可以少宽民力尔。”宋政府为了增加财政收入，自北宋中叶以后，海外贸易的收入一直占宋朝全年收入的很大比重。

海外贸易的推动和航海技术的进步，必然迎来造船业的大发展。宋太宗时，全国每年造船达到三千三百余艘。当时在江西、浙江、湖南、陕西等很多地方都设立了造船场、造船坊，特别是东南沿海一带，临安府（杭州）、建康府（南京）、平江府（苏州）以及扬州、湖州、泉州、广州、潭州、衡州等地更是新设了不少造船中心，形成了制造海船的重要基地。不但有官方的造船场，也有很多民间的造船场。而这些城市的发展，也与造船和航海贸易关系密切。到了 1078 年，也就是宋神宗元丰元年，明州就造出了两艘约六百吨的大船。

1974 年，泉州湾意外地发现了一艘宋代古船，成为当时一个较为轰动的事件。多少年以后，我在泉州造船和航海展览中看到了这艘船。这艘古船长二十四点二米，载重量达二百吨，具有夹底造型，三重壳板，而且有十三个隔水舱。这种隔水舱技术，据说经马可・波罗介绍，被传入欧洲。

三

宋代的造船、修船已经开始使用船坞。舟船的制造不但数量多，而且质量高，装饰更为华美，大船上有小船，遇到紧急情况可以救生。每船都有大小两个锚。行船中有探水设备。一艘船上的人达到数百，能够存积一年的粮食，完全适合于远洋航行，而且有了同时期得到改进的指南针进行导航，就必然掀开航海史上的新篇章。

随着海外贸易的发展，宋代在各城市的外贸港口，还设立了专卖外国商品的“蕃市”，“蕃市”周围有供外国人居住的“蕃坊”、供外商子女接受教育的“蕃学”，政府还专门制定了蕃商犯罪决罚条例。这些工作做得都很细致。

朱彧的父亲朱服于 1094 至 1102 年任职广州，朱彧跟随父亲在广州生活了较长一段时间。朱彧后来写了一本《萍洲可谈》，记录的就是当时的见闻。

宋代造船不仅是为了进行远洋贸易，同时也考虑到了用于守卫和战事。为了抵抗北方少数民族的进攻，宋高宗在大臣的建议下，下令建立了中国第一支常备水师。在专为宋朝水师设计的各种战舰中，就有令人闻风丧胆的车轮船，又称飞虎船。

四

清明上河园里有很多仿造宋代的大船，那些船来往于水上的时候，还是让人们想起些什么。如此富庶和强大的北宋的灭亡，已经成为人们交口诉说的教训，此教训当然是多方面的，不能以一两句话说得清楚。由开封迁都至杭州的南宋政权维持了不短的时间，经济上也经历了一个长久的稳定期，造船和远洋贸易依然活跃，社会生活也有了好的发展。要说南宋时期的舰船也是可以的，水军力量称得上一流，可还是被元朝的水师打败了。

千里之堤，毁于蚁穴，应该还是内部出现了问题。

东京梦华

一

当夜一空繁星，半弯明月。

《大宋东京梦华》大幕启处，正是全新大宋王朝的开始。

那是一个辉煌的朝代，且是古代中国社会经济、科学和文化处于最高峰的朝代。那时的开封，由宫城、内城、外城三城相套，街衢俨然，甚于唐长安城。社会经济飞速发展，工商业极度繁荣，当时城中店铺达六千四百多家，单是有名的酒楼，就有“正店七十二户”，并有了最早的纸币和银行。围绕着这个大都市，还出现了造船场、造纸场、火器场、印刷场、织布场，还有钧瓷、汝瓷等官窑。有一个记载：唐朝的开元盛世年铸币是三十二万贯，而宋神宗时年铸币达到了五百零六万贯。说了你也许不信，大宋一国，GDP 就占了全世界的百分之五十。

人们的物质和精神生活都得到了极大的满足。文学方面，产生了苏轼、朱熹、欧阳修、王安石、范仲淹、辛弃疾、李清照、陆游这样的人物，“唐宋八大家”里，宋代就占了六家。宋词是遍开大宋的菊花，装饰和渲染着大宋的美好或忧郁的时光。《大宋东京梦华》，只撷取了宋词的八朵菊，便将整个宋代的历史演绎出来。

二

这里那里的华灯亮了，这里那里出现了人声。大大小小的船只依次而来，大船那般气势雄壮，上面满载了货物。接着是拉纤的队伍，嘿呦嘿呦的喊声和弯背勾肩的架势让人感奋。小舟轻轻，一人双桨，一只只轻巧地划过。水的波纹，这里落了那里起。

“清明上河”，已经成为一个符号，深深地印在了历史长河中，园中的实景演出，更有了新的意义，既有现场感，又发思古之情。场面何其宏大，演员就有七百人。以八首宋词谱写的主题音乐，时而舒缓悠扬，时而激越高亢。

水面上，歌声起处，一群群的舞女翩翩，一群群的游人或上船，或登楼，或徜徉街头桥畔、岸柳花丛。秋千荡过，风筝飞过，香风吹过，笑声飘过。“醉东风”，好啊，谁在这样的场面里不醉呢？何况还有东风相伴。“东风夜放花千树，更吹落星如雨。”香车宝马的画面出现了，舞着鱼龙的场景出现了，打着花伞的女子出现了。“凤箫声动，玉壶光转，一夜鱼龙舞。”闹不够，也笑不够。“蛾儿雪柳黄金缕，笑语盈盈暗香去。”衣袂飘飘，款步摇摇，鲜花亮了树，灯盏处处游。

还有一处景象呢，少女乘着秋千，飘然而下，掠过湖面，打出点点水花。你听那轻柔似水的歌声：花褪残红青杏小，燕子飞时，绿水人家绕。枝上柳绵吹又少，天涯何处无芳草。

轻飏的歌声里，连空气都像是从清明的宋朝吹过来的。

三

《大宋东京梦华》，本就是一阕词，让人感到优雅的文化意味和绚丽的艺术色彩，勾画出一个天空、水面、地面三维立体的实景舞台。音乐、灯光和高科技的舞美，使宋都一派奢华。

那时的东京人可是富，按现在的话说，那叫有钱，“金玉珍玩、衣着，无非天下之奇”。林冲为了买一把刀，拿出了一千贯钱。而拥有“百金”者已是不足奇的事情。有人说，当时一位西方君主的生活水平，或比不上东京的一个守门卒。

由于太平，宋不像唐实行宵禁，为百姓计，城门关得晚、开得早；也不像唐朝一到夜晚就一片黑，不仅官家，民家门口、庭院也都会点上灯，而且人们还喜欢拿着各式各样的灯笼，在晚间到处游逛，从城楼上看去，一片闪亮。

逢年过节，京城更是热闹。皇城宣德门前广场，是元宵灯节的中心。大相国寺、开国寺等寺庙也是灯烛光彩争华。“梁园歌舞足风流，美酒如刀解断愁。忆得少年多乐事，夜深灯火上樊楼。”十六日夜，自太祖皇帝始，诸多宋代君王都会御驾亲临宣德楼。

那可是灯烛荧煌，箫鼓间作，仕女欢会，填溢禁陌，“楼台上下火照火，车马往来人看人”哪。

北宋富强一百六十多年，京都“比汉唐京邑，民庶十倍”，其间六十多年无战事，那般太平的日子，让人都过迷糊了。同时存在的几代人都不知道什么是战争、什么是饥荒、什么是危机了。

《大宋东京梦华》将北宋最为繁荣辉煌的历史演绎得如此具有现场感，让人不得不想起那曾经的醉生梦死的生活。

四

水中明月，伴着小桥流水。

一个叫柳永的骚客由一只小舟载走了。走的时候岸上的美人儿使他那般迷恋，执手相看泪眼，竟无语凝噎。多情自古伤离别，更那堪冷落清秋节！今夜他不知酒醒何处，还念叨着纵有千种风情，更与何人说？

在宋代，在酒楼里与歌妓唱曲吟诗，那叫风雅。诸多像柳永一样的诗人都有这样那样的相好。这些人身着华丽的衣装，行走于大街小巷，贪坐于瓦肆酒家，欢歌起舞，赋诗唱词，嬉闹逗耍，极尽风流。柳永醉了，柳永为何不醉呢，像他这样有情趣的文人，在东京这样的地方，无诗也会作出诗来，不醉也会沉迷晓风柳岸。

这就是东京梦华。不只是这些文人骚客醉了，连皇帝也整日里醉醺醺的。“向谁行宿？城上已三更。马滑霜浓，不如休去，直是少人行。”缱绻而迷离的场景，倒都是动了真情。

诸国来朝，盛况空前。西域的马匹、大漠的骆驼逶迤而至，载着波斯少女的阿拉伯商队，手持舞扇的日本艺伎，吹着羊角号的犹太商人汇聚而来。他们用自己的特有方式，叩呼万岁。异域的音乐、风情浓郁的歌舞次第展演。看了这边，那边又出现了什么，眼睛不够用了。

大宋对这些国家不仅是一种吸引，而且是一种震慑。他们一方面来交流，一方面来讨好，当然，这中间也不乏觊觎之心。

看到这个场景，就想到了后来的景象，大宋皇帝在这个时候想到了吗？他也许以为天下永久都是太平的，天下永久都是大宋的，天下人对大宋只会敬仰而不会有别的念想。

可历史就是这样，历史既记载那些真实的画面，也嘲弄那些忘乎所以者。

五

想起胡子拉碴的马可·波罗，自繁华之城威尼斯到了后来的元大都，仅仅看到吸收得很少一点宋文明的景象，就觉得像到了天堂。如若老马早些年来东京，还不惊出一身病来。

大宋时期，产生了多少文明，科技方面，有拱桥、指南针、火药、印刷术、造船的舱壁、踏水轮的船舰、深度钻地的技术、炼钢炉和水力纺织机。汴绣也是一种引领，很多地方都学会了这种精妙的做工。还有新奇的，京都所有干道都有一个塔钟，每个钟都有人值班，到一个时辰就敲铜锣，报平安一样，金色的声音回荡在大街小巷，而后便有一个数字展示在那些钟楼之上。还有，城里人已经用煤做饭取暖了，西方人还主要是靠木柴，他们把大宋的煤叫做能烧的石头。军事上，大宋时期利用火药造出的武器也是威力无比，曾经让来犯者惊恐万状。

然而，还是来了“然而”。大宋江山顷刻间落入一片烟尘之中，实景演出构筑了一个真实的场面：巨大的水上战舰，轰鸣的炮火，逼真的烟雾，整个湖面都被染成血红色。曾经豪华的琼楼玉宇变成了一片火海，秋千不再，歌舞不再，朝贺不再，皇帝呢？皇帝充当了囚徒。四处一片呜咽，八方一片唏嘘。

眼前的汴河呢？北宋灭亡，宋室南渡，金人曾利用汴河以舟师尾追，宋高宗为了阻止金兵进逼，下诏破坏汴河水道，南北水运遂告断绝。北宋灭亡三十多年后，南宋派楼钥出使金国。楼钥往来经过汴河故道，目睹了汴河的荒废：从灵璧往北行不远，汴水断流，又三十公里，至宿州，汴河河道淤塞得几乎与河岸相平，车马都在河道中行走。有的地方盖起了房屋，汴河的河底也多半种上了庄稼。

多少震惊，多少感叹，多少遗憾！一个大宋，就这么回到了原点，回到开篇时李煜的词中：春花秋月何时了，往事知多少。小楼昨夜又东风，故国不堪回首月明中。如若大宋早一点梦醒，知晓强国还需要强军，安民尚需要安邦，或许不至于落到这种地步。当然，其中也与腐败有关，历来丧权辱国的历史，都与腐败紧密相连。

所以看到这种景象，不能不引发联想，不能不牵动神经。倒是希望上上下下各样人等来看看这场演出。昨天的历史不能再重演!

六

曲调那么合乎词的意韵，悠悠然似回到当时的情境中去。灯光变幻，烟雾升腾，水波迷蒙。繁华即繁华得富丽堂皇，豪奢到极致，服饰、道具、色彩、灯火，无不格外讲究。惨烈也惨烈到冰点，风雨、烟尘、落花、败絮，无不一片迷蒙。

明月几时有？把酒问青天。不知天上宫阙，今夕是何年？一只硕大的菊花重新在水的中央绽开。一道绿色的隧洞那般奇妙地出现在天地间。那似乎是连接着现在与过去的时空隧道。

开始的一幕重新展现，让人有一种回味，一种感怀，一种意愿。

和平、和谐，安逸、安详，幸运、幸福，就是人们所追求的理想的社会景象，是每个人所期待的，也是每个人要为之努力的。

《大宋东京梦华》，就是通过极度繁华的艺术再现，唤起一个民族对兴衰的深沉思考与渴望崛起的浩荡激情。

走完了清明上河园，再看一幕实景展现，而后踏着暗光幽幽的小路朝外走，感觉那小路怎么也走不完。

两边依旧是老旧的水老旧的屋老旧的树，屋门关起，水自然流，树自然长，叶子筛下点点斑驳。没有了风，一切静得可怖。抬头一袭云，星星时有时无。

那曾经让苏轼沉迷的月亮，怎么还挂在天上?

济水之源

进济源，那是进了太行、王屋的深处。

不知道前人是骑马还是驾车，我是顺河来的，那河在我心中。河叫济水，曾经与黄河、淮河、长江并流入海的济水。

我翻越黄河，顺着河急急西去。而原来的济水是从黄河的下面穿过，我不知道它如何有这种能力，穿越后便与黄河并流，直到山东还有它宏阔的足迹：济南，那是济水南岸的城市；济阳，位于济水之北；济宁，表明着对济水的祈望。济水中同样有大船航行，载了北方的丝绸、山货和南方的陶瓷、海盐，济水两岸的经贸十分繁荣。直到 1855 年的夏天，黄河一个滚打过来，同另一条母亲河混为一起，这使我再看不到原先的济水。

一个宽敞的院落，一进一进的大殿，无数的石坊碑刻，千年的古柏松林，整个树根做成的大梁，整块石头凿成的怪兽，皇上敕建的碑文亭阁，一切都森严端肃。

我知道皇帝是敬山的，却没想对一条水也如此敬重。唐玄宗封济水为“清源公”，宋徽宗封“清源忠护王”，元仁宗封“清源善济王”。济水地位煊赫。

一般庙宇的后面，或有一个墓园，济渎庙后却是一方水，一方至今仍在涌动的源泉。泉眼趵突，这里那里，一水的花。与泉一墙之隔，还有泉池，成了百姓的天地。一群孩子在里面戏水，村姑在周围浣衣，把水诠释得具体而真实。泉涌得急，被人在上面压了一盘磨，泉从磨眼里喷，从磨四周挤溅，磨成了雨花石。又有人用了水泥钢筋，仍是封不住。

还有万泉寨，离济渎庙很近，延庆寺那里也是源头，到了济源，就是进入了一个泉林。原以为济源无非地名，与水有关也是千年的标本与符号，却没想名副其实。

千万里奔涌的遐想聚焦成眼前的泉流，泉水流去的地上篷了瓦，叫河瓦地。上面种蒜，成了贡品。水通过地下涌洞流向了远方，那个远方，可能是珠河、龙河，可能是蟒河、沁河，或者小清河、大青河。在以前，这些河都是济水嫡系，现在被叫成了黄河的支流。

有人说，黄河对济水河道的挤占是侵略行径，我却以为是二水的融合，是济水团结了黄河。中原人依河而居，河水经常泛滥。既然两条水如此相近又不断相交，何必你争我夺，那就把责任和使命并为一体，至于叫什么不必计较。

济水释放了相隔不远的两条大河的危险性，把水与大地的许多问题简单化了。济水就这样渐渐淡出了历史的视线。实际上，济水一天都没有消失，黄河什么模样，它什么模样。当黄河两岸欢唱丰收的时候，济水或在暗处笑着，济水不说，济源不说。

我想象不到，由济源出发的河古时竟然就叫一个字：水。那般清灵澄澈的水，一路向前，直到温县人们才在水的前面加上了“济”。水，多么动听的名字啊，住在岸边的人们，会不停地唤着这个名字：去哪里？看水。或者：去水上。话语间诗意盎然。甚至连女孩子也叫成水的名字，水水、水香、水红，脆亮的叫声传得很远。水使青春靓丽，血脉延续。

任何一条大河的源头，都有着神秘色彩。我到过黄河的源头，那里雪山皑皑，荒野茫茫，济源却是苍翠生生，文化重重。

太行、王屋做济水的照壁，气势可谓宏大，那是盘古开天之地，至今有盘古寺立于山顶。愚公移山的号子响到了现代，并引你走进世界地质公园。五龙口秦时就建有分水工程，与都江堰齐名。有水叫泥沟，至今还在流着，是古轵国所在，豪侠聂政的老家。我仍然看到古城环绕，芳草萋萋，看到芳草中的聂政墓。聂政的性情，同愚公有一比。

水润泽了绝世传奇，《诗经・国风》中的160首诗歌，反映的是济水流域十五邦国的风物与生活，“关关雎鸠”的洲就在不远的雎鸠岛，那是黄河中唯一有人居住的洲。崔莺莺款款从故里走出，过去河就是普救寺。妲己也是这里生人。不过当地人说得最多的是槐姻村、临仙村，董岭村还有董永坟。黄河最险的八里峡和小浪底也在近处，民谣说“八里峡大浪到头小浪到底”，小浪底正打造爱情圣地之旅，说“小浪底就是浪漫到底”。小浪底在排沙，还真见一对对恋人奔此而游。由于水好，就出现了以茶为业的茶仙，九里沟，那是卢仝著《茶谱》、吟《七碗茶歌》的地方。济水经流有“竹林七贤”活动地，有孔孟诞生地。

一条河消失了，河的精魂却留下了，潺潺不息。

人们对济源的景仰由来已久，从黄帝始历代皇帝每年都到天坛山祭天，明、清迁都后，因路途遥远，才依地球同一轴线在北京建天坛。沁水公主早早把一个沁园建在这里，园子成了“沁园春”的词牌。走来的诗人也多，李白来了就说“山高水长，气象万千”，上阳台诗抄成了国家珍宝。白居易一开口就是“济源好风光”，还有杜甫、高适、刘禹锡、韩愈、欧阳修、苏轼，都是诗圣级人物。李商隐的心神到了这里才不宁起来，以至于写出那么多《无题》的怅恨，也说明麻姑庙的尼姑多么清姿绰约，庵旁涌流的泉水叫玉溪，李商隐就叫了玉谿生。乾隆皇帝游玩的地方可谓多，在此也真心称誉是“名山胜迹”。登临山顶，方觉出前人为何不辞艰辛而雅兴齐聚。

从王屋山下来，见山谷空地上长着一棵树，是银杏树，因其蓬勃高大，就觉得只是那一棵树。太阳落下去，黄昏涂了银杏一层的金黄，站在树下，觉得那金黄在响，低头才发现是一眼泉。泉水滋润了树的年轮。

济源，不唯是一条水的源头，而是多重意义的源地，太行山的奇伟，王屋山的雄峨，济水泉的喷涌，将历史、自然和人文精神聚在这里，这或许就是济源的“济”的真正含义。

司南

一

偌大的清明上河园，很多人拿着导引图研究要看的地方和项目。

一群叽叽喳喳的女孩子在争吵，她们在争论方位。其中一个带着欧式遮阳帽的女孩把自己胸前的项链坠打开。她摆在手上嚷嚷着，怎么样？我说那边是南嘛，你们偏不信！就有人闹着看她链坠扣里藏着的东西。女孩说是男朋友送的礼物。有人就说，这可是有着深奥意义啊，怕你找不着家吧。

这一群人笑笑闹闹地转向一条石径走去。女孩子拿出了什么法宝呢？

那即是一款藏在链坠上的指南针。

过去，一般人出门不会专门拿着这么一个物件。20 世纪 70 年代，手表的链子上出现了指南针，一时成为炫耀的资本。那个时候，很少有人能够出门远行，指南针只是做做样子，但那个样子做得是多么令人艳羡啊。找对象时，如果戴着一块手表，伸出来时还有金色的一晃一晃的指南针，便负载了很高的成功率。当初，那个一晃一晃的小针，还不知道是什么物件呢，不少人会偷偷地发问。现在，多数人已经没有了戴表的习惯。

那次去赤壁，导游小张想让我了解得更多，不断地引着我这里走那里看。其实我最想看的还是大江赤壁。最终站立江边，看着浑茫的江水，想起那场惊天动地的水火之战，我一时没有弄清东风从何处吹来。我问小张，哪边是大江的南面？口齿伶俐的小张一时语塞，被我的话问住。不过她顿了一下，很快掏出手机拨弄着。我以为她要打电话问一下，谁想她很快地有了指向。我说，你怎么知道的？小张说，指南针告诉我的，还能有错？原来她手机上装载了指南针。

二

科学已经让我们知道，我们居住的地球本身，是一块天然的大磁铁，在南北两头有不同的磁极。靠近北极的磁性为 S 极，靠近南极的磁性是 N 极。因为同性相斥的缘故，不管在地球的什么位置放置一根磁针，它的 N 极始终指向北方，S 极则对着南方。

但是这一科学发现，却是经历了相当长的时间。

远古神话中，中国已有“指南车”的出现。说的是黄帝与蚩尤作战，蚩尤作大雾，黄帝用指南车战而胜之。两千多年前，春秋战国时期，采矿、冶铁业已有相当规模。劳动者在寻找铁矿的过程中，发现了一种神奇的矿石，它一碰到铁就吸住。这就是磁石。

古人发现了磁石能够吸铁的特性，同时还发现了每块磁石的两头都有不同的磁极。于是古人将一块天然的磁石，打磨成勺子的形状，意为北斗七星。而后再做一个光滑的底盘。把磁勺放在底盘的中央，用手拨动勺柄，磁勺转动，停下的时候，勺柄指的方向就是南方了。古人把这个磁勺装置称为“司南”，司就是管理、负责的意思。有了司南，就不怕迷失方向了，《鬼谷子·谋篇》中说有人进山采玉，就带着司南。

到了公元9世纪，司南不仅可用来定方向，还用到了测量上，官府丈量田亩、判决土地诉讼等，也使用司南。到了后来，阴阳家利用司南看风水，既讲究了科学，又显得高深。

东汉时科学家张衡曾经发明过指南车，制造方法却失传了。三国时代，有个叫马钧的发明家，重新造出了指南车，但还不是真正意义上的指南针。

时间进入宋代，指南针的研究有了进展。从完成于庆历四年的军事著作《武经总要》中看出，出现了一种指南鱼："若遇天景曀霾，夜色暝黑，又不能辨方向，则当纵老马前行，令识道路。或出指南车及指南鱼，以辨所向。指南车法世不传。鱼法用薄铁叶剪裁，长二寸、阔五分，首尾锐如鱼形，置炭火中烧之，候通赤，以铁钤钤鱼首出火，以尾正对子位，蘸水盆中，没尾数分则止，以密器收之。用时置水碗于无风处，平放鱼在水面，令浮其首，常南向午也。"

当时不但有铁片制成的指南鱼，还有用木头做的指南鱼。木制指南鱼，是一块手指大小的木头刻成鱼的形状，从鱼嘴往里挖一个孔，放进一块磁铁，使它的S极向外，再用黄蜡封口。使用时，将木头鱼放在水面上，其原理同铁片鱼相仿。

三

谁先有如此的发明呢？是个人行为，还是集体行为？现在还无法确认。实际上，就是在宋代，也没有专门将研究发现新型指南针的专家名列出来。沈括的《梦溪笔谈》中这么说：“方家以磁石磨针锋，则能指南。”书中的方家，应该是那些专门研究制作指南针的专家，那些专家只是以“方家”代替了。由此真的是应该向那些代表着民族聪慧与精神的人表示敬意。没有这些人的锐意进取和钻研精神，我们的民族不可能在一定时期走在前面。

指南鱼发明后不久，人们又掌握了一种更好、更方便的人工磁化法，就是用天然磁石摩擦钢针，使钢针磁化，这就是较为成熟的指南针了。沈括的《梦溪笔谈》记载了当时科学家设计出的装置磁针的四种方法，即水浮、指爪、碗唇、缕悬。而后世广为应用的是好用的水浮法。宋代制作成了指南水浮针盘，针盘由盘中央的水浮针与外圆的方位盘构成。方位盘共分二十四等分，以二十四个字表示，船舶航行时，观察航船与某方位的关系，即可判定其方向。

即使当时所用的指南的方法依然稍显复杂笨拙，但是已经基本解决了出行中确定方向的难题，尤其是在航海活动中，显得尤为重要。这也是宋朝时期国家政治经济的需要。向大海进军，到国外探索、交流、见识，在当时成为一种必需。于是，北宋的大船开始了远洋航行。

北宋宣和四年，也就是公元 1122 年，徐兢随从路允迪出使高丽就是坐船去的。那个时候海路比陆路要顺畅得多，陆路被辽、金阻隔着。水路的距离不算很远，但全靠人力风帆，大海茫茫，波涛怒卷，如何能顺利地到达目的地呢？徐兢后来撰写的《宣和奉使高丽图经》上，有着这样的记载：“是夜，洋中不可住，维视星斗前迈。若晦冥，则用指南浮针，以揆南北。”指南针发挥了作用，而且是在看不清方向的晦暝之时。宋朝的大船虽一路艰辛，终于还是到达了高丽。中国人完全可以利用指南针漂洋过海了，那个时候，北宋的船只也到达过日本。

宋代的目光不仅局限于就近的国家，还要向更远的地方出发，于是穿海峡，过印度洋，直指阿拉伯地区。那个时代，阿拉伯地区属于经济繁荣区，物产丰富，人也善于交流。于是中国人凭借指南针出发了。

北宋人朱彧 1119 年写成的《萍洲可谈》，详细地记载道，在航行中，白天靠着太阳的方位进发，夜晚可观北斗七星，遇到天阴晦暗，阴云密布，就利用指南针。南宋时期，赵汝适描述海上航行时也提到了指南针的重要性："渺茫无际，天水一色，舟舶来往，惟以指南针为则，昼夜守视唯谨，毫厘之差，生死系矣。"

茫茫大海，终是阻挡不了中国船只的顺利远航。

四

航海指南针发明后，渐渐传到了世界各地。首先是在印度洋上那些到中国来的阿拉伯人，他们都乐于乘坐船身宽大、结构坚固、航速快的中国船，他们会在上面看着中国人使用这种指南针。还有各国的水手，他们不断地接触中国的船队，还常常被招募到中国的船上做事，因而他们逐渐学到或者得到了中国的指南针。

当然，中国人是否也将指南针作为易货物品也未可知。总之，阿拉伯人先得到了这种东方的航海宝物，并且将它传到了欧洲。恩格斯曾经有一个确认："磁针从阿拉伯人传至欧洲人手中在

1180 年左右。”1180 年是什么时间呢？那是中国南宋孝宗淳熙七年。也就是说，中国将指南针应用于航海比欧洲至少早了八十年。八十年是什么概念？ 1949 年建立的中华人民共和国到现在还不到八十年。所以足够大宋在世界艳羡的目光里，在波澜壮阔的大海上风光一阵子。

海上贸易的发展，使得宋代的经济繁荣有了一个质的飞跃。

在 13 世纪前半叶之前，欧洲人还停留在对中国宋代指南针的仿制阶段。此时的欧洲无论是在理论还是在实践方面，都没有什么太大的建树，没有超过中国宋代的罗盘应用水平。

13 世纪后半期，通过法国实验物理学家皮埃尔的研究，欧洲的指南针开始了本土化的进程。随着中国旱罗盘传入欧洲，法国人又将旱罗盘改进，将其装入有玻璃罩的容器中，成为便于携带的工具，这一点倒是不错的手艺。人类是聪明的，不管是什么种族，只要善于交流和学习、创新，就能不断取得进步。

到了 14 世纪的明代，郑和从江苏刘家港出发，到印尼的苏门答腊，沿途航线都有罗盘针路。

15 世纪，出现了大航海家哥伦布，他靠着指南针的指引，得以航行到美洲大陆。

五

时间到了 19 世纪，爱因斯坦四五岁的时候，父亲拿来一个小物件给儿子玩，爱因斯坦手捧着那个物件，发现里面有一根晃动的指针。爱因斯坦产生了好奇，不管他怎么晃动，那个罗盘中间的指针都朝着一个方向，他把身子转过去，那根针还是不顺他的意，顽强地任着自己的性子。

爱因斯坦感到惊讶和困惑。67 岁时，爱因斯坦仍然为儿时的“罗盘经历”感慨万千。

这个来自东方的伟大发明，或许也是一个大科学家的“启蒙针”。

勾栏瓦肆

一

中原人爱凑热闹，这个特点我从小就有体会。也许是平原地带人相对比较集中的缘故。比如太昊陵庙会、大伾山庙会，都是热闹到极致，人像蚂蚁样挤成了团。后来到开封上学，才知道开封人更爱凑热闹，开封人带有着中原人的典型特征。而开封的热闹还多，春节、元宵节、端午节、中秋节，无不整得热闹非凡，花样多，地点也多，龙亭、大相国寺、潘杨二湖、包公府、禹王台、万岁山，再加上清明上河园，似乎让人又看到了多少年前的景象。

多少年前是什么景象呢？北宋时期，随着农业的发展，商业日趋繁荣，人口不断向大都市聚集。那是一个世界级的政治经济中心，也是世界级的游乐中心。要开心，就必然奔东京开封。开封于此是时时开封的。进了开封城，就等于进了人的海洋，热闹的天堂，不管你是坐在河边，还是站在桥头，你看水，看船，看楼，看人，不管你看什么，你一整天都看不烦。

而你要是进入勾栏瓦肆，你就更是不知道怎么放眼了。

勾栏瓦肆是两个词，常绑在一起说。瓦肆就是百姓说的瓦子，也叫瓦市，很容易让人联想到那些加盖着层层叠叠繁华瓦片的场所。而实际上跟瓦没有任何实质关系，有着非实质关系的，是取了瓦的意思，是“谓其来时瓦合、去时瓦解之意，易聚易散也”。瓦是民间一种很有意思的物质，它似乎能形容很多东西，比如说一个人瓦着身子跑进雨中，不仅说这个人弯着腰，还有一点要狠的意思。比如说这个人瓦着个脸，不仅是形容这个人的脸型，还有他当时的性情。为什么叫成“肆”或“市”呢？是因为这些场所有卖药、卖卦、博彩、饮食等买卖交易。

一个瓦肆里会有多个小的场地，这个场地就叫做勾栏，勾栏让人想起用杆子、木棍、绳子或布幔什么拦隔的一种形式。自然，每一个勾栏里的内容是不一样的，设施也迥然。有的有瓦有顶，有的是露天的。有的里面放一条条的凳子，有的则是大木轱辘，有的干脆什么都没有，所有人就都站着挤着。有的表演者在中间，周围有的有看台，有的没有看台。有的表演者在前面，有的还要搭建一个台子，看的人在下面。这个可能根据演出的内容和形式来定，也可能根据承包管理者的意愿来定。反正是五花八门，百花齐放，各色人等，竞相登场。

也有人认为瓦肆不是一种专门的娱乐场所，应是城市中一种方形市场，有酒楼、茶馆、妓院和各种商铺，中间是定期集市，是一种城市综合性市场，其中包括文娱演出场所。这种理解也是可以的。那么瓦肆仍然有“瓦”的非实质意思在其中。

二

不管怎么理解，往往来勾栏瓦肆的人最多，最热闹。《东京梦华录》记载：“街南桑家瓦子，近北则中瓦，次里瓦，其中大小勾栏五十余座，内中瓦子莲花棚、牡丹棚，里瓦子夜叉棚、象棚最大，可容数千人。”三处瓦子，竟有五十多座大小勾栏，那是什么概念，恐怕至今都难以见到那种热闹场面。游人看客上自达官贵人，下至平民百姓，真的是构成了一个上下同乐的祥和世界。

清明上河园就像一个瓦肆，你只管随便走，都能走到一个勾栏中去。那里有演习武术的、有展示民间绝活的，有用一块黑红布表演戏法的，有甩鞭的、练剑的、飞刀的、劈斧的、说书的、斗鸡的、逗虫的、跑马的、舞龙的，一个地方耽误半个时辰，一天也就过去了，还得要找个正店或脚店吃上一顿，或啃着武大郎的炊饼追着潘金莲欢上一欢。

这样想着，就知道东京开封是怎样的热闹了。这些地方不知道培养出了多少民间艺人。艺人有固定的演出场所，也就有专门的演艺团体。有口才又无大长进的读书人组成了书会，民间文学在其中发扬光大，纣王妲己，貂蝉吕布，姜太公钓鱼，霸王别姬，诸葛亮借东风，无不通过勾栏艺人传至广众。还有一种说唱艺术，像现在的河南坠子，弦子拉响，板子打响，一会儿说一会儿唱。听者聚精会神，目不转睛，一门心思都在说唱者的表情上。

这里在说嘴，完全是口上功夫，滑稽幽默，包袱连连，笑声不断；那里在玩口技，古人传下来的百鸟和鸣，场内寂静，只听得鸟儿翻飞跳跃，打斗撕咬，一忽天上，一忽地下，牵着人的眼神乱跑。

还有好看的魔术。魔术变幻无穷，最紧要的是一个藏，这里藏那里出，不是人，就是物。现在有大型变幻魔术，人们以为多么神奇，实际上中国的神奇早在千年前就有。宋神宗时，一人表演藏舟，数十人抬着，转瞬之间那舟就不见了。观众莫不惊骇，以为是神人，连连去看究竟，究竟看不出来。表演功夫的玩着一个险字，棍棒劈头，银枪钻喉，空腹吞刀，口内吐火，眼睛吃针，刀上顶人。胆小的别看，看了别叫，不叫却又憋不住。

最热闹的，恐怕就是打擂和相扑。真的假的来上一来，不怕你不服，先说好，不能藏暗器，打死人不偿命，那可是人山人海，吸引眼球的还有女相扑，开场时来个花样，打个圆场。这在勾栏里是一新奇事。

三

当然，也有高雅的，那就是唱技与文学结合的“小唱”。“小唱”就不是“大唱”，不是连篇故事、人物说情，而是宋词。诗只供吟咏，词则入乐歌唱。宋词本身读起来就层叠起伏，唱起来更有韵味。

当时大街小巷，酒楼瓦肆，“小唱”风靡一时。在样板戏风云一时的“文革”，县乡一级地方，百姓最熟悉、传扬最多、心里最挂记的，就是那些剧团里唱戏的角儿。

《水浒传》第二十九回，“施恩重霸孟州道　武松醉打蒋门神”中有这样一段描写，说武松抢过林子背后，见一个金刚大汉，披着一领白布衫，撒开一把交椅，拿着蝇拂子，坐在绿槐树下乘凉。武松直抢过去，就又看到了酒幌子、肉案、酒缸之类。而后呢？“里面坐着一个年纪小的妇人，正是蒋门神初来孟州新娶的妾，原是西瓦子里唱说诸般宫调的顶老。”连蒋门神这等人也喜欢这种唱曲的，可见当时社会对唱曲的看重。

唱曲者中有不少名人，那些名人你都知道，孟元老的《东京梦华录·京瓦伎艺》中说，李师师、徐婆惜、封宜奴、孙三四，都是当时的红人。难怪这些红人总是会被人盯上。要是被当朝皇上盯上，那声名就更大了。

开封府中走来的词人

一

行走于清明上河园，似乎就是行走在北宋东京的大街上。

能碰到蔡襄、曾公亮、包拯吗？好像遇到包拯了，他刚才还在门口迎客了。人多，我只是听说。其实对于上述三位开封府尹，即使遇到我也不会太过激动。我感觉还是离他们远一些。如果是寇准、范仲淹、欧阳修、苏轼、司马光，可就不一样了，一首诗词或许就立时响亮起来。这些大文豪，可都是做过开封府的差事呢！

当时的开封府，就像现今的北京，地位何等地显赫。皇亲任开封府尹者，多为事实上的储君。太宗、真宗、钦宗未当皇帝之前也曾坐镇开封府。皇亲以外的人能坐上开封府尹的位置，其荣耀可想而知。皇上选开封府尹，绝对要审慎认真，因为关系着他所在的都城的安全以及都城建设情况和百姓生活质量。只是谁在开封府尹的任上都不会做长，即使这些文豪级的人物，也大都是一年的光景。一年能做什么呢？做不了太多的事情，可能只是为了给一个名分，说明对你的重用。而得到重用的人也就不敢懈怠，不管多长时间，都要不负上望。这样也就接力赛一样，一任接一任传下去，开封在这种接力中渐渐发生变化。倒也免除一些人培植亲信，拉人情关系。寇准、范仲淹、欧阳修是做过开封府尹的，苏轼、司马光虽没有做过府尹，倒也在府中做过推官，副市级了。这些人除了任上尽职尽责，恐怕就是读书写作了。

虽然时间不长，但是汴河是要经常走一走的，虹桥是要上一上的。这样我就觉得似乎看到了他们的影子。

他们的影子首先在宋词的辉煌里。宋词那是中国古代文学皇冠上光辉夺目的巨钻，与唐诗争奇，与元曲斗艳。对于宋词这样一部大典，我不好细说，先拿几位在开封府做过事业的举个小例。

二

就不分先后了，范仲淹先在我的眼前走来。范仲淹是位奇才，写东西可以不到现场，而写得比现场还灵动万分，《岳阳楼记》就是明证。那时他在河南南阳任上，接到好友滕子京的好意，也并不去看一看，就浮想联翩，完成一篇千古绝唱，让后人对于深入生活和虚构的问题产生好多争论。范仲淹的词也很好，虽然词作传下来的不多，只有寥寥五首，却篇篇精粹，占据词史的重要地位。

你看他的《渔家傲·秋思》：塞下秋来风景异，衡阳雁去无留意。四面边声连角起。千嶂里，长烟落日孤城闭。　浊酒一杯家万里，燕然未勒归无计。羌管悠悠霜满地。人不寐，将军白发征夫泪。

这首词凄清、深沉，还有些悲凉和伤感，在这悲凉伤感中，一股英雄豪情回荡，波澜壮阔，气势无边。

还有他的《苏幕遮》：碧云天，黄叶地，秋色连波，波上寒烟翠。山映斜阳天接水，芳草无情，更在斜阳外。　黯乡魂，追旅思，夜夜除非，好梦留人睡。明月楼高休独倚。酒入愁肠，化作相思泪。

他以沉郁雄健的笔力抒写低回宛转的愁思，声情并茂，意境宏深，有一股含远山、吞长江的气势，读着会读到一种情怀中去。

范仲淹的词作对当时词风以及后世词影响深远，他既开豪放派先河，又使婉约词变得清新端丽。

接着走来的是司马光，就是小时候学的《司马光砸缸》的那个司马光，一部《资治通鉴》，光耀文史。司马光是个学者，也是个政治人物，为人端庄严肃，不苟言笑，倒像个推官，也就是高院院长。他就是不喜欢王安石变法，固执地去搞学术研究。写的词不多，留下的仅有三首，对于总结他的艺术成就也够了。

你看《阮郎归》： 渔舟容易入春山，仙家日月闲。绮窗纱幌映朱颜，相逢醉梦间。 松露冷，海霞殷。匆匆整棹还。落花寂寂水潺潺，重寻此路难。

一叶渔舟，一个女子，于无意间进入春山仙境，领略到与人世间不同的悠闲岁月。这首小词风格婉丽，见出司马光的别样情怀。

还有《西江月》：宝髻松松挽就，铅华淡淡妆成，青烟翠雾罩轻盈，飞絮游丝无定。 相见争如不见，有情何似无情。笙歌散后酒初醒，深院月斜人静。

词的上片写其人其境，营造出惝恍飘忽、扑朔迷离的意境。宋代文人本来就以潇洒闲逸为生活主张，其“轻烟翠雾罩轻盈”一句，用语清鲜，全无道学气味。下片写感受，性灵流露，雅而不俗，余味深长。全词自然，意不晦涩，妥帖停匀。司马光当然不像欧阳修写得“露骨”，却也没有跑脱风情万种的清丽边界。

其作词虽为余技，也显示出学识之厚与感情之富了。

那么就再看看欧阳修吧。这个人更是与众不同，他走到哪里，都能留下脍炙人口的诗词文章。他的词中约有四分之三都是表现男欢女爱、离别相思、歌舞宴乐之类的内容，所用词调多为小令，概是受南唐词的影响，但在写法上，又有很大发展。

且看他的《踏莎行》：候馆梅残，溪桥柳细，草薰风暖摇征辔。离愁渐远渐无穷，迢迢不断如春水。　寸寸柔肠，盈盈粉泪，楼高莫近危阑倚。平芜尽处是春山，行人更在春山外。

还有《蝶恋花》：画阁归来春又晚，燕子双飞，柳软桃花浅。细雨满天风满院，愁眉敛尽无人见。　独倚阑干心绪乱，芳草芊绵，尚忆江南岸。风月无情人暗换，旧游如梦空肠断。

别忘了他的另一首《蝶恋花》，“庭院深深深几许”的那首，那可是牵疼了好多人的心呢。李清照干脆拿去，“用其语作‘庭院深深’数阙”。

这些词句，边读边生情景，总有一句让人猛地一惊。语言方面，欧阳修多以前人成句入词，开后代先例。欧阳修的词因多是情雨泪花、别绪离愁，也就不像苏轼、范仲淹的词，有一种豪放气在其中，但是欧阳修的词在社会上得到广泛的认可，对宋词两大派的形成绝对是一个扬旗引路的人。

其实寇准应该是在前面的，由于他的政治功绩，人们几乎将他的文学成就给忘了。他现存有《寇莱公集》7卷、《寇忠愍公诗集》3卷等著作。据说寇准从小就聪明，7岁就写下了随父登华山的诗：“只有天在上，更无山与齐。举头红日近，俯首白云低。”寇准写词不多，或因是北宋初期，词尚未进入全盛期，《全宋词》只辑有 4 首。但他的词仍然能看出高峰云松。

如《点绛唇》："水陌轻寒，社公雨足东风慢。定巢新燕。湿雨穿花转。　象尺熏炉，拂晓停针线。愁蛾浅。飞红零乱。侧卧珠帘卷。"这首词写得很妙，不仔细琢磨，看不出是一首闺怨词。词中有景有情，有动作有神态。上阕的景看似纯然，其实全是主人公的所见所感，一句"拂晓停针线。愁蛾浅"便露出了深藏的幽怨：燕归人未回。结构的巧妙与语境的幽美，让你能够想到后来的李清照们所受的影响，等他们写词，寇准早就是先辈了。

再看《阳关引》："塞草烟光阔，渭水波声咽。春朝雨霁轻尘歇。征鞍发。指青青杨柳，又是轻攀折。动黯然，知有后会甚时节。　更尽一杯酒，歌一阕。叹人生，最难欢聚易离别。且莫辞沉醉，听取阳关彻。念故人，千里自此共明月。"塞草、烟光、朝雨、嫩柳，铺陈出一景离情别意，杯酒、明月、阳关曲构成一种豪情寄语，写离别，虽悲情却威壮，趋柔婉仍豪放。"动黯然""且莫辞沉醉"，用得十分好，形象出来了。这首词诚如胡仔《苕溪渔隐丛话·后集》中所说："寇莱公《阳关引》，其语豪壮。送别之曲当为第一。"有人看出"念故人，千里自此共明月"是从谢庄《月赋》"美人迈兮音尘阙，隔千里兮共明月"中脱出，而后来苏轼的"但愿人长久，千里共婵娟"又是从哪里借鉴的呢？

从时间上来看，寇准是跟着宋太宗也就是北宋第二位皇帝开始干活的，那个时候，北宋的文学正处在上升的初级阶段，所以寇准的词，应该是起了先行作用的。

三

最后出场的是苏轼了。

我想象不到，这个大才子还做过开封府推官，而开封人当时好像还没有醒过神来，他就又走了。他走得急，后来还知道他走得也伤感。几上几下的，终是远离了都城，但是不管他什么时候走的，怎么走的，都掩不住人们对他的才华的肯定。

一个刚直率真、放荡不羁的文人，曲折相伴了一生。任用，陷害，贬谪，起用，再遭陷害，贬谪，多少不公，多少艰辛，多少痛苦，多少委屈都经历了。对于坚贞不屈有着浪漫情怀的苏东坡来说，人生坎坷又算得了什么？只会给他带来更加有魅力的诗文。他活在自己的诗情画意中，越沮丧越难熬的时期，他越是写出了最好的作品，最终成为一个全能艺术家。

这也就使得苏轼的词不仅是开了一派词风，而且扩大了表达感情的天地，冲破了专写男女恋情和离愁别绪的狭窄题材，促成了词内容和风格的多样化，使之更具有广阔的社会性。从这个意义上讲，苏轼是令宋词成为一代代表性文体的关键性人物。他的性情、襟怀、学问悉见于诗，也同样融之于词。刘辰翁《辛稼轩词序》说：“词至东坡，倾荡磊落，如诗如文，如天地奇观。”真是说到实处。

我们还是读读他的词吧。先看他的《江城子》：老夫聊发少年狂，左牵黄、右擎苍。锦帽貂裘，千骑卷平冈，为报倾城随太守。亲射虎，看孙郎。 酒酣胸胆尚开张，鬓微霜，又何妨。持节云中，何日遣冯唐？会挽雕弓如满月，西北望，射天狼。

这首词是借出猎一事抒发爱国豪情，表达他热望得到朝廷重用、为国效力的急切愿望，凸显出豪放情怀。

豪放是苏词的主体风格，而在豪放中也会时有温婉情怀的流露。比如他的《江城子》：十年生死两茫茫。不思量，自难忘。千里孤坟，无处话凄凉。纵使相逢应不识，尘满面，鬓如霜。　夜来幽梦忽还乡，小轩窗，正梳妆。相顾无言，惟有泪千行。料得年年肠断处，明月夜，短松冈。

这首词以虚实相衬的手法写出对去世十年的妻子的思念之情，那情真挚浓烈，曲折婉转，让人一咏三叹。

何况还有他的《水调歌头》：明月几时有？把酒问青天。不知天上宫阙，今夕是何年。

何况还有他的《念奴娇·赤壁怀古》：大江东去，浪淘尽，千古风流人物。

何况还有他的《水龙吟》：春色三分，二分尘土，一分流水。细看来，不是杨花，点点是离人泪。

无论豪放温婉，苏轼词都脍炙人口。苏轼在词中注入了文人高雅的品格，把词家的“缘情”与诗人的“言志”很好地结合起来，特别是注入了东坡式的超旷、飘逸、野性、哲理，在词中树堂堂之阵，立铮铮之旗。苏轼的词提高了词品，改造了词风。“清末四大家”之一的况周颐因此有论：“熙丰间，词学称极盛，苏长公提倡风雅，为一代山斗。”（《蕙风词话》）

或可这样说，苏轼不是一个玩政治的人，因而在政治上是个失败者，然而没有他政治上的境遇，没有生活中的坎坷，未必就会有一个伟大的文学家。现在来看，这或许正是时代的不幸或大幸。苏轼以诗、词、文、书、画五绝于天下，仁宗也曾因之而动情：大宋何幸，得此奇才！

北宋一个苏轼，不知让多少当时人折腰，更不知使多少后来人倾倒。数年前我读到过一篇文章，题目直言不讳：《要嫁就嫁苏东坡》，一个女子敞开胸襟，放肆而认真，悔不生在东坡时代，而今何以去找东坡样的男人？

苏轼，不唯女人所爱，连我也爱得够深够狠。

抬望眼，清明上河园里那些迎面走来的清癯俊彦，哪一个更像苏轼呢？

老子 · 鹿邑 · 宋河

鹿邑很老了，鹿邑比老子还老。老子就生在鹿邑的沃土上。可是宋河比鹿邑还老，是宋河肥沃了鹿邑。

只是不知道为什么会叫宋河。宋河使宋氏一脉得以传承，还是跟大宋江山有关？答案不确定。但是可以肯定的是，老子一定是饮过宋河水的。我不但坚信老子饮过宋河水，还坚信他饮过宋河的水造出的酒。或许那时的酒不叫宋河粮液。鹿邑酿酒的历史三千多年了，我们的先人依河而居，种黍为生，酿酒为乐。老子不喝这样的酒喝什么酒呢？老子喝了这样的酒才能称为老子，才能受到孔子的礼拜，才能写出《道德经》那样的宏文。这让我觉得这酒是深奥的，有着哲学意味的，它使老子能够看到很远，想到很远，而后远远地出行，让自己的身体不再属于鹿邑，也不再属于宋河，而属于中国，属于世界。

来鹿邑之前，我的想象里有一群好看的麋鹿，麋鹿中升起一个皓发长髯的老子，老子带着一壶酒，飘逸在一条古老的河边。

来到这里才知晓，宋河是淮河的一个支流。在这条水系上有着古井、张弓、林河等多种名酒，就像赤水河畔林立的酒业一样。

我看到了原始的做酒技法，蒸汽腾腾，香气氤氲，一群汉子在挥汗。那种氛围，充满了诗性也充满了豪情。进入深深的酒窖，我一下子有了穿越感，似看到了老子放酒的仓库。酒也要调养吗？一个个大坛子，让人感到那酒之魂在灵动，酒之身在妙化。抚摸着每一个老坛，都感到是一个智者在打坐修炼。抿一口 1975 年的陈酿，立时觉出一个精灵在口中舞动。我不知道为什么要把丰满、庄重、大方、亲切这样的词给予酒，是酿酒人将酒同他的最爱联系在一起了吧。再喝一口汩汩涌出的刚酿的原浆，带着温度的晶莹颤动着似火的柔情，长久地暖贴在我的身上。

我坚信老子和孔子喝的一定是这样的酒。孔子五次来见老子，一定是见出了味道，那就有酒的味道，思想的味道。过后孔子说，唯酒无量，不及乱。两个人站起来，风骨凛然。至于唐高祖李渊也找了来，尊老子为始祖，还有乾隆，那就不说了，老子也不会见他们，老子早羽化而去。苏东坡和欧阳修的到来，倒是有些意味。他们一定在酒里看到了仰慕的老子。苏东坡喝了酒就不知天上宫阙，今夕是何年，欧阳修则说醉翁之意不在酒，其实都是悟出了天地境界。那不是一身酒气，是沾了道气。唐诗宋词一半里都有酒，其中能看到一个个的人，看到多元性的文化和内涵，《道德经》里也有酒，不信你品品。托尔斯泰没有来过，但他的思想来过，他说，做人应该像老子所说的如水一般。

后来的人来寻老了，就带走一罐宋河酿造的酒，似乎喝了宋河好酒才会像老子那样，才能学着老子东奔西走。这里的人给人敬酒都说，老子说一生二二生三，三生万物。你喝了三杯酒，就可以看到整个世界。老子劝孔子喝酒也这样说吗？

我看到了老子，那是一棵树，2500 年前，老子出生在河边，河水托着他，像托着大地和高山。老子亲手所植的古柏和从地下挖出的唐碑宋刻，表明着历史的踪迹。思想家的老子，一点也不潇洒，似乎一生都在沉思，思得痛了就喝一口酒。升仙台是传说中老子羽化升天之地，日本鬼子当年架炮轰击，十三发炮弹打出，一发都没有响。多少年后他们颤颤巍巍地跑到这里来祭拜，看留在树杈上的炮弹。老子是谁？老子是一寰正气！老子远去把酒留下了，把宋河留下了，由此也就知道，我们的民族为什么刚直勇烈，为什么沉稳善思，为什么生生不息。

让我站在河边，遥望苍茫大地和冉冉东升的太阳，喊出一句："有物混成，先天地生……"

简单说说宋朝的文学家

说到宋代文学，词、诗、散文、话本小说、戏曲剧本都有了较大的发展，尤其是词的创作，更是达到了一个巅峰的状态。宋代文学在我国文学发展史上的重要而特殊的地位，是它处在一个承前启后的阶段，将中国文学原来的“雅”，也就是阳春白雪，推进到“俗”，即下里巴人的转变时期。这个很重要，用现在的话说，是一种文学大众化的问题。文学大众化的好处，不光是促进话本小说、戏曲剧本的发展，词曲的发展也是空前的。“尚气节而羞势利，天水一朝之文化，竟为我民族永远之瑰宝；华夏民族之文化，历数千载之演进，而造极于赵宋之世。”这是陈寅恪说的。

两宋的三百年时间，不能算短了，这是一个经济相对稳定、发展的时期，虽然有战乱，还是归为一个时期的安定。当然，战乱也仍然不会影响文学的发展，甚至会强化其中的某一方面。

宋代文学中的精英，也是整个中国文学史上的精英。那些人物就像打着灯笼一样从我的眼前走过，前面的已经拐弯进入了御街的朱雀门，后面的还在从虹桥的码头上岸，远远近近的那般壮观。

一个一个说吧，由于太多了，不好将他们一一细数，只是简单地点一下而已，似乎不点一下，心里就不舒坦。

先说苏轼，他是中国历史上少有的文学和艺术奇才，虽一生仕途坎坷，难掩学识与天资。在才俊辈出的宋代，诗、文、词、书、画等多方面均取得了登峰造极的成就。他是“唐宋八大家”之一，与欧阳修并称“欧苏”，与黄庭坚并称“苏黄”，与辛弃疾并称“苏辛”。他的书法与黄庭坚、米芾、蔡襄并称“宋四家”。他的散文著述宏富，文学史上与韩愈、柳宗元和欧阳修三家并称。一提到苏轼，那些经典与辉煌就会闪现在我们的眼前。

苏轼的文学观点和欧阳修一脉相承，但他更强调文学的独创性、表现力和艺术价值。文章风格平易流畅，收放自如，是继欧阳修之后主持北宋文坛的领袖人物，在当时的作家中间享有巨大的声誉，一时与之交游或接受他的指导者甚多，北宋文学家黄庭坚、秦观、晁补之和张耒都曾得到他的培养、奖掖和荐拔，故称“苏门四学士”。“苏门四学士”和陈师道、李廌六人并称“苏门六君子”。苏轼的词豪放、旷达，也有婉约相间，是一种纯正深婉、格调高远的多层次追求。

当然，在“唐宋八大家”里与苏轼并排站着的，还有他的父亲苏洵和兄弟苏辙。

王安石，“唐宋八大家”之一，卓越的文学家，无论诗、文、词都有杰出的成就，提起《泊船瓜洲》中的“春风又绿江南岸，明月何时照我还”无人不晓，一个“绿”的运用在多少课堂上被啧啧称道。他的散文言简意深，笔力雄健，见识超群。诗词则遒劲清新，豪气纵横，对宋初形式主义的文风是有力的冲击，对豪放派诗词有直接的影响。北宋中期开展的诗文革新运动，在他手中得到了有力的推动。

而他还以“天变不足畏，祖宗不足法，人言不足恤”的精神力图革除北宋存在的积弊，推行一系列措施富国强兵。也当是一位中国历史上杰出的政治家和思想家。

欧阳修，“唐宋八大家”之一，北宋卓越的政治家、文学家、史学家，与韩愈、柳宗元和苏轼合称“千古文章四大家”。

欧阳修一生写了五百余篇散文，各体兼备，他的《本论》《原弊》《与高司谏书》《朋党论》《新五代史·伶官传序》等政论作品，恪守自己“明道”“致用”的主张，指摘时弊，思想尖锐，语言明快，表现了一种匡时救世的怀抱。他的《醉翁亭记》《释秘演诗集序》《祭石曼卿文》《苏氏文集序》《丰乐亭记》诸作，言辞优美，风格清新，情深意挚。除散文、诗歌外，他对经学、金石学、史学的研究和成就都令人瞩目，而且书法亦著称于世。

欧阳修在中国文学史上有重要的地位。他大力倡导诗文革新运动，改革了唐末到宋初的形式主义文风和诗风，取得了显著成绩。他在政治上的地位和散文创作上的成就，使他在宋代的地位有似于唐代的韩愈，他荐拔和指导了王安石、曾巩、苏洵、苏轼、苏辙等散文家，对他们的散文创作发生过很大的影响。他的文风，一直影响到元、明、清各代。

辛弃疾，中国历史上伟大的豪放派词人、军事家和政治家。在文学上，他与苏轼并称为“苏辛”，与李清照并称“济南二安”。他现存的六百多首词作，无所不包，无所不感，凡能写入其他文学样式的，他都能入词。辛弃疾在词史上的一个重大贡献，就在于内容的扩大、题材的拓宽。主观情感的浓烈、理念的执着，构成辛词的一大特色。他的词脍炙人口，豪情激扬，格调悲壮，可以说将豪放词推到了一个顶峰。

我们不用背诵他的词了，那些词实在是背不过来的，我们只是说一些词中名句，就够过瘾的了。“青山遮不住，毕竟东流去。”“稻花香里说丰年，听取蛙声一片。”“楚天千里清秋，水随天去秋无际。”“廉颇老矣，尚能饭否？”“众里寻他千百度，蓦然回首，那人却在，灯火阑珊处。”真的是意味隽永，常读常新。

陆游，南宋诗人。一生勤奋，现在流传下来的诗歌就有九千多首。他的诗词继承了屈原、陶渊明、杜甫、苏轼等人的传统，内容丰富，风格雄浑豪放。创作倾向是现实主义，又富有浪漫色彩，《关山月》《十一月四日风雨大作》《书愤》《游山西村》《临安春雨初霁》《冬夜读书示子聿》《诉衷情》《夜游宫》《鹧鸪天》《卜算子》等都是后世传诵的名篇。他是我国文学史上一位具有深远影响的诗人。

人们不会忘记陆游写给儿子的临终遗嘱：“死去元知万事空，但悲不见九州同。王师北定中原日，家祭无忘告乃翁。”北定中原，那是堵在诗人心头的一块石头。然而在诗人的心中，还有一处隐忍，那就是他和唐琬的爱情悲剧，“红酥手，黄滕酒。满城春色宫墙柳……”几十年的风雨生涯，始终无法排遣诗人心中的眷念。31 岁写出《钗头凤》，75 岁又作《沈园》：“梦断香消四十年，沈园柳老不吹绵。”而且晚年就住在了沈园附近，常常在与唐琬相见的地方徘徊。陆游 44 年不忘恩爱情意，真的是让人慨叹不已。

李清照，可以说是“千古第一才女”，她的词在群芳争艳的宋代词苑独树一帜，人称“易安体”。她的词自辟蹊径，语言清丽，不追藻饰，刻画细腻，表达丰富。《武陵春（风住尘香花已尽）》《一剪梅（红藕香残玉簟秋）》《如梦令（常记溪亭日暮）》《声声慢（寻寻觅觅）》《醉花阴（薄雾浓云愁永昼）》《夏日绝句》《如梦令（昨夜雨疏风骤）》《多丽·咏白菊》《清平乐（年年雪里）》《诉衷情（夜来沈醉卸妆迟）》等都让人深深入心。一提李清照，随意地一些词句就到了嘴边：“寻寻觅觅，冷冷清清，凄凄惨惨戚戚。”“红藕香残玉簟秋。轻解罗裳，独上兰舟。云中谁寄锦书来？雁字回时，月满西楼。”“昨夜雨疏风骤。浓睡不消残酒。试问卷帘人，却道海棠依旧。知否？知否？应是绿肥红瘦。”“风住尘香花已尽，日晚倦梳头。物是人非事事休，欲语泪先流。”

在她的词作中，真挚的感情和完美的形式水乳交融，浑然一体，以至于赢得了婉约派词人“宗主”的地位。她的词作笔力雄劲、铺叙浑成的豪放风格，对辛弃疾、陆游以及后世词人都有较大影响。

曾巩，“唐宋八大家”之一，为“南丰七曾”（曾巩、曾肇、曾布、曾纡、曾纮、曾协、曾敦）之一。曾巩的学术和文章在他生前就享有很高的声誉。及至南宋，盛誉不衰。朱熹在北宋各古文家中独服膺曾巩。吕祖谦编选《古文关键》时，只取曾巩。明代唐宋派的王慎中、唐顺之、茅坤、归有光作文都推尊曾巩。清代桐城派的鼻祖方苞，以及刘大櫆、姚鼐等，将欧阳修、曾巩的文章作为楷模，他们的说法是先从学习曾巩的文章入手，而后再学习欧阳修。这种风气从方苞到方东树的几代桐城派作家中都没有多大改变。从曾巩的《墨池记》和《越州赵公救灾记》可以看出，他的记叙性散文，记事翔实而有情致，论理切题而又生动。曾巩存诗四百余首，雄浑超逸，精深工密，如《西楼》《城南》《咏柳》等，称得上宋代近体诗中写景抒情的佳作。

说了这么些，但是同上面的几位比起来，曾巩后来的影响似乎弱了些，就是比之下面要说的几位，也似乎不及，这是为什么呢？可能与后来人们的关注点有关，选用的少了，宣传的少了，也就读的少了，知道的少了。说了一大堆，还不及人家的一句诗。

另一个问题是，“唐宋八大家”也是带有个人色彩选出的，最开始是明初朱右编成《八先生文集》，明中叶唐顺之所纂的《文编》，也取了唐宋八位散文家的文章。这为“唐宋八大家”名称的定型和流传起了一定作用。以后不久，推崇唐顺之的茅坤根据朱、唐的编法选了八家的文章，辑为《唐宋八大家文钞》，“唐宋八大家”的称呼就固定了下来。可见当时没有一个评审委员会，当然，即使是有一个评审委员会也要往后看。获得这个荣誉的未必都被读者认可，没有获得荣誉的未必不被人认可。还是以作品说话。比如同这些人比起来，“唐宋八大家”中的苏洵、苏辙，我以为也是弱一些，当然他们主要成绩在散文，而就整个文学声名来看，我在这里还是没有专说。

那么再来看柳永，作为北宋第一个专心作词的词人，柳永是北宋一大词家，在词史上有重要地位，成为婉约派最具代表性的人物。他不仅开拓了词的题材内容，突破了小令词的写作，大量尝试并发展慢词，而且促进了词的通俗化、口语化，变雅为俗，使得宋词得以广泛传唱。

柳永现存二百一十三首词，用了一百三十三种词调。在宋代所用八百八十多个词调中，有一百多调是柳永首创或首次使用。

令、引、近、慢、单调、双调、三叠、四叠等长调短令，可以说词至柳永，体制始备。

柳永的词铺叙刻画，情景交融，语言通俗，音律谐婉，在当时流传极其广泛，人称“凡有井水饮处，皆能歌柳词”。他的《雨霖铃》《鹤冲天》《彩云归》等，都是史上的经典之作。

再说黄庭坚。黄庭坚一下子就让人想到了江西人，因为他是盛极一时的江西诗派开山之祖。说到江西人，在宋代，也不知道为何出来那么多的人物，上面的王安石、欧阳修、曾巩，还有要说的姜夔、晏殊、晏几道、杨万里都是江西人，这一现象值得单个述说。

黄庭坚与杜甫、陈师道、陈与义素有“一祖三宗”（黄为其中一宗）之称。诗歌方面，他与苏轼并称为“苏黄”；书法方面，他与苏轼、米芾、蔡襄并称为“宋代四大家”；词作方面，与秦观并称“秦黄”。黄庭坚早年受教于苏轼，与张耒、晁补之、秦观并称“苏门四学士”。

他的诗气象森严，如危峰千尺，拔地而起，艺术上创造了独特的境界。我特喜欢他《登快阁》中的句子：“落木千山天远大，澄江一道月分明。”他的《雨中登岳阳楼望君山》也不错：“投荒万死鬓毛斑，生出瞿塘滟滪关。未到江南先一笑，岳阳楼上对君山。”

姜夔，南宋词人。相比其他人，他是出现得较晚的，但是他对诗词、散文、书法、音乐，无不精善，是继苏轼之后又一难得的艺术全才。有些评论家，特别是浙西派词人把他奉为宋词中的第一作家，比为词中老杜。后人还把以姜夔为代表的一些南宋词人合称为“骚雅派”。

我喜欢他的《扬州慢（淮左名都）》：“杜郎俊赏，算而今、重到须惊。纵豆蔻词工，青楼梦好，难赋深情。二十四桥仍在，波心荡、冷月无声。念桥边红药，年年知为谁生？”他的《钓雪亭》《齐天乐·蟋蟀》《疏影（苔枝缀玉）》《踏莎行·自沔东来》《翠楼吟·淳熙丙午冬》《点绛唇·丁未冬过吴松作》等都属佳作。

姜夔多才多艺，精通音律，能自度曲，其词格律严密，作品素以空灵含蓄著称，他对于音乐史的主要贡献就是留给后人一部有“旁谱”的《白石道人歌曲》6卷，包括他自己的自度曲、古曲及词乐曲调。其代表曲有《扬州慢》《杏花天影》《疏影》《暗香》等，成为南宋唯一有词调曲谱传世的杰出音乐家。

周邦彦，精通音律，能自己谱曲。他的词格律法度极为精审，为后世词人的轨范，开南宋姜夔、张炎“格律”一派，影响巨大。

宋徽宗时设置大晟府，也就是中央一级音乐机构，任用一批文人来审音定乐，挂帅者就是周邦彦。他带的一干人，也就被称作了大晟词人。周邦彦极端重视词与音乐的配合，重视语言的锤炼，做到既浑成自然，又精致工巧。他当时名倾一时，每写出一首词，立时就会有反响，上自名流贵族，下至黎民百姓，都不乏他的铁杆粉丝。大家都不会忘了他的“并刀如水，吴盐胜雪，纤手破新橙”的那首《少年游》吧。有词论称他是“词家之冠”。

《汴都赋》是他的成名作，长七千字，流传至今。

秦观，一提到秦观，就会想到“两情若是久长时，又岂在朝朝暮暮”的名句，他有很多诗词都脍炙人口，如《踏莎行》：“雾失楼台，月迷津渡，桃源望断无寻处。可堪孤馆闭春寒，杜鹃声里斜阳暮。驿寄梅花，鱼传尺素，砌成此恨无重数。郴江幸自绕郴山，为谁流下潇湘去？”

秦观是“苏门四学士”之一，与苏轼关系密切，政治上的挫折把他们牵连在一起，秦观因此而终生不幸。但是苏轼、秦观两人的性格与词风却截然不同。苏轼面对挫折，虽产生过消极思想，但并未颓唐不振，而是乐天知命，旷达不羁，对生活、对未来仍充满信心。秦观则有所不同。他年轻时虽有远大的抱负和强烈的热情，但体现在诗词中的精气神却不足。屡遭打击，而没有苏轼那样的广阔胸襟和对生活的信念，使得他的生活和创作都蒙有一层阴影，词中时常流露出一种绝望的哀伤。秦观更多地接受了晏殊、欧阳修和柳永的影响，擅长写出一种纤细幽微的情感境界。

民间言秦观是苏轼妹夫，并说轼妹名小妹，演绎出洞房之夜“双手推开窗前月，一石击破水中天”的文坛佳话。这或是书家才能，实际上并无此事。苏轼只有兄弟，而无小妹。当然，从两人感情来说，苏轼若有妹，真会认这个妹夫的。

梅尧臣，在北宋诗文革新运动中，他与欧阳修、苏舜钦齐名，并称“梅欧”或“苏梅”。梅尧臣主要的贡献不在词而在诗上，有人说他起到了上承中唐下开两宋的历史作用。他是北宋中期传世诗作最多，也是最早以诗出名的诗人。现存的《宛陵集》，就有两千八百多首，当时就深受欧阳修、王安石、苏轼、陆游等人的赞誉，被南宋理学家尊为宋诗的“开山祖师”。

梅尧臣主张继承白居易的新乐府精神，借鉴《诗经》的美刺和《春秋》的褒贬，发挥诗歌的社会教育功能。看他的《陶者》：“陶尽门前土，屋上无片瓦。寸指不沾泥，鳞鳞居大厦。”还有

《田家语》、《汝坟贫女》、《襄城对雪》之二、《猛虎行》等。都显现出他朴素自然、深刻含蓄的诗风。

说到范仲淹，我曾经一直以为他是个单纯的文人，其实他还能守关带兵。宋仁宗时，他曾以资政殿学士为陕西四路宣抚使，知邠州，守边数年，羌人亲切地呼他为“龙图老子”。他为将号令明白，爱抚士卒，在敌我两方中都有很高的威望，故而边城巩固。他在政治上积极主张改革，力图创新，但终以失败告终。范仲淹有《范文正公集》，文章诗词都有名篇传诵于世。

我觉得，范仲淹有一篇《岳阳楼记》就足以名垂青史了。词仅存六首，但有一首《苏幕遮·怀旧》就够了：“碧云天，黄叶地，秋色连波，波上寒烟翠。山映斜阳天接水，芳草无情，更在斜阳外……”何况还有《渔家傲·秋思》呢：“塞下秋来风景异，衡阳雁去无留意。四面边声连角起。千嶂里，长烟落日孤城闭……”

晏殊，文学上有多方面的成就和贡献。他能诗善词，文章典丽，书法亦工，而以词最为突出，有“宰相词人”之称。他的词，吸收了南唐花间派和冯延巳的典雅流丽，开创了北宋的婉约词风。而且有以他为首的“抚州八晏”之说：晏殊、晏几道、晏颖、晏富、晏京、晏嵩、晏照、晏方。

晏殊不是个简单人，他始终身居高位，做过副宰相、宰相，还兼任过许多地方的行政长官。虽身居要位，却平易近人，唯贤是举。范仲淹、孔道辅、王安石等均出自其门下，韩琦、富弼、欧阳修等皆经他栽培、荐引，得到重用。韩琦连任仁宗、英宗、神宗三朝宰相。富弼身为晏殊女婿，但晏殊举贤不避亲，晏殊做宰相时，富弼为枢密副使，后来也官拜宰相。

晏殊的词语言清丽，声调和谐，写景重情，赋物于命，自成特色。晏殊的创作量很大，据说他一生写了一万多首词，大部分已散失，仅存《珠玉词》一百三十六首。晏殊在诗和散文上也有贡献。《全宋诗》收其诗一百六十首，《全宋文》存散文五十三篇。

我们无法看完他的那些诗文，但是我们知道他的那首《蝶恋花》，那是过目不忘的："槛菊愁烟兰泣露，罗幕轻寒，燕子双飞去。明月不谙离恨苦，斜光到晓穿朱户。　昨夜西风凋碧树，独上高楼，望尽天涯路。欲寄彩笺兼尺素，山长水阔知何处！"还有："一曲新词酒一杯，去年天气旧亭台。夕阳西下几时回？　无可奈何花落去，似曾相识燕归来。小园香径独徘徊。"（《浣溪沙》）还有："春花秋草。只是催人老。总把千山眉黛扫。未抵别愁多少。"（《清平乐》）

王禹偁，是初宋"白体诗"的代表诗人，开宋诗之风气。他生性耿直，对朝政直言敢谏，曾三次被贬官，"屈于身兮不屈其道，任百谪而何亏？"晚年曾知黄州，故后世称他王黄州。他反对五代浮靡的文风，提倡文学韩愈、柳宗元，诗学杜甫、白居易，有《小畜集》30卷、《小畜外集》13卷传世。

欧阳修十分仰慕王禹偁，在滁州时瞻仰其画像，又作《书王元之画像侧》。苏轼称他"以雄文直道，独立当世""耿然如秋霜夏日，不可狎玩"。他的很多诗都颇为有名，只是一说宋代，光注重词的辉煌了。你看《对雪》："自念亦何人，偷安得如是！深为苍生蠹，仍尸谏官位。謇谔无一言，岂得为直士？褒贬无一词，岂得为良史？不耕一亩田，不持一只矢；多惭富人术，且乏安边议。空作对雪吟，勤勤谢知己。"

说到晏殊的时候，就想起了晏几道。他是晏殊的第七个儿子，也是最小的儿子。晏几道不像他爹在政治上有很高的地位，他只做过一些小官，如颍昌府许田镇监、乾宁军通判、开封府判官等。他的词倒是与他爹齐名，一般讲到北宋词人，称晏殊为“大晏”，称晏几道为“小晏”，还有称“二晏”的。他的风格接近“花间”，你看他的《鹧鸪天》中“舞低杨柳楼心月，歌尽桃花扇影风”时常被人赞赏。还有“落花人独立，微雨燕双飞”（《临江仙》），被人称为“千古不能有二”的名句。

他读书多，藏书多，写得也多。《全宋词》收有二百六十首。除长调三首外，其余都是小令。他的小令在北宋中期发展到一个高峰。

晏几道的词常多愁善感。如《蝶恋花（醉别西楼醒不记）》中句：“衣上酒痕诗里字，点点行行，总是凄凉意。红烛自怜无好计，夜寒空替人垂泪。”可能与他晚年家道中落有关。晏几道在当时孤高自负，傲视权贵，即使是苏轼，也不在眼下。据说苏轼在京，正受帝、后赏识，迁中书舍人、翰林学士，因黄庭坚总是对晏几道赞赏有加，就想去拜见一下晏几道。到了门口，递上帖子，晏几道却让人出来说，家里正有一些老友，怕是没有闲空。苏轼闹了个没趣。或者是因了苏轼的政治地位，或者就是他的文学成就，总之在晏几道那里，都有些敌意。这也是一个文人的性格了。

最后说说杨万里。“毕竟西湖六月中，风光不与四时同。接天莲叶无穷碧，映日荷花别样红。”还有：“泉眼无声惜细流，树阴照水爱晴柔。小荷才露尖尖角，早有蜻蜓立上头。”这些诗几乎连小孩子都会背，那么杨万里真的可以安睡了。杨万里的家乡我去过，我还到他的墓地去拜谒。老家人提起他很是自豪，但是一说这一带的名人，又总是将他排得靠后了。这说明吉安地区出来的人物太多。杨万里是南宋杰出的诗人，与陆游、范成大、尤袤齐名，被后人推为“中兴四大家”。

杨万里晚年誓不出仕，就在家乡吉水闲居，闲居了十五年，不短了，写了八百多首诗，去世前三天还在写着。他辟出一个东园，植上桃树李树，他的诗成了树上生长的果实。他关心农业，甚至担心一场风雨就破坏了好收成。他的门前不远有一湖水，那是他快乐的涟漪，他或许看着会想起接天莲叶无穷碧的西湖来，心境总是年轻的。他活了 80 岁，是文人中少有的高寿者。

实际上，提到宋代文学，谁都会罗列出一大串自豪来，那真的是一个丰收的季节，让后人享用永远。但是本文不能再多列举了，一下子是举不完的，篇幅不允许我这样做，也不允许我多说。虽然有的说多了，有的说少了，但这都不会影响他们的成就，也不是我故意的。我只是想表达一下自己的心情，来到清明上河园，有时会遇到谁的文字或者影像，即使没有遇到，上到桥上远望那一片宋代景物，也不由得让人生情。生的情中就必然地包含对宋代文学的仰望之情，那是多么宏大的一座建筑啊，它遮蔽了历史的天空，促进了文化的繁荣。为此我难忘宋代，感激宋代，说到底，这是一种文学情结，也是民族情结。

开封开封

一

也是由于黄河的原因，汴河会同黄河一样，受到季节的影响。

进入冬季，黄河两岸的绿色骤然收煞，由上游奔涌的流水也逐渐减少，到了河南这一带，就没有多大的狂劲儿了，高处看去，像条失去了水分的布带子。没有了活力的水流，寒冷时节还会结冰，有些临岸的地方，早就枯干了，靠着黄河运行的汴河便会受到极大的影响，想恢复活力，只有等待第二年的开春了。

春雷乍起，冰封的黄河上游开始解冻，冰块断裂着撞击着发出了清脆而愉快的响声，大小支流的水奔涌汇聚，一时间变得汹涌狂放，闯关夺隘漫卷而来。

到达开封的时候，黄河已形成浩荡之势。

经过一个冬天的蛰伏，汴河已经显得饥渴难耐了，皇上和大小官员早已经开始议论放水通闸的事，汴工们也各就各位，等着一个时辰的到来。

一声号令，汴口掘开，凛冽而清寂的河水欢快地涌进来，干涸的汴河立时波涛滚滚。整个开封都变得活泛起来。

开封，真的开封了！

二

那些在汴河下游外口沉睡的船只，突然惊醒一般，闹闹嚷嚷地起身，准备一番就向东京进发。

更远处的船只是算着时间赶来的。路上有一个提前量，那就是正好在汴河开闸的时候赶到。

你就看吧，大大小小的船只，浩浩荡荡地掠过一个个村庄、口岸，一路沿着汴河逆流而上。沿河较大的港口，早成了繁华的城市，更利于船客的歇脚和商贸活动，这种活动一直伴随着进京的船队。

百姓在这时争相出动，也就有了两岸的交流。有乘船的，有贩卖的，有供货的，这就使得更多的货品和人员拥入汴河。

有人问，这些顺着各种水路进来的大小舟船抵达开封最集中、使开封最热闹是什么时候？回答是：清明。

这是因为，大宋朝廷规定："发运司岁发头运粮纲入汴，旧以清明日。"

清明是一个好记的日子，也是上游水大的日子，清明船舶入京，也有一种祥瑞之气。

当时的汴河，东西横贯东京城内外，与开封的外城、内城相交，共有四座水门。我们看《东京梦华录》中的一段记载："东城一边，其门有四：东南曰东水门，乃汴河下流水门也，其门跨河，有铁裹窗门，遇夜如闸垂下水面，两岸各有门，通人行路，出拐子城，夹岸百余丈。"可见水门作用，也见出开封对汴河的管理。现在人们已经找到了汴河下游这个重要的东水门遗址，虽然再没有了浩荡水涌，但还能想象出当时逆流从东水门进入东京时的震撼场面。

春天不仅是万物复苏的季节，也让憋了一冬的人们感到春气勃发。开封，不仅是河流的开封，也是都市的开封、人心的开封。

你就看吧，一时间，船帆飘展，篙橹晃动，纤号四起，汴河上下，一派喧腾。

只有在北宋国都东京，才能看到这种少见的景象。

三

船一路浩荡自由，到了京师，一下子变得紧张起来，狂野的性子不得不收起，各种关口，各种桥梁，都会显得小心谨慎，稍不注意，就会遇到想象不到的麻烦。因为是上水，所费气力也会更大。

满载货物的船只，被压得吃水很深。大船在瞻前顾后，超船时小心翼翼，小船穿行其间，还较为便当。水花翻涌，泛出片片光芒。

虹桥一带，是京城水陆交通的会合点，很多货物在这里上岸发散或下船装运，也就集中了各种商号，更有旅店酒肆、妓馆烟行。

所以虹桥前后的船只最多。

从《清明上河图》上可以看到：一只大船过虹桥的时候，船夫们有用竹竿撑住岸边的，有用长竿钩住桥梁的，有用麻绳挽住船的，慌乱中看到桅杆高出桥洞，便急忙放下。邻近船上的人在指点着吆喝着，船里船外都在为这艘大船紧张。不管是岸上的人还是桥上的人，都伸头探脑地看着，议论着，为过桥的捏一把汗。

四

岸上更是车水马龙，熙攘纷扰。

牛马车、人力车来回穿梭，肩扛人挑混杂其中。货栈仓储全都大门四开，笑声喊声一片。

卸完船的或者重新装载，或者空在那里，先上岸寻一处好酒坊，或一处好妓馆，吃上一碗，乐上一乐再说。

开封城是让人翘首的大都市，行船来这里可是机会难得呢。很难见到的高大的城楼显现出来，船工们过了水门就露出了惊奇的神情。

汴水两边的屋宇错落有致，茶坊、酒肆、脚店、肉铺相挨相挤。辉煌的是宫殿庙宇，严整的是公廨衙堂。

大些的商铺挤着众多的人，绫罗绸缎、珠宝香料、山珍海味，全是专门经营。另有药铺门诊、车马修理、看相算命、理发修面，生意也是上好的。

新开张的商店门首扎起彩楼，放响了鞭炮，招引着一群人驻足，有小人趁机跑过去捡拾零碎的炮仗。

大大小小的旗幌子遍布京师，其不单是招揽生意，还要将一条条街道装点出一种祥和热闹的氛围。

逛街的人，揣着大钱的做大营生，再没钱的也要拿上几枚小钱，这里看看，那里走走。

姑娘媳妇也在这个时候出门了，捂了一个冬天，更显得白嫩惹人。裙裾飘展中，一些芬芳这里那里地弥漫。

也会有西门庆之流走在其中，或哪个女子正挑起一扇窗子，将一张粉脸探出，看见什么宛然一笑，又缩回去。不知道下面还会有什么事情发生。春天的事情往往不大好说，何况是大都市的春天、大河波涌的春天呢？

一些文人墨客必然是闲不住的，在这汴水两岸四处游走，酒肆客坊，聚会吟诗。不定哪一只船摇过，船头会站着大家熟悉的哪个名人。

说书的园子，算命的摊子，杂耍的圈子，耍猴的场子，到处都围着人。勾栏瓦肆中整着更大的玩意儿，斗鸡的，说唱的，杂耍的，玩球的，跑马的，一阵阵喝彩从这里那里传出。

《清明上河图》将当时的画面展现在眼前：乡绅穿着华贵的服装悠闲四顾，骑马的官吏吆喝着开道，叫卖的小贩穿行其间，前拉后推的独轮车，轻盈的华辇小轿，远来的僧侣，问路的游客，慢行的驼队，奔跑的牛羊，还有醉酒的一晃一歪的汉子、可怜的行乞的老人，更有一个混进人群的通缉要犯，被巡捕抓住上了枷锁。

真可说是男女老幼，士农工商，三教九流，让东京闹嚷成一个杂乱又有序的世界。

五

京城附近同样显出热闹。

京师里的人从一个个大门小门、从一条条宽街窄弄、从一道道大小桥梁逶迤而出，而后散在城外的大路小道上。

踏青扫墓是其中一项，“王家纸马店”之类，正是专门卖花圈纸马之类祭品的，此时的生意正好。也有人在途间推车摆摊卖些草黄纸和香火。

野外，大桥小桥互映，老柳新杨相交，薄雾中掩映着茅舍茶店，恰恰的燕雀斜飞在空中，微风吹来，田地间的绿色又浓了一层。

骑马的，挑担的，背筐子的，带孩子的，各色人等在路上来来往往。回来的行人，有的带着顺便打的柴草或新挖的野菜。其间一顶小轿，轿里会有一位妇人露出脸来，呼吸着新鲜的气息。

开封，在又一个清明，将自己描画在了历史的图景中。

春天的黄河

野菊款款摇响了蜜蜂，山间的溪水已经解冻。麦田葱绿得铺天盖地，一波波推涌着生命的蓬勃。

远去的春天又一次走来了。坐在越野车里，一忽旋上了山尖，一忽又跌入谷底，缠缠绕绕地差不多快一天了，才听司机说快到了。小伙子转了一天方向盘仍兴致不减，指着远处告诉我们那是黄河。果真就见山根底一条白练，只是太细小了，像一条小溪流。

由省城来这个县蹲点快半年了，地图上看它临着黄河，实际上由县城去看黄河却很难。这是个山区县，上路就钻山，每个乡都在山坳里。这是我们来的最远的一个乡，因它挨着黄河，也就不嫌其远了。山区憋得久了，心里总有些郁闷，有些想念城市，想家，想那条自己并不陌生的大河。

山区待久了，也有了经验，看着景近，想到跟前却不那么简单。直到暮色苍茫，才投进了这个叫做白浪的小村庄。多少年后，这个地方变成了小浪底水库，白浪小村也没入了库区。

向导说，村子后边就是千年古黄河了，过去河，就是山西。

旅途辛劳，晚饭后便早早休息。小村尚无电灯，煤油灯的火苗一闪二晃，照着昏暗的小屋。夜，更显得宁静。

竟听到一种声音，被风断断续续送来，像水声。躺在床上，那声音就好像流过枕边。那时刚闭住眼，以为是梦，坐起身再听，可不就是水声！这会儿又像是从房顶上流淌了。

必是黄河。这样近，真如诗中写的，枕着黄河而卧了。心里激动又兴奋，半天没有睡着。

早起一睁眼，天刚蒙蒙亮。独自起身，即奔了发出声音的地方去。下了一个土坡，越过一堵不高的石坝，眼前是一片圆滚滚的大小石头堆积的沙滩。一条大马路似的黄河，就在沙滩前边横流着。

声音是从远处那座山隙里发出的。想必那里有一个狭处跌宕起伏。

跳过一个个被水磨光磨圆的石头，一口气就到了河边。啊——这河水怎么是清的？

真是清的。没有任何污染杂迹，脚下的浅处，尚可看见水底的鹅卵石。白的，黑的，花的，还有红的。

河水不疾不缓，不近前几乎看不见流动的波纹。河边一色的细沙地，海滩般硬实而富有弹性。那水带不走一粒浑黄的泥土。

还有贝壳。小鱼、小蟹在水边戏玩，并不怕人。

这是黄河吗？

禁不住惊喜异常。禁不住放开喉，喊了一声：哟——

那声音飘过河面，直到它上游下游的山前，远远地起了回声，竟带了水音。

从没有这么放开过。又喊了一声。又喊了一声……

好畅快，好舒心。望望四周尚无人影，索性吼唱起来。唱的什么，不记得了。那时的眼里，却起了泪花。

我曾到过黄河的上游，河堤又高又厚。汹涌的河水浑浑黄黄，惊涛拍岸，卷走一块块泥土。人们从这岸过到对岸，多少壮汉划那皮划子拼性命一般。到了对岸一看，早斜下去百米远近。

我也到过黄河的下游，那更是宽阔坦荡气势宏大，一个浪头又一个浪头排列不断，如坟如山。大浪掀起的风，会吹走你的帽子。人根本不敢站立河边，说不准哪阵排浪过来，会把你携带进去。杂草、树根在水中起起伏伏，遇见大汛，连大树、黄牛都有。防洪的大堤，年年都在加高加厚。

而这段黄河是因在少雨的春季，还是特殊的地形地貌构成了它的清缓呢？不得而知，只知在离它数百里的上游，有一座雄伟的三门峡大坝。

那般清凌凌的黄河就在这春天的早晨，在我的面前静静地流着，就这么坦坦荡荡地展示给我一个人看。她身上还蒙着雾纱，还透着微微的热气。她像一个少女，刚从那座山间醒来，温温柔柔扯一条玉带步入大自然里。

我无法将她同印象中流动的黄河叠在一起。她是整条母亲河的少女阶段。

我用手撩拨她，打一个石头漂漂逗引她。我觉得她是有感情的。

为了证明这不是梦，我掬一捧水，舌头舔舔，然后一气喝完，那般爽心润肺，不苦涩也不含沙土。黄河，要不要改改名字？假如黄河全都变得如此模样，人们该会获得多么大的收益呀。

就在我撩水洗脸的当儿，太阳在那座山尖上露头了，一霎时满河润上一层红晕，更加鲜亮迷人。

渐渐地有了人声，有了牛哞和柴油机的嗵嗵声。山里人行动得早，正是春忙时节。

却不见人，想是在高处。黄河滩上仍是我自个儿。跳着、走着、俯拾着。红、白、黑各色的鹅卵石捡捡丢丢，丢丢捡捡，装了一口袋。

堤上有人呼叫，爽爽的细细的音声，是个农家小女。看看左右并无别人，才明白是叫我这“干部”吃早饭。

踉跄跑去，一路石子叮叮哐哐，满是黄河情韵，惹得小女孩好一阵笑。她必笑我城里人少见多怪。

我也笑了。天真对天真。

真想在这里建个小屋，读书耕作，享尽自然。真想也是非分，不会成为现实。

后来回想，若真成了现实，也未必清受得下去。

黄河总是那么自然地流着，与之相比，人却要复杂得多。

陕州地坑院

一

你知道“陕”是哪里吗？你一定会说，陕西，陕西的简称就是陕。其实，陕在河南的三门峡，古时称为陕州，陕以西才为陕西。那么，这个夹耳的陕，就让人有了诸多兴趣。造物主随性造的这一块陕地，险崛而奇特，黄河南只有两条狭路可通东西，并汇于函谷关。从洛阳伸出的丝绸古道，至今仍留有一段车辙深深的痕迹，人称崤函古道。古道一直没入崤山天险，著名的秦晋崤之战即发生在此。秦皇汉武东巡的车辇，函谷关写出《道德经》的老子，诗人李白、杜甫们，还有从这里出去的杨玉环、上官婉儿，无不要过这条古道。

千仞峭岩与万里怒涛的冲撞挤压，也在陕地托出了三道塬。不知何时起，深受仰韶文化浸润的陕州人，渐渐地在三道塬上将穴居与窑居的生活方式衍化成了地坑院。我深信，地坑院就是人与自然共同书写的大书，是最具创造力和生命力的所在。你能想到吗？多少年间，竟然有成百上千个村落，潜伏于地平线之下，成为世界奇观。

二

雪片似梨花，覆满整个陕塬，勾勒出一个个坑院。谁家拦马墙散出了炊烟，让塬上的黎明活泛起来。一条狗钻上来，雪原有了一溜花瓣。这时候听见了鸡鸣，起伏于无边的沉静中。

红衣女子一点点地从地下冒出，手挥扫帚，坑院上方一条小路显现出来。这是新婚不久的女子，来的时候，柿子还在树上，红炫炫地挂满坑院四周。扫帚扫到了塬的边上，塬下，一条大河正蒸腾着雾气远去。

这样的景象也许 20 世纪初就被德国人航拍在了影像中。坑院虽不用一砖一瓦，却有自己的风骨，所建必有遵循，所用必有遵守，所设必有尊重，说到底，还是民族智慧、东方文明的结晶。鲁道夫斯基由此惊叹这人类建筑史上的活化石是“大胆的创作、洗练的手法、抽象的语言、严密的造型”。

独特的陕塬，高险平阔，南有重峦叠嶂的崤山，北临沉郁雄浑的黄河，深沟狭壑纵横，陕州故迹遍布，远处的镜湖，还会有天鹅翔集。站在这样的地方，该是有诗的。唐玄宗旅次陕州，曾吟出“境出三秦外，途分二陕中。山川入虞虢，风俗限西东”的诗句。当时驻跸哪里呢？想他没住地坑院，若在地坑院留住一晚，诗中情怀当更为雄奇。

一代诗圣也错过了地坑院，黄昏时匆忙投入的是石壕村的靠山窑。那地方离塬上并不远，却存有不安定因素。如果老杜走上塬来，住在坑院，情境或有不同。不定晚年选择这里，也不会茅屋为秋风所破了。

又过去多少年，慈禧来了。慈禧避乱长安回京，没走回头路。光绪二十七年九月，慈禧的銮舆进入函谷关，到这里天色已晚，只得在地坑院落脚。陕塬人没有亏待她，腾出最好的窑院，点起过山灶，给她做“十碗席”。高高在上的慈禧对自己的处境有些不适应，然而面对舒适和美味还是做了一回普通人。

陕塬人虽安于一隅，但性情刚毅，遇日本人来犯，自发组织反抗，不让侵略者安宁。至今这里仍有遗迹，纪念抗争中的牺牲者。

三

头一次住进地坑院，感到有一种四合的凝聚与向下的沉淀力，却离天尤近，繁星框了一院子。院子像塬上开的天窗，所以人们敢大声地说，畅快地笑。这里娶媳才真的是入洞房，热炕上任怎么打滚，也不怕偷听了去。三道塬，相互交织和延续的，也许就是这种简单的安逸感。

天黑严的时候，坑院就成了一种暗物质。巨大的安静，使夜融解得贴切而真实。偶尔有小曲传出，那种抑扬顿挫的眉户调，混合着蛐蛐、咕咕喵、南瓜花、扁豆花的声音，实为一种天韵，有女人在这天韵中剪着窗花，消磨一天中最后的时光。

什么时候有了叽喳的鸣叫，叫不出名字的鸟你说我唱，汇成无与伦比的乡间大集。而坑院还在深深地沉睡。太阳被塬的一头悄然挑起，镀亮湿漉漉的早晨。塬上永远都散发着一种清香，那是最本质的土的味道。

一位老人从坑院里走上来，见了我，看着不认识，话语却出了口。我赶紧回应，声音里，竟然有一种亲切与感动。

很长一段时日，对于尘世来说，这里是远避的、深藏的。当地施行保护地坑院和鼓励发展旅游的措施后，地坑院就像尘封的窖酒醇香四溢。纯粹的乡村越来越多地远离了视线，这一片坑院越加亲近地挤占了怀旧的情感。有人来看建筑，有人来搞摄影，有人支着画板写生，有人搜集俚语唱曲，有人学习泥砚剪纸，有人什么也不为，就为了看看与自己的老屋有什么不同。想李白苏轼来，会把坑院当成一方金樽邀月起舞！地坑院是一个个模子，能翻模出民间艺术的孤绝与惊喜，翻模出华夏中原的诚厚与质朴。

再次来到地坑院，梨花正旺，柔风掀落片片花瓣，花瓣把一个个院子铺满了，有些花儿高出坑院飞，与桃花杏花汇在一起，直把整个山塬绚成缤纷的世界。通向外面的村路在塬上起伏，渐渐升出一个人，又升出一个人，近了才看清是年轻的姑娘小伙儿，他们身后是年迈的老人，千叮万嘱地相送。年轻人渐渐没入塬下，只剩纷舞的梨花与摆手的老人。我突然有些伤感，当年坑院里种梨，是图吉利的意思，现在倒有一种离别之情。再多少年过去，坑院里还会有人厮守吗？

大宋钧瓷

一

清明上河园里有一家店铺，名字叫得气派：大宋官窑，似乎里面展示的都是北宋皇家的窑瓷。门脸上一副对联是：丽质纹衣麟釉俏，青琼紫玉鳝红奇。真个就将大宋钧瓷的特点说个明了。

钧瓷是宋代五大名窑瓷器之一，位居“五大名瓷”之首。其名贵在于釉质深厚透活，晶莹玉润，有明快的流动感。更主要的是，釉色是自然形成，而非人工描绘。海棠红、梅子青、茄皮紫、天云蓝等色彩大气而夸张，令人想象无穷。宋徽宗时钧瓷是御用珍品，被封为“神钧宝瓷”，每年钦定生产三十六件，禁止民间收藏。所以现在墓葬出土的钧瓷甚为稀少。虽世界著名博物馆也有收藏，但为数寥寥。“黄金有价钧无价”“家有万贯，不如钧瓷一片”的说法即从此出。到了后来，即使钧瓷在民间流传，也都是至上宝物，所谓“雅堂无钧瓷，不可自夸富”。

那时的官窑是个神圣的场所，皇上要指派专人负责督造。离开封不远的禹州境内已发现北宋钧窑遗址四十余处，大多集中在神垕镇大刘山下。神垕有秉承天地之灵气的孔雀岩、豆腐石、玛瑙岩、虎皮绿等名贵矿石和独特土质，又有含自然精华的颍河水，所以构成了生产钧瓷的天然要件。

作为最本质的泥土，经过多少次摔打，成型，上釉，从一千多度高温烧烤，慢慢降至几十度的低温冷却，就窑变成一个全新的形象。当时在窑上干活的是十分牛气的，先期工作做得再好，也还是要看烧窑这最后一关。烧窑师傅也不是神，他也不知道会烧成什么样子。气氛、温度的波动会使窑内不同区域的产品产生不同的艺术效果。没有谁能掌握一件瓷器的命运，完全靠它自身对火的感应。因此说钧瓷无对，窑变无双。入窑一色，出窑万彩。一出来也许它奇丑无比，也许它亮丽异常。烧制过程中有百分之七十的产品会报废掉，一件钧瓷在精挑细选中脱颖而出，那即如皇宫选秀。

烧窑用柴，后来也用过煤。老师傅还是讲究用柴。柴窑烧出的釉色渗化自然。柴硬、柴软都有说头，起火、灭火也有讲究。就此窑温还是难以达到均衡，从而影响钧瓷釉彩的成色。像有人所赞“出窑一幅无人画，落叶寒林返暮鸦”“雨过天晴泛红霞，夕阳紫翠忽成岚”的，都是百千成品里挑出来的。

当时的神垕镇，周围都是围绕着官窑生存的。起土的，运瓷的，开脚店的，做买卖的，各行各业。还有专门砍柴的，那时树多，只要出力，不愁没饭吃。通往神垕的路上，多的是担着花柴的挑子。人们说，在神垕，再不济去砍柴，实在懒得不行才讨饭。

二

钧瓷在复杂的窑变之后，似乎还没有达到至善至美，要再经过一次开片。

我带着一件钧瓷回家，头一天不知道那细微的开片声，竟然美丽地响了一夜。它从炉中一诞生，就被赋予了灵动的生命啊。等我知道了这个奇妙的事情，半天没有说出话来。白天听不到它的动静，带有某种神秘的焦虑，还有不可名状的情感，等待晚间那个时刻的到来。

我像一个偷窥者，屏气静心，瞄着小桌上的瓷瓶。不大明亮的月光透进窗子，我看不大清楚它的模样，它只有一个腰身婀娜的暗影。我不能到达它的内部，不知它有着怎样的内质，但我似乎觉得它是有情感的。

我真的听到了那美妙的声响。像庄稼拔节的声音，呲呲恰恰，噼噼叮叮，它似乎在悄悄蜕变，或轻轻吟唱。不知它有没有疼痛。我不忍开灯，怕影响了它。童话里有个蜕变的美丽姑娘，换装时不能被人看见，一旦让人看见，就变不回原来的自己。天亮以后我看见钧瓷上出现了纵横交错的不规则冰裂纹路。有人告诉我，这种纹路，还会在无数次的开片之后变得斑斓异常。

据说宋徽宗也曾看到钧瓷开片，他一时兴起，给那些纹路起了“蚯蚓走泥纹”“冰裂纹”“鱼子纹”“百极碎”等好多的名字。有人说，一件钧瓷，开片的生命有六十年之久。一个人从小到老的过程，它全经过了。那样说来，宋徽宗没有看到一件瓷瓶开片的全过程。他自己将一件大宋瓷器打碎了。

我曾经不经意间打破了一件瓷瓶，瓷瓶上插着干花。我手里的东西挂住了干花，干花带翻了瓷瓶。一刹那间，我以为会如银瓶乍迸，然而我却没有听到那声脆响，它只是发出了一声疼痛的低吟。此后很长时间，我都不忍想到那个场景。

又一件瓷瓶伴在了我的床头，自此后，我不再寂寞。

一条河的斑斓

一

我站在一条河上，这条河曾经是那样的辉煌，河水倒映着夕阳，黄昏洒了一河的红黄。

清明上河园中的汴河还是那条河吗？觉得是，又不是。

哪里响着乐曲，那种古琴和笛子联奏的宛转悠扬，一丝丝漂浮在水上，经水的荡漾，又绕上了河边的绿柳，柳树也不似那个时候的了。但我怎么总是觉得，我仍然置身在一个同现在不一样的时代。

一条河，流过一个地方，就会使那个地方水气十足。

河流是那样的让人向往，让人开化，让人迷恋。在古代交通工具尚且不十分发达的时候，河流就更是起了很大的作用。

那时候，水路运输比陆路运输速度快，运量大，费用低。凡有水的地方，必然兴起大大小小的口岸，由水而带来一个又一个城市。即使是原来规模不甚宏大的城镇，也会因为水而改变命运。

谁能想象得出，建于中原内陆地带的开封，竟然是一座水流环绕的都城。它到处都是水，河流相通、湖塘相连，使得一个城市水意盎然。

正是这样的水，构筑了北宋东京的耀眼繁华。

二

古代开封的河流是从何时开始荡漾的呢?

打开《史记·秦始皇本纪》，会看到这样的记载，始皇二十二年（前 225），王贲攻魏，引河沟灌大梁。大梁城坏，其王请降，尽取其地。

那么，在秦时，就有一股水涌入了开封，而这种涌入，是以强迫、强势的手段引入的。河沟，就是著名的鸿沟。鸿沟也曾经是灌渠，连着黄河水，流深而急。汉代的时候，也称为汴渠、莨荡渠，当年项羽、刘邦争天下，争到最后，便以鸿沟为界，楚汉分立。这样说，鸿沟是开封水系的最早连带部分。

很长的一段历史中，朝代更替，战乱频仍，汴渠时通时淤。好在总是有人看重它的地位，不断开挖疏浚。到了隋炀帝时期，干脆来一个大手笔，搞了一个闻名后世的大运河。它以洛阳为中心，西通关中盆地，北抵华北平原，南达太湖流域，东至淮海。

有人说隋炀帝的动作纯粹是出于私心，我以为任何事情都不能单一而论，这条大运河确实带来了不小的好处，尤其对于内陆地区。即使现在，江南还在享用着它的便利。我们不能一边用着人家的东西，一边数落着人家。

大运河从大业元年（605）开始挖掘，不到六年便完成了，使海河、黄河、淮河、长江、钱塘江五大河流得以沟通，它浩浩汤汤达两千多公里。

大运河与开封有着什么关系呢?大运河第二段工程就是大业元年开凿的通济渠，从洛阳西苑引谷水、洛水到黄河，再从荥阳引黄河水东南流，经成皋、中牟、开封、陈留、杞县、宁陵、商丘、夏邑、永城、宿县、灵璧，到盱眙北，而后通达淮河。由此可见，无论从规模、长度还是从地理位置上，通济渠在整个大运河系统中都占有重要地位。

通济渠又是什么呢？通济渠就是唐以后所称的汴河。鸿沟就是汴河的一段。

汴河，那萦绕中原、萦绕在我怀想中的大河，终于闪亮登场了。

三

汴河，一条流经广阔地域的大河，独与开封有着血脉相连的关系，汴梁、汴京都是说的开封，开封的简称就是汴，开封人多少名字里都有这个汴字。汴河，那么响亮，那么动听，那么滋润。汴河写满了开封的都城史、生活史、船运史、水利史。

而开封还不止得益于汴河一条水系。

据说当时钱塘江畔的吴越王，获得了一条犀角腰带，视为宝物，觐见大宋皇帝时笑眼迷离地拿了出来，他想宋皇帝一定喜欢。

刚刚坐上宝座的赵匡胤远远地看着说：“朕已有了三条宝带了，这条你还是自己留着用吧。”赵匡胤居高临下地玩了一把幽默。

吴越王十分好奇，想疼了脑袋也想不出来，大宋皇帝手里是什么样的三条宝带。

赵匡胤说：“这三条宝带，一条是汴河，一条是惠民河，一条呢，是五丈河。”

赵匡胤说完哈哈地笑了，笑得开心而大度。这三条河都流经开封，滋养着开封，活泛着开封，美丽着开封。在赵匡胤看来，这三条河是多么的养眼、补气、润心，它们荡漾着大宋精华的开篇。

拥有这样三条玉带，让当朝皇上多么地满足和自在。以汴河为首的三条河流，给大宋带来的是无可计量的财富。

那个时候，赵匡胤还不贪，知道什么好，什么重要。如果都这么看重江山社稷，大宋是不可能毁灭的。可惜那条金腰带也污迹斑斑了。

四

汴河承受着当时京城百万人口的吃喝拉撒，承载着整个京都的生活质量、生命品质、社会平衡，影响着国家的长治久安。

当时的开封，是一个世界级的大都市，一度物质丰富，生活祥和，汉唐无可与之比。张择端的《清明上河图》，反映的就是这一时期的景象。

北宋参知政事张洎这样说："唯汴水横亘中国，首承大河，漕引江、湖，利尽南海，半天下之财赋，并山泽之百货，悉由此路而进。"

熙宁五年，张方平也曾对汴河的作用作了概括："今日之势，国依兵而立，兵以食为命，食以漕运为本，漕运以河渠为主……汴河废，则大众不可聚。汴河之于京师，乃是建国之本，非可与区区沟洫水利同言也。"

就此可以想象汴河的繁忙，公私客货，舳舻相接，或进或出，或停或走，喧嚣杂嚷，上下紧张，何其壮观之势！

五

治理汴河在北宋应该说是第一等事情，丝毫不敢懈怠。自黄河进入汴河到汴河流出开封，很长的河段都是最精心的，尤其在夏季水大的时节，各段都要防范守护，保证城里居民安全和河道的运输畅通。

有这样一个记载：淳化二年（991）六月，汴河近城的一段河堤决口，宋太宗赵光义亲自去视察，步辇行走在泥淖中。宰相、枢密院使等大臣不停地劝阻回驾，宋太宗却是真心真意地说："东京养甲兵数十万，居人百万家，天下转漕仰给，在此一渠水，朕安得不顾？"一边视察，一边调兵，并不退后，直看着数千兵卒将缺口堵塞，水势稳定才回宫。

汴河不但是南北交通的大动脉，而且还是国家安全的系带。

由于引入的是黄河水，就有了泥沙淤积之虞。这是汴河的最大弱项，河底淤积，不仅阻碍行船，而且抬高水位，对开封不利。

为管理和治理汴河，北宋特设置专门机构和专职官吏，并且每年春天都征发汴河沿岸民工，疏浚淤浅的河道。

我最近看了南水北调工程，河道修成坚硬的底部，这样可以保证水流的质量。

宋人王巩在《闻见近录》中记载："汴河旧底有石板石人，以记其地里。每岁兴夫，开导至石板石人以为则……"这么说，宋代的河道也是很讲究的了，下面铺了石板，而且有石人为标记。每年对汴河的清淤，要达到汴河河底的石板石人为止。

六

黄河进入冬季，流速缓慢，水流变小，很多地段露出了沙洲，临近堤坝的地方，水也不再凶猛，而是退去好远，让堤坝还原出本来面目。这样，引入汴河的水可想而知，即使入水口宽阔而深沉，水流依然不容乐观，汴河航运便被中断。

一般是在阴历十月的冬季来临时节，城外要关闭闸口，使舟船不再通行。对于吞进不少泥沙的汴河来说，这也是一个休整的时段。为保证来年的畅通，朝廷每年都要利用冬季断水对汴河进行清淤。此项工程可谓耗资巨大，动员征召来自各地的民工，最多时有 30 万之众。有一个专用词叫汴夫，汴夫来后的吃住都是问题，行动也要有责有规。一时间大小官员指挥协调，忙碌其间。

河道里的繁忙景象在我的眼前跃动，整道河都是人，布衣起伏，号子震荡，驴马嘶鸣，锨镐飞扬，各色人畜奋力，多类筐车并用，河岸上瞬间堆起厚厚的淤泥，淤泥又被迅疾运往低洼的田地。

一个热火朝天的场面。

做过开封府尹的范仲淹、寇准、欧阳修、包拯的身影也在其中吗？在他们的任上，这或许是一项必不可少的重要的工作，必得要左右关注，上下督察，精神眷顾，寝食难安，收起写诗作文的热情，暂停击鼓升堂的事务，以度过一年中最为寒冷的时段。有的还要身体力行，在河道里和汴夫们一起干上一干。

每年的这个时候，开封市民也都会到汴河周围来看热闹，尤其是那些孩子们，这同他们在上元节看灯一样，哪里热闹去哪里。有鱼被从河底扔上来，在空中甩着尾巴，孩子们就欢叫着去抢，有的在泥窝里扒来扒去，找出自己喜欢的。更多的孩子被喝止，远远地看着也开心。

有汴夫家的女人沿河来找，一准是家里有什么紧要事，左看看右瞧瞧，那么大的一片人海，娇小的身子晃来晃去。

风吹着大宋的旗帜，哗啦啦地响，整条河堤岸，响成了一片。

这是一种祥和的景象。这景象持续了多少年。

七

我久久地站在汴河上。当时的汴河波澜壮阔地穿城而过，它从东京外城西水门入城，过内城水门，穿宫城前州桥、相国寺桥，出内城水门，而后东南出外城东水门滚滚流去，一直通向遥远的江南福地。

我想知道一条河的深度，汴河，它或许深达千年，而且还将深下去。

古道秋风

秋天多雾，也多风。豫西的山原高低起伏，沟壑遍野，为风提供了辗转腾挪的条件。风从那些沟壑里一点点踅起，到高处集中，形成队伍便在原上横冲直撞，带动起所有能带动的东西一起狂欢。收割后的细碎的庄稼和树叶漫天飞舞。有些沙土打在脸上，麻酥酥的疼。风带动不起那些树枝电线，便无休止地纠缠着，发出尖利的嘶鸣。

一条河在原上出现，这是一道裂谷，经流了许多岁月，河流现在变得细小舒缓。旋着的叶子，旋到这里忽而栽下，会同浑黄的野草顺着河谷跑。

再往前走，便见到了凌厉而险峻的古道。这是一片猛然凸起的山峡，由于时间久远，无法理解古道为何不设在我们来的山原地带。山石是那么坚硬，能够感觉那是一种硬性的穿越，两边狭窄之处，必是经过了人力的凿斫。不规整的峡谷间，出现了深深的车辙，那是铁轮碾压的痕迹，并不是归整地统一在一处，最深的车辙两边，仍有辙印交错，说明通过时的紧张与慌乱。马蹄印记印在车辙间。人的足迹呢？很难寻找了。但是我相信，人的足迹会更多。这么多、这么深的印记，令人惊心。

四周全是茅草，有的能够叫上名字，更多的叫不出名字。长长的白芦，随着风乱摇，如群舞的小妖。也是，如果没有这么多的乱草，这条古道，早就被找到了。我们找了位当地人做向导。他是石壕村来的，对，就是杜甫《石壕吏》中的石壕村。在石壕村到这里的路上，还都是大片的黄土地。起起伏伏的黄土地，早被人收割、深翻、平整过了，麦种已经播进了土地的内部，再一场秋雨扫过，就会钻出地面，将大地绣满莹莹的锦缎。有的地块，还有人在忙碌，不知道忙些什么，农家不会让地荒掉，他们总是在忙着。有人说，土地和炕头，是农家利用率最高的地方。

田地四周有树，高高低低。纷乱浓密的地方，一定是村庄了。在豫西这片地方，你会惊奇地发现，顺着山原排下来，竟然有那么多的柿子树。从地坑院出来，与地面齐平的屋顶上已经有人在晒柿子，高空里往下看，会以为晾晒的是一块块红被子。田野里的柿子树，雾气缠绕其间，越是靠近，越能看到一串串小灯笼似的红柿子。早晨的太阳，顺着山原升起，光线一层层打在上面，那些树就一层层地绚烂。风把一些柿子打下来落在地上，并没有人去捡拾。

这些田地和山村，不知接纳了多少漫漫古道的旅人。

开始我们的车子就在田地边、在这些树下走过。后来走不动了，干脆弃车步行。向导说，要走很远呢，怕走的就停下来。他指的是穿高跟鞋的。怎么能停下呢？这么一说，反而更激发了大家的好奇心。

秋风吹拂，荒草摇动。古道从黄河与小秦岭之间逶迤而出，一直奔向西部更为深远的山谷。这就是当年进出中原的必经之路，或许起自秦始皇的五尺道，或许比五尺道还远。秦始皇东巡的车辇，一次次隆隆驶过这个山峡，可以想见坐在车里的滋味并不好受。没有一种信心十足的理由，谁也不会冒如此风险进行如此艰难的长途跋涉。

听人说了，才知道这段古道就是崤函古道，过去苍莽四百里，连接着洛阳与长安。唐太宗曾有诗："崤函称地险，襟带壮两京。"崤就是崤山，秦岭末端的绝险之地。《秦晋崤之战》写到的主战场，离此不远。秦人袭郑不成，从这条古道回返进入崤山，遭受了不义之师的灭顶之灾。函是函谷关，就在前面。这么一想，眼前立时旌旗猎猎、车轮滚滚，人吼马啸、风烟弥漫。如此，骑牛的老子，是从这里衣袂飘飘走向函谷关的吗？满腹经纶的老子，走了一路，或许是看破了，悟透了，所以经过这里，在函谷关一气写下了《道德经》，那是另一条闪现着风、阳光与高山的古道。还有诗人杜甫，在一个纷乱的年月，暮投石壕村，经历了有吏夜捉人的事件，也是穿过这条古道，磕磕绊绊，一脸风尘，满怀心绪，"三吏三别"，激涌而出。

多少人物、多少朝代过去，只剩下了累累痕迹。

有人在那些草里忙着采集、照相，欢闹着，追逐着，他们也许很少看到这么荒凉的地方、这么原始的所在。实际上，正是这种荒凉和原始，构成了罕奇的景象。

晨阳的淡黄光线里，起伏的原上渐渐托出一个人影，走得近了，看清是一个女孩，手里拉着箱子。而后又有一辆农用车慢慢爬上来，车上依旧是年轻人。一定是农忙之后，外出打工的农家孩子。

太阳越升越高，雾气全消，眼前一片辽阔。攀上古道边上的山峰，看见了越来越多的群山。头发和衣衫掀动，心襟也被风吹荡起来。

辑三

荆紫关

一

斑驳的光线里，平浪宫依然透出威严的色光，起伏的檐瓦，波涛一般凝固在时间里。

从淅川县城远远地走来，顺一条岔道没入这条街，最先进入眼帘的，就是这座建筑。这是在乡间极为少见的建筑，它的装饰的讲究以及用料的奢华突破了人们的日常经验。在这个现在看来交通并不便利的地方，怎么会有如此奢华的建筑？不只是平浪宫，还有好多的会馆与叫作宫的地方，它们给这条街以坚实的气势与力量，同时使得这条街变得神秘起来。

荆紫关，也就是踏进这块土地才知道，而这里的人说起来，荆紫关可是响亮了几个朝代！

必然要有一道关的，这关处在山与水的狭险之地，过这道关往东，是南阳和荆楚大地，往西是八百里秦川。“豫之屏障”“鄂之门户”“陕之咽喉”的称谓都给了荆紫关。刘邦进入秦地首先要突破这道关，李自成同样利用了这道险要，八国联军入侵北京，慈禧逃至西安，所需的大批物资也是通过丹江水路经这道关进入陕西。

丹江同荆紫关有着紧密的关系，它从陕西商洛发源，过了荆紫关突然变得深而宽阔起来。从下游运来的物资，到了荆紫关要大船转小船，上游来的货物，也要小船转大船而后畅流而下。那时的荆紫关是山水相依，盛名远扬。

我来这里的时候，山路的两边开满了蓝色的紫荆花，一条水流蜿蜒东去，水依然清澈，却不是很大。

二

与平浪宫可以一比气势的，还有山陕会馆和禹王宫，禹王宫其实就是湖广会馆，河南商人建起的河南会馆要逊色一些。似乎相邻的几个省不建这么一个地方，就不足以显示本省人的力量。

实际上，来往的客商中，早已不是鄂豫陕三省的船商了，它几乎聚集了当时中国最有实力的商人。这些奢华的会馆，完全地表明了外地商人把荆紫关当成了他们人生轨迹中一个不可或缺的所在。

山陕会馆是晋陕两地客商汇集的地方，走进这座硬山式建筑，穿庭过巷猛然回头看时，会发现一个豪华的戏楼。在中国，山西的戏台是最多的，这也说明晋商在中国的影响度。他们的脚步不仅走进了豪华的京畿地区，也渗透到了这被丹江环绕着的小镇。建会馆当然不是为了攀比奢华而是为了聚集，为了商业交往的便利，至于彰显实力，也就融在其间了。

万寿宫是江浙人建起的，江浙客商到这里的旅程应该是不近的，来了，也要建一个会馆，以表明商业汇聚中一个不能忽略的角色。

这使得小街拥挤起来，不但会馆都建得相距不远，各种商铺也是紧密相连。由此看出了一个氛围，荆紫关的氛围。时间走到清末的时候，打开《淅川县志》仍会有这样的记载："码头经常停泊上百艘货船，多至三四百艘，沿岸专为船工客商服务的饭馆酒楼形成六百米长河街。"商业行为的集中展现，使得大批的金钱投掷在这里，同时还有各具地方特色的建筑艺术、说唱艺术、烹饪艺术、手工艺术的汇聚。

街上，通往水边的路有很多，随时而来的船随意地泊在大大小小的码头，然后就载货卸货，再寻一处适合自家口味的地方名吃，也许就有陕西羊肉泡馍、河南烩面和湖北的三合汤。自然还要进一进恒义兴、永和吉、天顺宏等老字号，更要听一听河南豫剧、陕西秦腔或是湖北汉剧、山西晋剧，还会找一找冲着他们笑着的女子。叫卖声、唱曲声、欢笑声渗进了街上的每条石缝。

船商们漂泊久了，总要找个地方安营扎寨，这个独特的地方拴住了他们的腿脚。不少人留了下来，在这里娶妻生子，繁衍成一族人家。

我走进了陈家大院，这里竟是来自山西的客商的家院，至今能够感到这个陈姓商人在这里投注本钱是多么大方，他真正把这里当成了自己可以依托的地方，就像西方的商人当年瞄准上海一样。斑驳的雕刻及装饰，依然显示出主人的喜好，那多是家乡的风俗。

荆紫关已不是实际意义上的一个小镇，光绪二十一年，荆紫关已设立了厘金局（相当于现在的税务局）、电报局和邮政局。

继而发展下去，荆紫关发展成另一个香港也未可知。

三

踏着当年的石板路，从平浪宫一直往南，竟走了很长的时辰。其实平浪宫也不是街道的起点。

街上依然有零星的商铺，有粉蒸肉、砂子烙馍及神仙凉粉的摊位，这些都是以前传下来的荆紫关的名吃。一些老年妇女在门口做着手工的活计，无非是些针缝手编之物。缝的鸡狗之类的小物品摆在阳光里，草鞋成了最好的卖点。加工木材的店铺不少，主要经营工艺品、农具之类，甚至还有棺材铺，一口厚重的棺木正在进入最后的程序，让没有见过棺木的女孩急切地看了又急切地躲闪而去。

人们从相挨过于紧密的屋舍能够感觉出当年的繁华。屋与屋间高高竖起的白色的防火墙，尤为显眼。很容易看出，一家遇到火灾，从上面窜出的火苗，无法窜过另一家去。街道不是直的，高低错落的屋舍有了层次，而一面面白色的墙，从不同的角度看，竟显出了不同的艺术效果。早晨的太阳光线，或明或暗地打在墙的这面或者那面。

街道临河的部分，很多的房屋采用了吊脚楼的方式，这是为了离水更近，船工一上岸就可走入这些店铺。这在中原是极为少见的，一定是从湖北传来的经验。那些用作支撑的原木与砖石是立在水中的，如今也就只做了一些象征存在着。丹江河再也没有了往日的奔腾，或许是在一夜间突然地消失了，随着消失的还有一只只的船，以及由这些船载来的喧闹。

一条小街又回到了原来的状态，只是多了一些岁月的痕迹。

随便地走进一处所在，门脸不怎么起眼，里面却是广阔深奥，颓废的屋舍还没有休缮的迹象。而当年这些地方是住满了人的，一个陕西商人的“德盛正”商行，雇的伙计就有一百多人。

我不知道那些商人以及他们后代的最终命运，现在一处处院落都成了混杂的住家，或经过改造，打通、隔断，或拆除掉了。相问起来，都没有令人满意的回答。

我就这样在一个院落一个院落里穿梭，我的脚步显得急迫，我想找到些什么答案。

我看到许多被毁的石雕、断残的碑刻堆在一个个角落，那些精美的石雕，可与故宫里的饰物媲美，有些墙上、屋脊上、门窗上的雕刻也残毁不全了，雕刻的内容多是历史典故与民间传说。一些草随时会在什么地方冒出来。这些景象令我感到内心猛然一疼。

如此繁华的地方变得如此冷僻的原因是什么？是丹江河水的减少、陆路交通的发展，抑或是战事的频仍、朝代的更替、政策的制约？看着这些宏大的建筑，像看到坐在墙角依然透出坚毅与深邃的苍髯老者，我一时找不到结果，也许是其中的某个原因，也许所有的疑问都是答案。

一块不大的碑石引起人们的兴趣，以此石为界，西归陕西管，东北归河南管，东南归湖北管。当时的朝廷没有现代意识，没有把荆紫关单辟成一个特区。

谁的手机响了，拿着边走边打，有人提醒说，别迈到省外去，会被扣掉漫游费。这里的人家里装三部电话不是什么稀奇事，许多的人家三个省都有亲戚，不是河南的小伙儿当了陕西的女婿，就是湖北的小伙儿娶了河南的姑娘。

镇里的领导说，河南老汉王东合办八十大寿的时候，女儿、女婿之类的亲人从四处赶来，三省人济济一堂，吆五喝六，王老汉因此得了个雅号：“三省总督。”

饭菜摆上来，典型的农家风味，实际上也是荆紫关的风味。采自山野的野菜，长自山里的粗粮，乡间养的笨鸡，捞自水里的河虾，还有当地人爱喝的老酒。荆紫关人热情地相劝着，那话语，是独有的融合了三省语音的口语，淳厚而动听。

从老旧的屋子里出来时，都有了些许的醉意。

走出街道不远，田野里的麦子正摇晃着丰收，折下一颗，沉甸甸的穗子满是籽仁。再往前走，就看到了更广阔的田地，一片金黄的麦浪起伏着更大的欣喜，远远望去，像一道河或一片湖。更远处的树和山挡住了视线。收获的季节到了。有人说这里就是淅川老城旧址，为修丹江水库搬迁了，变成了田地。淅川县城是该离荆紫关不远的，它也要利用荆紫关的优势。而不久这里又要变成一片汪洋。这是为了抬高南水北调之源丹江水库的水位，使丹江水能顺利地一路向北，直达北京和天津。这块古老而神奇的土地又将做出奉献了，那么荆紫关呢？我突然想起这个问题。

幸而荆紫关由于所在地势，不会受到影响。荆紫关会像一个符号，永远地留在山与水、历史与现代的坐标上。也许将来人们循着南水北调的线路走进出水口淅川，会来看看这道历史的裂痕。那时的荆紫关想必要比现在热闹些吧。

坐上车子走出好远了，回头看时，竟又看到了石坊上一个名字，白浪。那是一道水的名字，形象的一股水流永远地凝固在了记忆中。

嵖岈山

世上有山叫华山、叫峨眉，而它叫嵖岈山，叫得呲而哏，是第一个见它的人脱口而出的言词？当地百姓的话：嵖岈山，叫着得劲。

在一个雨后上嵖岈山，山上还是湿漉漉的，且云雾迷蒙。山真的特别，是一个个石头汇聚攒集而成，像无数的人物，胖的瘦的高的矮的，烟雾中万头攒动，闹嚷嚷，挤挨挨，紧密相处又各自独立。有人说，孤独的自身都不孤立，总有相依相伴的。所以人们爱在澡堂里肆无忌惮地说笑、哼唱。所以石头爱聚成山，人爱在山里转。自然与人是多么的相似。

山中的石头形态各异，有如一对父子携手，有如一对情侣无间，有如一群虎豹跳溪，雾岚时现时隐，光线时明时晦。有的石头玩着惊险，崖边担着一个角，风一吹就一晃一晃。转过山弯，一大寿桃似刚从天上落下，夹在两石之间，桃子细腻光洁，两块石头却是粗糙无比。

走着走着没有了路径，只好钻入巨石中的一道缝隙，颇能考验人的胆量，尤其是胖子。此时的你侧了身子，一点点地挪，头仰着看高高一线天。爬上来听到泉水涓涓，却不见水在哪里淌。水如何上至山顶又下来？不停地流，不停地滴，多了，就在山下聚成湖，湖反映着山。

抬眼，一尊佛正对着你笑，佛在山中也这么快乐，细看，仍是一块石头。山中是有寺的，也夹在石林间，袅袅青烟让人感觉这山通了佛气。钟声一响，山石灵动。

再转过山脚，高高的一排锯齿在锯着行将落山的夕阳，近前细看，坚硬的锯齿石嵌在一片沙石之中，好生奇怪。

有人在喊山，顺着声音寻去，见不到人。前面的人走着，后面的不紧忙跟，就可能走岔了路，转不出去。

嵖岈山，是什么时候裂变、喷发、熔化、凝固，从生出一片石的花、山的刺？孙猴子喜欢这样的地方，这里就成了《西游记》的外景地。

嵖岈山不似泰山那么敦重，不似嵩山那么高耸。它不是植物里的高树，它是蓬蓬草、刺刺棵，看着不大，爬着却难，乱石穿空，惊涛拍岸，卷起雾障一片，真个同那名字，“嵖嵖岈岈”的一盘山。

下山走出不远，农田袒露着秋色，有人在田间耕作，农人悠然而见的就是嵖岈山，那是另一种自在。

一望无际的大平原，吹一口气就能吹到无限远，太阳的光可以尽情地铺展。突兀的嵖岈山，像中原的一颗美人痣，看上去很美，看后想起来，还是很美。

东京开封上元夜

一

开封一年里最热闹的时候，是春节过后的元宵节，也叫上元节。中国民间爱讲闹元宵，一个“闹”字，就将百姓喜欢元宵节的感情烘托出来了。中国的春节，从年三十算起，一直都是过年，过春节，真正达到喜庆欢乐气氛的，是元宵节，元宵节一过，这个年就算过完了，所以，最后的时节，怎么着也要闹一闹，闹高潮了，才算舒坦。中国民间使上元节达到至上高潮的时期，是北宋。

公元 965 年，这一年是一个丰年，粮食增多以至于米贱得让人咋舌。百姓有吃的，有穿的，所谓衣食无忧了。无忧则想乐，没乐也要找乐。这一点同皇上是一致的。

皇上是太祖赵匡胤，刚建立宋朝不久，就有了这样的五谷丰登，怎能不高兴呢？他要与民同享同乐了。于是诏告天下，将上元节的时间由正月十五延长到正月十九。这下子百姓乐了，民间过节一般也就是十五十六，顶多把欢乐的尾巴拖到十七，就已经很满足了，就恋恋不舍地放这个年去远了。而这一年皇上竟然诏告再延长两天，这可是破天荒头一回，史上少见。于是成就了一个世界级的狂欢节日，并由此引出以后两百多年的难忘时光。

开封周围甚至更远的地方，几乎所有的民间艺人都拥到首都东京来了，要功夫的，唱曲子的，演杂技的，要猴子的，舞长龙的，打擂的，卖药的，跑马的，斗鸡的，说书的，五花八门，应有尽有，只要是百姓喜欢的，构成热闹的，开封来者不拒。当然最显示繁荣兴旺景象的，还是满街张挂的红灯笼以及各处场所中的灯会。所谓灯，就是晚上亮的，白天看的是一个样，晚上点上蜡烛，看的又是一个样，而且晚上让人有很多期待。因为在宋代之前，百姓几乎没有晚上的热闹，就是点灯也不行，是要全城熄火的，这是历代统治者从安全方面考虑规定的，一是怕晚上失火，二是怕出事生变。所以连夜行走路也不行。整个大街上，除了打更巡逻的，就再也没有人了。怎么到了宋朝，就变了个天地，晚上的时光变得那般美好，歌楼舞榭，妓院酒馆，无不张灯结彩，勾栏瓦肆之类的地方，更是人头攒动，笑声喊声一片。等这所有的地方都挂起了红灯笼，在晚上就亮出了一个红火世界。本来压抑的人们就放开了，好好地玩，好好地乐。越是人多的地方越是要去，去看，去挤，去闹。当然也会闹出许多意外的事件，其中就有一夜情。这个一夜情或许与现在所说的一夜情不尽相同。

二

整个开封的行为首先是政府行为，皇宫里到处张灯结彩，宫前宫后的大门前、牌楼上也扎起花树灯楼，并指导各坊间照模仿样，营造欢乐气氛。一时间，家家制作花灯，人人手脚忙乱，喜气弥散得到处都是。开封历来有做花灯的传统，各种手艺尽行显现，各种灯笼提在手中或挂在门口争奇斗艳。一些灯笼被传袭下去，并被文字记录下来。我们看看孟元老在著名的《东京梦华录》

中说的吧，那是：坐车灯、球灯、日月灯、诗牌绢灯、镜灯、字灯、马骑灯、凤灯、水灯、琉璃灯、影灯、诸般巧作灯、平江玉珊灯、罗帛灯、沙戏灯、火铁灯、生鱼灯、海鲜灯、人物满堂红灯……这是怎样的一个灯的世界，简直就是灯海笼山，要把人的视觉弄乱，把人的神经弄乱，弄得眼花缭乱，心旌摇荡。

我刚上大一的时候，在开封第一次去看灯。历史过去多少年，还是能够看出老开封的气象。到处都是彩灯，龙亭、禹王台、大相国寺还有灯会，我去了大相国寺。进去就望见了满眼的灯海，高高的树上、各种房檐下、窗里窗外、廊柱上，到处都挂着各式各样的彩灯，进去就进到了人流里，被挤着往前走，由不得你不走。人流像在旋转，一进一进的院子，一个一个的门庭，你就转吧，看吧，眼睛是不够用的，这里还没有看完，那里又得去放眼。那里还没有看清，一忽又到了一串灯前。有的灯很大很大，有的做成了灯楼，里面外面都是灯。灯也在转，有的在这边走，有的往那边转，转着转着还能转出一个小人来，向人们打打招呼立刻又不见了踪影。

千手千眼佛那里人最多，灯也最好看，于是人流就有点乱，乱得更加拥挤，像进入了旋涡，一会儿我就觉得两只脚只有脚尖着地。有时脚尖也没有着地的感觉了，就有些慌乱，我怕被大浪淘沙，卷入浪底。我一个壮男还成这样，那些女孩子呢，叫唤吧，大呼小叫，你听不清，也顾不上，只顾着自己了，别歪了、扭了，身不由己地踉跄着，旋转着，拨拉着，挣扎着，有时自己也要扯着喉咙叫唤两声。终于被人流甩到了一棵大树旁，就死死地抱着大树不放手了。再看那些人，潮水一般，这里涌上来，那里退下去，叫叫嚷嚷，东倒西歪，鞋子帽子掉了都不敢捡，只是嚷着鞋子掉了，帽子掉了，随着潮水就冲走了。据说看灯结束，一地的丢弃物，有第二天找来认领的。我那是第一次感受了开封看灯的热闹。当然，热闹中也有一些人多了些非分之想，我搂着大树的时候，就听有女孩子在叫着骂人，骂人也管不了事，还是被挤着拥着的哭。

看灯也看人，元宵佳节，大街小巷人满为患。那时上百万人的大都市，比现在的开封城里人多好几倍，而不上街看灯的是不多的。往往在这几夜，女人也是现身露脸最多的了。尤其是宋代，还不像咱们现在，皇宫里的女子和富家中的小姐丫鬟，只有在上元节这样的时候才会集体性地出现在市民当中。这是男人的福气，男人们心跳加速，腿脚加速，不停地在女人堆里钻，饱一饱眼福，也饱一饱手福。或许都是不经意的，使眼睛、手或身子发生了有意或无意、友好或邪恶的碰触。

真有那么一种人，玩的是另一种意思，大着胆子在人堆里眉眼乱晃，一旦对上就扯上手去，往更深的人堆里走，更深的灯笼里走，而后还会往更深的黑暗里走。过后各自又随着人流回家去，只把那个美事当成一时的快活。

有那种“月上柳梢头，人约黄昏后”的情侣只管等着夜的来临，这还是正常的，但在父母之命、媒妁之言的年代，也够超前的了。

还有更超前的，就是不管对方有没有人，成没成家，在那个夜晚只要一眼看上，拉上就是。当然，还要被拉上的那个人也要迎合你，愿意被拉上。这就是前面说的，只要一对眉眼相照。这就是私奔了，脑袋一热的问题，结果会怎样，似乎还没有考虑。

在大宋年代，赵匡胤绝对没有想到自己的一个善念，促成了很多人的好事。据说在端门的那个地方，成双成对拉手而去的多了去了，似乎那里是一个约定俗成的地点，一些人挤着挤着，就挤到那里去了。或者是在拥挤的过程中已经有了意思，只等到了端门再来事。端门，端的是一个门。一般人知道，一般人不敢去。

三

我记得上学期间也曾去过龙亭看灯，龙亭四周尽是灯的海洋，每片灯区都有一个主题，比如猜谜的灯区。猜谜灯区围的人最多，而且多是学生。因为猜中了立时就可以领个奖品，因为学生们喜爱这玩文字的游戏。但是往往你猜中了，挤出人群去领奖的时候，人家早有人也猜到了，那是既要用脑子，又要用力气的事情。当然，有些人趁着这热闹玩的是另一种事情。我偶尔地转到后面的林子里，看到处处都有对对人影闪动。怎么那么多的情侣？要借借龙亭的龙气吗？

宋代上元节的这种端门的行为，看来是要借借那种元气了。

有人记载有这样一个故事：年轻的女子李氏，给太尉做了偏室，太尉的身份可以了，家境也是可以的了，但是这个女子觉得不可以，没有什么幸福感，按照有些人的说法，那就是这个人心野了。一个人心要野了，你管也管不住。这是另一类潘金莲。只是深宅大院里，她还不如潘金莲，潘金莲还能作为一个市井之人到处乱走，从而走入一个不确定的因素中。她不能，时时处处都会有一种约束，大门不出二门不迈的。此妇人动了真心，真心要寻另一种生活。她采取了一个极端之举，就是在上元节出来看灯的时候，将一个香囊扔在了乾明寺殿前，而后怀着一种侥幸匆匆离去。这种侥幸付出的代价也够昂贵，那是一年的折磨。香囊还真被一个叫张生的人捡到了，张生很奇怪地看着这个精美的香囊，终于看到香囊上写的字：得此物有情者，来年上元夜见车前有双鸳鸯灯的可相见。张生吸了一口冷气，气进到肚里，顿时就热起来，侧脸看看四周并无旁人注意，便将那个美妙放进了怀中。

李氏这个举动有三点可叹：一是危险，危险得不计后果，如果是西门庆那样的男人捡到呢？当然，按照李氏的意思，就是西门庆那样的捡到也要认了。二是坚忍，如若不是太尉府里实在过不下去，也不会走这一步。三是不甘，正因为有着某种期待，才不怕出现意想不到的后果。

好在张生相貌品行都还不错，捡到香囊着实是忐忑慌乱了好一阵子，必是张生也喜欢这种忐忑和慌乱的，所以在这忐忑慌乱中挨过了一年，终于等来了第二年上元夜。张生早早地带着香囊仍旧来到乾明寺殿前，这里瞧那里望的，真有点众里寻他千百度了，终于，于灯火阑珊处见到了一辆车前挂着的双鸳鸯灯。结果可想而知，一个私奔的事件完成于次夜三鼓时分。

这只是《醉翁谈录》中的一件事，来源难定，真假难辨。没有进入文字记载的事件我们不得而知，但是可以想知真实的景状还有很多，甚至构成了人们想象中的意外。任何一个时代，任何一个环境，只要有男有女，就会有各种好事。有人说，若是一世界的男人看灯而没有女人，怕没有多少人凑那个热闹了。

四

清明上河园里也有正月十五的元宵夜，那晚同样摩肩接踵，热闹非凡，人们看花灯，看彩焰，看一对对年轻人儿这里隐那里藏，玩一个千年的游戏。

北宋上元之夜的出格之举，一千年后看起来，竟有些超凡脱俗，它使得上元之夜更具节日性，更具诱惑性，更具不确定性，让有不同期待的人期待。

黄柏山

一

黄柏山，你是姓黄名柏山，还是炫炫的黄柏长满天地间？你苍莽雄伟，挺拔峻极。我走向你时已经先有人走向你，那是时间与文化的巨人，你至今还记着他的名字，我甚至十分相信他那伟大的思想是在这里得以修炼和成熟。他站在黄柏山上，让黄柏披一身霞光，横看整个天下，我顺着他的目光，看到的只是另外的天地。我知道，一个人要想觉悟，必须要来黄柏山这样的地方，住一住，站一站，喊一喊，他喊道："自借松风一高枕，始知僧舍是吾庐。"我也学着他的样子，让嗓音啸成一片山水。

我还知道一个人，这个人或许比李贽来得更早，他以一片金黄的袈裟换取了一片佛教天地。那片袈裟美丽地飞翔起来，托举着无念禅师和法眼寺，黄柏山从此有了沉沉钟声和缭绕的香烟。

早来的人还不只是无念禅师和李贽，还有张元干、袁宏道等先贤，他们都把黄柏山看成了思想的贮存处和境界的发祥地。

我到了一个去处，那个去处叫息影塔，据说是为无念禅师而建。息影，无念，好有意味的地方，一点点走去，仍然是高树环抱，橙黄一片，瓦楞间，一座高塔叠叠上升，走进去渐渐就没有了自身，完全地融入一烟禅宇。"白棒藤条明见性，萝卜白菜悟真经。"

禅师清心寡欲、参禅悟机的无念之为在此联中清晰可见。

于是上山的路，便有了重重叠叠的脚步，有了怀想和祈望。我也是带着怀想和祈望来的，在一个深秋的早晨，在那条已经被无数脚步踏响的山路上，我大口地呼吸着满含哲思满含佛祥的气息，我觉出了那种不同于其他山峰的气息，那是黄柏的气息吗？

我倒是在法眼寺前先看到两棵巨大的银杏树，它们高扬着自己的叶子，让秋风一片片洒落下来，瞬间就洒落一地辉煌。有的叶子飘向更远，一些就落进了下面的天池，天池皱起涟涟清漪，映照了整片的天空。水被山托着，远处还有一池水被山搂着，鸟从上面飞下，直直射入水去，未到水面却似融化在了烟雾间。来的人把自己映进去，同黄柏山在一起合影，他们就觉得，自己也成了黄柏山的一部分。

二

绿在山上蔓延，一直蔓延到山巅，山的流水在绿中徜徉，一半流往淮河流域，一半淌向长江流域。黄柏山就像一枚纽扣，把江淮文明系在了一起，把北方劲烈的风、南方湿润的雨系在了一起。它独立于霄壤之间，襟连着湖北、安徽、河南。

黄柏山，你完成了大别山系最美的描述，由此我知道了大别山的高度以及广度，知道了这或许就是那些心向往之的缘由。

黄柏山的周围，还有金刚台和汤泉池，那是一刚一柔的环卫。在汤泉池的竹林中我奢华地享受了一次沐浴，仰头看天的时候，我似看见了那片袈裟，它从黄柏山上飘过，环绕着飞展，将无数美好和祝愿覆盖下来，让我周身通畅，神气升扬。

同山在，有风一起吹，有雨一起淋，有喊一起呼，直把人做成了山一样的境界。山太沉静，太空阔，夜晚同一座山相伴，该是多么的安稳。黄柏山醒来的时候，我还在睡着，云霞盖一身锦绣，山风拂一脸朝露，深吸一口，竟不想再吐出。

我已经弄不清楚我是在人间还是在天界，我想像一个人那样住下来，但是我尚不具备先贤的思想准备和精神担当，我只能是一介凡夫，仰看着黄柏山，感慨它无限的高大和无尽的神秘。

我经过黄柏山的一条峡谷，峡谷里松风振衣，涛声激荡，怪石林立，斜木旁枝，顾了脚下顾不到头上，看了这方看不到那方，逶逶迤迤就觉得由此便进入无限奥妙与深邃中去。但是黄柏山不会让你在此时终止奇美的想象，它在前面以一条巨瀑做成影壁，将你一路的慨叹化为一声晴天霹雳。

实际上，黄柏山的瀑布你是惊叹不完的，只要你敢于往深里去，就会有或长须或飘带或银河似的天水迎着你。

怎么还有层层的梯田、田间的小村？在袅袅云蝶的山腰，不是云在动吧？是梯田拉着小村在飘移。长久的岁月，已将其精致成一幅艺术画作。画作里的人，似也具有了道骨仙风。

三

黄柏山，我担心走来的人太多，打搅了你的清净，我担心李贽走过的小路变成大道，影响了他悠远而艰难的沉思。我不知道为什么有着这么多的担心。黄柏山，还是因为对你的崇敬吧，我觉得你是一座神秘的山，是一座佛光普照的山。我怎样才能表达出我对你的想法？就像我喜欢一个人，不想让这个人成为大众情人一样。

黄河与开封

一

开封是个离黄河很近的城市，而且是唯一一个低于黄河的城市。这就使得开封多次遭受黄河水的肆虐。它的地下深埋着历次被黄河水患淹没的六座城池，黄河则因为泥沙淤积不断抬高，形成了高于开封的“悬河”。柳园口是黄河著名的悬河河段，设防水位高于清明上河园 13 米左右。

20 世纪 80 年代初期，我随几位同窗跑去看开封柳园口。那个时候，开封市内仅有一路开往柳园口的班车，等的时间很长，车况也不好，坐车的人不多，似乎到那个地方去的都是闲人。车子开起来，一路上荡着烟尘，越离得河岸近了，越努劲，好似向着那个高地发起冲锋。

柳园口是黄河上较大的古渡口，从开封过渡到对岸，就可达豫北和冀鲁平原。渡口有 500 多年历史了。渡口仍在，以前多少年，都是几条破木帆船来回摆渡。船工说，这里滩多浪急，船翻人亡时有发生。

能见到香庵，里面香烟缭绕。渡河之前，过往行人和船工莫不焚香膜拜，祈求神灵护佑。当年乾隆皇帝游完嵩山，从柳园口渡河回京，风口浪尖比不得暖轿，不知一代天骄有何感想和感叹。现在这里换成了机器船，过渡时仍然是提心吊胆。

正值秋汛，暴戾的黄河水从上游滚滚而来，我简直看不清是怎么来的，烟波浩渺一片汪洋。大的浪如小山，小的如坟头，汹涌起伏撞击着两岸。离水老远，就能听到那种撞击声。那就是一个怪物疯了的感觉，堤岸被它冲撞得一块块裂开，掉落的土块随即不见了踪影，像是一头怪物的大口在饥饿地吞噬着。

水中漂浮着破棺材烂木箱房梁檩条木犁，漂浮着黄牛野猪死狗，各种树木杂草什么都有。

河边村子的人拿着长竿子不停地打捞着一些东西。他们说，经常会见到人的尸体，那些尸体被泡得浮肿鼓胀。

二

我不知道黄河为何暴怒起来会变成这样。我离得甚远而不知所措。寒冷的风掀动着我的衣衫和惶恐。

那风是由水浪鼓凸的。我想大水淹开封的阵势或就是这样，可能状况会比这更惨。一个都市顷刻间被吞没，其景真让人不寒而栗。

那么，为什么会让一个有百万人口的都城靠近一条险河，那不是悬壶于头上吗？好像诸多皇帝都不屑于费神思考，只管一朝朝一代代地打坐龙亭而乐此不疲。

答案是，原本黄河距此很远，远得对开封构不成任何威胁，即使黄河泛滥，也只会殃及北岸地区。

当初赵匡胤陈桥兵变黄袍加身，是骑着战马带领大军一路进入开封的。这么说来，那里应该是在黄河的南岸，可是现在陈桥明明跑到了黄河之北。岁月里，黄河喜怒无常，经常翻身打滚。

我们坐上渡船向对岸去，船走得好艰难。

眼看着对岸，却不能直接到达，机器发出震耳的轰鸣，越到河心轰鸣声越响，甚至产生了颤抖。我知道那是渡船在与水浪对抗，但渡船还是被水冲得斜斜地到了对岸的下游。离岸不远，渡船不得已再轰鸣着溯流而上，好不容易才返回码头。

上岸找了车打听着去了一个村子，就是大名鼎鼎的陈桥。

村子还不小，里边有赵匡胤的系马槐，系马槐好老好老了，最上边顶着几枝嫩芽，仍很难说就是原物。黄袍加身处立有一块碑，好老的碑，让人不敢有更多怀疑。

三

黄河打了个滚，就打到开封附近来了，而且还是来势汹汹，给开封造成了不小的危害。

回来的时候站在林公堤上，那是著名的柳园口险工段。清道光二十一年（1841），黄河在开封张湾决口，汹涌的河水一度冲进开封城内，形势十分危急。东阁大学士、署河东河道总督王鼎情急中想到一个人，此人任两广总督查禁鸦片之前，曾担任过河南布政使和河道总督，熟悉河南和治黄事务，只有这个人能力挽狂澜。王鼎赶紧上书，力荐林则徐来开封办堵口复堤事宜，除此无他人选。

其时林则徐因鸦片战争被谪戍新疆伊犁，正在赴任的途中。伊犁现在来说是个好地方，被称为塞上江南，但那个时候却是地远人稀，紧靠着边境。我从郑州飞伊犁，半途在哈密经停，又在乌鲁木齐转机，一路折腾五个小时才到。林则徐走的当然只能是陆路，别说赴任，遥远的路途就能把人给折腾死了。王鼎这是帮自己也是帮林则徐。林则徐的马车正在戈壁滩上咿咿呀呀地艰难行走，突然接到圣旨，疲惫的车队又艰难地折返了。

终于到达开封，林则徐在黄河大堤工地跑上跑下，冒雨指挥军民抢险，一如当年指挥禁烟。人们都知道林则徐，那是个说一不二、舍身奋力的汉子，一个个也就舍身奋力。奋力了五个月，终于将决口堵住，并修筑了一道坚固的堤坝。后来有人管这堤坝叫林公堤。林公堤宽阔高耸，使得堤坝下的田野低矮多了，那么田野前面的开封呢？

还见到了于谦治河时铸造的铁犀。那时镇河按照民俗要铸造个神物，于谦也是一个为民为公的好官，同林则徐一样舍身奋力，遵从民意。

毛泽东当年在开封视察黄河时，说“要把黄河的事情办好”，不管是在东坝头还是在柳园口，心中指向最重的，还是开封。

四

走在夕阳斜照的清明上河园，在清明的汴水旁我突然有了这等联想。

汴水突然上演了一场水战。木制的大船利炮成排，那是一个时期值得夸耀的坚船利炮。炮声轰鸣，炮弹击起一个个水柱。两船受伤，一船起火。有小船迂回围歼。

一切都显得真实而惊心。看着虽然过瘾，但没有谁不喜欢和平，喜欢世上没有灾难发生。

再惨烈的炮战，也没有人为地借助黄河制造的灾难惨烈。李自成水困开封城就是在柳园口扒开了黄河。农民起义的好，就是要把一个个历史的辉煌重新剿灭吗？

也正是因为开封多次遭罹水的冲淹，开封才有了那么多的湖和河塘。开封是一座因黄河而生而灭、而灭而生的奇特的城市。如果没有黄河的侵袭，开封发展到现在会是个什么样子？

炮战过后，紧张的人们复又转去看跑马踢球、斗鸡赛虫，重新亮起快乐的笑颜。

上到桥上看到了园外的龙亭和铁塔。

以前上到铁塔能看到齐于铁塔的黄河，现在不让上去了，不知还能不能看得到。

世事沧桑，黄河大水再也没有淹过开封，还给了开封一个令人徜徉回味的园子。

长风过鸿沟

古人有话，生于苏杭，葬于北邙。邙山莽莽黄土之上，布满了高高低低的古墓。这些古墓依次排列开去，似在诉说着那些尘埋的历史。就在黄河岸边、邙山之巅，横向里现出一条沟壑，像有人猛舞利刃，在历史的深处划出的一道裂痕。这就是鸿沟，曾经搅乱历史风云的鸿沟，引发无数联想的鸿沟。

这道沟，原口宽有八百米，深达两百米，原名叫广武涧，是战国时期魏国开凿的引黄济田的水利工程。当时的场景让今人难以想象：鸿沟的北面是滔滔的黄河，西南面则群山万壑。沟中滚滚的黄河水深不可测，沟的四周万木丛生，百兽哀鸣。鸿沟地势险要，是东西向的咽喉要塞。有人说，当取天下之日，中原在所必争。古往今来，中原多少战事如烟云过眼，唯鸿沟引出的故事成千古绝唱。

走进这个故事的两个人物，起先无甚大名，却胸有大志。史有传闻，当以勾画万里长城的大手笔著称的秦始皇的车队路过时，有两个人在赞叹之余，同时发出了豪言。一人说："大丈夫当如是也！"一人说："彼可取而代之！"说前一句的工于心计，后来做了汉朝的开国皇帝；说后一句的则少城府，鸿门宴放走了死对头，一把火焚烧了阿房宫，空做一场皇帝梦。

鸿门宴与鸿沟都是鸿字起头，本没有必然的联系，但总让人感到有某种天然的巧合。鸿门宴之时，项羽有大军 40 万，刘邦仅有 10 万。项羽若依范增计杀掉狡诈多谋的刘邦，便不会再有后面的鸿沟之争。偏偏项羽自恃力量强大而犹疑不定，失去了一次重要的机会，以致放虎归山，使之形成与自己抗衡的军事阵营。鸿门宴是项羽的一个败笔，鸿沟亦然。鸿沟西侧是刘邦的汉王城，东侧筑起的是项羽的霸王城。项羽势强，两军对垒，项羽主攻，刘邦防守，项羽却屡失战机。一次激战中，项羽射中了刘邦的胸部，可还是让刘邦滑了过去。

两个鸿字，让项羽终生遗憾，最终自刎乌江。项羽毕竟是项羽，其如果过江而去，汲取教训，重整旗鼓，历史还不定如何写就。但项羽的性格决定了他只能以这样的结局塑造自己的形象。多少年后，一个忧郁的女子在一个梧桐更兼细雨的黄昏想起项将军，依然感叹不已：生当做人杰，死亦为鬼雄。李氏之类女子心目中的英雄，于刘项之间，非项莫属。成者英雄败者贼，这贼的骂名，却怎么也安不到项羽身上。

在两军对垒，楚军久攻汉军无果的时候，项羽支起了一口大锅，欲把刘邦的老父煮了。而刘邦却耍起了无赖，说："吾与项羽俱北面受命怀王，曰'约为兄弟'，吾翁即若翁，必欲烹而翁，则幸分我一杯羹。"不知太史公如何得知血肉横飞的战场上这等糅合着残忍与机诡的情节。

项羽太要名声和体面，人家的老爹没有杀掉，还和刘邦在鸿沟平分了天下。这在项羽来说可能是无奈之举；而对于刘邦，则是一种缓兵之策：两年半的争斗中，刘邦已渐渐缓过劲来。一旦羽翼丰满，刘邦便想遮蔽整个中国了。刘邦最终导演了一场历史上最有感染力的活剧，这场“霸王别姬”，让天地为之动容。当虞姬拔剑起舞，血别项羽，正是四面楚歌唱响之时。“力拔山兮气盖世，时不利兮骓不逝。骓不逝兮可奈何，虞兮虞兮奈若何！”英雄与美人，刀剑与热血，在那个凄婉之夜形成鲜明的对立。

鸿沟只是一个摆设，一个布景道具，然而，它又是皇皇史册中的神来之笔。这一笔是最有说服力的警言妙语。有人要将长江变成第二个鸿沟时，毛泽东没听那一套，“宜将剩勇追穷寇，不可沽名学霸王”，这一警觉与历史紧密相连。

刘氏建立汉朝之后，恐怕没有故地重游。这里说不上是他的光荣呢，还是耻辱。倒是多少年以后，一个叫做阮籍的人信马由缰，来到这里，看着早已是断壁残垣的古战场，不禁仰天长叹：“时无英雄，使竖子成名！”这声叹息由着狂舞的涧风，飞扬了数千年，对其的认识却莫衷一是。那是个产生故事的时代，由鸿沟所派生出的诸多故事，足以让后人品味了。

历史总是要向前发展的。不管是秦始皇精心修造的长城，还是刘邦与项羽对峙的这条鸿沟，都不能阻挡住历史的风雨。这风雨可以使长城颓毁，也可以将鸿沟填平。现在，鸿沟早已不再是深不可测、无法逾越了。它看上去是那么普通，就像一条干涸的河道，完全失去了当年的险要，甚至让人想不出，这样的一条沟是如何将两支兵马分隔开来的。

黄土漫漫，芳草萋萋，顺黄河而来的风，腾挪漫卷，似搅起阵阵马蹄和喊杀的烟尘。

黛眉是座山

一

太行山始终以峻拔奇伟、厚重壮观著称，巍巍不知其始，荡荡不明所终。如何黄河三峡尽头，现出这么一座峻中出秀的山？或还是因了那个名字？那名字太秀气，太雅静，说白了，太女性。能让人想起一个人，一个乡间小路上，带有着芳草气息、村野韵味的女人。如果有人远远地喊一声，满山满谷都会起回音。

来了知道，还真有一个女子，一个丰姿绰约的女子，曾经是汤王妃，聪慧贤淑，助君成功，后遇冷落，执意出走并隐化此山。我相信，王宫里不缺美人，黛眉的离去也许于商王无损，但多少年后，一个时代连同那个王都不复存在，她的名字却同山一起留下。我们不必查证传说的真伪，那并没有什么十分重要的意义，重要的是人们对于美好的评判和认识。

山若有了灵气，是挡也挡不住的。通往黛眉的山道和水路上，各种念想与追寻不绝于途。

二

进去了才知道，这山是多么的奇崛险峻，百态千姿。好容易攀上一座高崖，又会面临一道深谷。如此峭立，如此深壑，又如此盘旋，进来就不知如何出去。峡谷中穿行，顾了脚下顾不了头上，什么时候猛然抬头，会发现从天而降的一块或方或圆的山石，轰隆隆砸落下来，猛然卡住，不由惊吸一口凉气，巨大的声响凝固在原地。往前翻越多少年，可想这片山是多么的兴奋活跃，那可真是山呼海啸，水火翻腾。平息过后的巨石，不管不顾地保持着初始模样，有的被两峡夹持，有的被一石托住，有的崖上一丝相连，给它一点力，必会扑下壁立的谷底，可它就那么高帆一般，乘风破浪千万年。还有一块块叠在一起的山岩，似一摞子天书，摞得太过随意，歪歪扭扭得要倒。有人又说那不是书，是两人的约会。还有说是汤王面对黛眉的忏悔，汤王想起黛眉的好，寻到这里，黛眉却是不改初衷。

又是一道峭崖下的峡谷，空旷得像猛然间海枯石烂，让人看见想象中的万丈深渊。只有鸟在这深渊里恰恰地啼，叫声掉落渊底又反弹上来。追着鸟看的时候，就追上了天穹半弯明月。大亮的白天，怎么会有月亮？可它真真地挂在山顶。从擦耳峡挤出来，觉得它是黛眉的发梳。

再转过一道峡，又会发出一声叹，陡直的山峰直上九霄，飘来一块白云，被拦腰扯得七零八落，半山里变成烟岚，幻成雾海。有些云本是带着雨去远方，到了这里，也被撞得稀里哗啦。

这里云雨多了，植被就旺盛，林繁藤茂，气候湿润，人在其中，常常遮眼障目，所以才会时时爆出大呼小叫。好容易绕进一处平坦，竟然感觉是到了山的怀抱，那是多么大的一片草，各种野花点缀其中。花草在山怀里心旌摇荡、风情万种。那阵势，完全是一幅天苍苍、野茫茫的景象，来到此处的人们，扑进草中，再也不想出来。

所以，一味地认为黛眉山展现的是奇险嵯峨、深峡断谷就错了，她的气质，还在于她不舍苍葱与翠秀。一个倔女的不羁她有，一个秀女的优雅她也有。她不甘平庸，不甘寂寞，在此尽情腾挪，尽情舒展。由此，黛眉也真的让人有一种亲近感。

三

然而，黛眉还会说，只有山仍构不成佳景。你再看山前，山前竟是一条河，而且是中华民族的母亲河。河在这里拐了个弯，这一弯就是 270 度，因小浪底工程，这里变成了浩渺的一汪碧水。站立山巅，遥望出没于云间的太行王屋，俯瞰滔滔涌流的黄河之水，觉得黛眉所占位置实在是好，她与小浪底共同组合成了不可复制的山水胜景。

这么好的地方，不来都要遗憾，杜甫有首《新安吏》，那是当年回家路过新安，心绪正乱，错过了黛眉山。若是面对这满山佳韵、一水幽梦，说不定他会诵出“迟日江山丽，春风花草香”样的感怀。李白呢？来过洛阳多少回，也与黛眉擦肩而过，否则也会有“待吾还丹成，投迹归此地”的激动。我相信墨子来过，墨子看山又读水，由此形成他壮阔的思想和胸怀。

太阳不断地为黛眉补妆添彩，忙碌了一天，这时要归去了。黄昏时看黛眉，就看见了那俊丽的虚虚实实起伏有致的眉峰。这眉峰，正有一汪秀眼来配，此刻那秀眼更显得微波脉脉，深彻清明。

渐渐地，一切都归于静寂之中。站在黛眉山上，天地广阔，星星尤其多，尤其亮，好像举一张网，就可以网一兜回去。流星在比照黛眉山画眉，左一道，右一下，长长的秀眉在天空闪过。这时会听到各种各样的声音，轻微的、尖锐的，单调的、双重的，在山的四周此起彼伏。而你又会感到另一种声息，那是黛眉的声息吗？此时她一定是睡了，真的，已经看不见水的亮眼，好看的眉，也只留给月亮守着了。

青天河红叶

一

青天河，一条隐于太行山间的水，清冽，充盈，激荡，深情。坐船游览，山形嵯峨，胸怀壮观。一个弯处过去，另一个弯还在等你。

船头有一对情侣，始终依偎在一起，转弯的时候风大起来，两个人还是站立不动，让人想到泰坦尼克号的爱情场景。女孩穿一件黄风衣，衣角舒展在风中，衬出她袅娜的身姿；男孩一手搂着自己的心上人，一手扶着栏杆，不时地冲着峡谷喊叫。到了惊险处，女孩也跟着喊。

船上还有不少老年人，打着“夕阳红”小旗的导游不停地引导着他们的兴趣。

那一条碧水，悠悠地像一条晶亮的蓝色缎带，一直要飘展到天上去。

峡谷峭壁上，我看见伸出来的红叶，就像是消息树在传递着某种信息。

看青天河红叶，妙处就是先走河，在河上看水望山，万丈深渊的水和刀劈斧削的山，让你过足眼瘾，使足想象力，而后才让你弃船登岸。青天河是序曲，碧水蓝天、高山奇峡、云烟红叶，才是这大美景观的雄浑交响。

二

水边一条走廊，下船近处观水，曲曲弯弯，别有趣味。快到尽头，一条小路引你往上去，越往上，越是看到了英武雄奇的山，层层叠叠，无限远近。层层叠叠的，还有漫山遍野的林木，被秋染得红红一片。

霜气飘浮着，气氲氲的红，让人想起黄栌的另一个名字：烟树。烟云雾绕的烟树加上槲树、火炬树和红枫，组成一个色彩的世界，它们交错其间，你一丛，我一簇，不把这太行染遍不算数。这样你就分不清哪是云哪是霞哪是花，只有满眼的红艳。

红艳把小路挤窄了，似乎那不是山间小路，而是一条拉扯着风筝的线，直把那风筝放到天上去。

一声清脆，青天河射出一只鸟，高高地击中一朵云团。云团炸裂的瞬间，阳光陡然散发出来，满山满谷都亮了。云团像开着玩笑，这里散开一点儿，那里散开一点儿，山原就一层一层地变换着不同的色光。

起风了，那是一山红色的响，叮叮咚咚，声涛震撼。看得久了，会觉得整个山原像一汪海，推涌而来，红色的浪起伏跌宕，使你有一种压迫感，而后又翻卷而去，一直延展到无限。

到了近处，极目不能远眺，重重山原重重红色遮挡了视线，但是你知道，太行山的那边是王屋山。到了近处会看到红叶的细部，阳光将红叶画得多么干净。有一单枝，只有两片叶子在那里摇，说不定再有一阵风，就做了两只蝶，漫山遍野地飞了。

不要以为红色只可观赏，有些红色就直接进入了生活：山楂挂满了树梢，柿子红灿灿地打着一树的灯笼，山葡萄嘟嘟噜噜地散发着诱人清香。还有一种红果，红得能看到薄皮里满满的汁液，稍一加力，甘甜就会喷涌而出。进山的时候，看到半山间掩藏的民居，民居多老旧了，但是能够感觉出多少年间的悠然与快乐。

三

不知道从哪里涌出来那么多的年轻人，在这红叶丛中钻来钻去，显现着他们的欢喜和爱恋。真的，这大自然中的叶子是一种精神符号，我曾经在一篇写红叶的文章中说："红叶的生长与成熟，同样是一个艰辛的过程，一如人生。风的洗礼，雨的荡涤；幼小时的挣扎，逆境中的奋挺；寒冷时自己为自己取暖，成功处自己听自己的掌声。红叶，秋的代言人，代言着深沉、阔达、乐观，代言着饱满、成熟、凝重。""打开一个夹着红叶的本子，里面许会有这样的话语：我把我的青春给了你，我把我的爱情给了你，我把我最后的火热给了你，我无悔。"

在一个悬崖边，我看到了船上那一对男女，他们捡拾着一片片红叶，然后在红叶上各自写了什么，喊一声，同时向山下放飞了它们，那些叶子便冉冉而去。女孩儿转过身的时候，脸上挂满了泪花。

那一队打着"夕阳红"小旗的老人在我的前面，兴致勃勃地登上了最高处。远处红海中有人大呼小叫地奔跑起来。我身边的几个"夕阳红"也发出了噢噢的叫喊。他们此时被满山红海感染得早已忘我。我也随着忘我了一回。这里那里的声音相互碰撞着，交流着，全都染上红红的色光，在空谷中飞，飞到峡壁上散裂成脆亮的回声，又一片片飞回来，撒在那些叶子上，那些叶子可劲儿地欢鸣。

我的心随之灿烂起来。我不知道我喊出的是什么，而且也听不清那些人喊的是什么，所有的声音搅和在一起，混成一片天籁，让人忽而想起《广陵散》，《广陵散》那悠远浩渺的长音，不就是在焦作这片山水间奏响的吗？

我似看见一个人，停下车子，赞叹着“霜叶红于二月花”，不知道杜牧可否来过？红叶给人带来的感受是不同的，“晓来谁染霜林醉？总是离人泪”。莺莺与张生送别的地方离此不远，她是把一怀别绪写在这红叶上了。那个叫嵇康的人应该来过，他载着酒在这片大地上随意漫游，说着一些疯癫的话语，只是不知道见了这红叶有什么感慨。“竹林七贤”得益于这片山水。还有一群太极拳手，将这片山水舞成一种禅语。

我看见了青天河与太行山绕成的太极图，山水相交处，越发显得高崇与深幽。

有一条山瀑流过的痕迹，石壁被磨得十分光滑，如果顺着石壁滑下去，就可以到达青天河的佛耳峡。这么说，整个佛身又在哪里？

定定地看这满山红色，会看成一朵硕大的花儿。如果这时你再看青天河，会觉得那绕着山原的一峡碧水，就像一环叶子，陪衬着这一团锦簇。

清明上河园中赏楹联

一

从《清明上河图》中幻化出的清明上河园，不仅为游赏之大观，也是文化艺术集中展示之地。不说别的，仅各个门廊上的楹联就成一景。那是书法与文学的共同登场。人还没有进店门，先见一副韵致优雅的楹联，也就显出了店铺的品位。无论熙攘的白天，还是喧嚣之后的夜晚，不经意的回首中，它们都在散发着暗香与光芒。

二

因为是在宋都开封，很多店名不是与历史沾边，就是与传说相近。一进入上善门就看到了这副："味美招来天下客，酒香引出洞中仙。"一定是家酒食之所，果然，店名叫"孙羊正店"。这个孙羊，在宋代的京都一定是一位名人，而这个当时最为红火的酒店，是标示在《清明上河图》上的。

离此不远，看到了"景阳冈"，店名很有气魄，一看就会发生联想。再看店铺的楹联："有名店名扬四海，迎客楼客满一堂。"联虽对得不算十分工整，却颇有气势。

还有"三碗不过冈"，又是一家吸引人的目光的酒店，名字好记，楹联更显英豪："醇酿佳曲一盏赛仙翁，透瓶香窖两杯论英雄。"

还有"快活林"，同样一家与《水浒传》有关的店铺，楹联是："醉里乾坤大，壶中日月长。"看到这副楹联就笑了，它来自《水浒传》第二十九回的武松醉打蒋门神：武松抢过林子背后，直奔蒋门神而去，"行不到三五十步，早见丁字路口一个大酒店，檐前立着望竿，上面挂着一个酒望子，写着四个大字道：'河阳风月。'转过来看时，门前一带绿油阑杆，插着两把销金旗，每把上五个金字，写道：'醉里乾坤大，壶中日月长'"。这一段描写很细，也很神。看后就记住了挑着的酒望子，店家更是直接拿来用了。

园中的店铺，有的经营着宋代就有的物品，王员外家紧邻着一家"朱仙镇年画作坊"，专门印制木版年画，而且来自当年十分红火的朱仙镇。看罢王员外招亲，人们就拥进了这家店铺。不知道有人注意到它的楹联没有："妙手木板巧作画，神仙向助生意兴。"

汴河码头不远有一家"汴绣苑"，是专以汴绣为业的店铺，它的楹联是："云霞分五色，锦绣累千丝。"

还有"文绣院"，也是专做汴绣生意。而且"文绣院"当时还是皇家专门设立的织绣院，表明皇家对汴绣的重视。它的楹联也很有特点："经纶事业从针下，锦绣文章任手中。"

前面热闹处是"虹桥染坊"，既然以虹桥为记，是否当年就在虹桥一带，而且很有名气呢？楹联简单，但见功夫："素以为绚，青出于蓝。"

回身就看见了"大宋官窑"的牌匾，一定专门经营钧瓷和汝瓷。

过去大宋官窑出品的东西，不能随便买卖，只限宫中使用。原来的大宋官窑是一个生产场地，现在却成了商业店名。这个店名起得好，楹联也充满意味，完全是对官窑瓷器的品说：“丽质纹衣麟釉俏，青琼紫玉鳝红奇。”

再看“木兰绣坊”，楹联是：“七尺锦弦听秋月，一帘彩絮舞春风。”对得好，里面是经营布衣的，而且都是粗布衣服，经手工织绣。

开封自古就有犹太人，那这个“犹太馆”就是他们开的了，楹联是：“识得天地君亲师不远道德正路，修在仁义礼智信便是圣贤源头。”

有些楹联不仅文化意味浓郁，而且对仗工整，你看“寻根堂”的对联：“一本一脉一姓一家，同祖同宗同心同德。”这是让你在百家姓里去找自己的姓，寻根嘛，找到了或是刻字于物，或是直接拿了有此姓的物件，随你意愿。

再往前走，就看出细致的来了：“味超玉液琼浆外，巧在燃箕煮豆中。”这是卖豆腐、豆浆之类的，楹联既点明了酿制的功夫，又飘扬着豆浆的美味。果然店名叫“永康豆坊”。

还有这家“黄记包子”，楹联是：“虽无伊尹调鼎手，却有孟尝饱客心。”伊尹是公认的历史上第一个烹饪大师，他创立的“五味调和说”与“火候论”，至今仍是中国烹饪的不变之规。孟尝就是战国四公子中的孟尝君，以广招门客闻名，号称门下食客三千。他交游广阔，仗义疏财，很有人缘。楹联里那浓郁的文化味和热心肠，怎能不拉住食客的腿脚呢？

“张手美家”，这是什么店铺呢？看楹联：“笙歌上榻梁园晚，华灯入望众星高。”像一家歌厅酒榭。在宋时，倒是多有一边吃饭一边侑酒唱曲的。店家叫张手，还是张手美？但凡以人名为店名，都有十分底气。

三

除了经营场所，竞技场所同样有楹联。

翻过了假山，后面有一个“马球场”，里面正有人骑马打球，那是园子里的专人在表演。宋代时候，马球较为兴盛。高俅就是因为马球打得好，得到了喜欢马球的宋徽宗的青睐，从而步步高升。马球场子边木制的门框有楹联：“马蹄踏破青青草，龙爪挐开淡淡云。”这个楹联在别处也有见到，但不是竞技之地，拿到这里另有了一番意味。

沿着一条弯弯小路过去，有一座别致的建筑，其中就有“斗鸡馆”，开封的“斗鸡”不是从鸡里选拔出来参斗的，那是一种专门的“战斗鸡”，名字就叫斗鸡。斗鸡在别的地方看不到，只有来开封能让你一饱眼福，因为许多开封市民都喜欢玩斗鸡、养斗鸡，这是有历史渊源的，所以在清明上河园也设立了专门的斗鸡馆。斗鸡馆的楹联是：“功成昂大羽，败北抖雄风。”充分显示了这种“战斗鸡”的豪壮气势。

还有“竞技馆”，至于竞的什么技，是不断变换的，可以是打斗，也可以是相扑，还可以是魔术杂技。它的楹联是：“烟水亭吸水烟烟从水起，风浪井搏浪风风自浪兴。”对得巧而工整。据说此对子是黄庭坚招待客人时对出的。对联紧扣亭名和物名，巧妙地运用顶真，前后承接，环环相扣，别有趣味。而用在这里又有了另一层含义。

北宋时期爱打擂，是不是好汉，擂台上见识一下。有时武举良将也在擂台上选。由此清明上河园里专门设立了一处打擂台，擂台上战鼓雄壮，旌旗飘展，十八般兵器应有尽有。台下设有长座，供人观看，呐喊助威。“擂台”两边也有一副楹联：“拳打南山猛虎，脚踢北海苍龙。”好气派，直接取自《水浒传》梁山好汉燕青与任原打擂的第七十四回。这一回讲的是燕青智扑擎天柱的事。有一大汉叫任原的，在泰岳脚下的岱庙里摆擂两年没有遇到对手，到第三年，还在四处张贴叫嚣。此事被梁山好汉燕青听说，定要下山与任原争一高下。几番坚持，又有玉麒麟卢俊义帮言，宋江只得应允。燕青不一日到了泰山脚下，就有一段描写：“燕青歇下担儿，分开人丛，也挨向前看时，只见两条红标柱，恰似坊巷牌额一般相似。上立一面粉牌，写道：‘太原相扑擎天柱任原。’旁边两行小字道：‘拳打南山猛虎，脚踢北海苍龙。’燕青看了，便扯扁担，将牌打得粉碎，也不说什么。再挑了担儿，望庙上去了。”这一段写得极为精彩，把一场擂台好戏尽兴做了铺垫。结果自然是梁山好汉取胜。清明上河园里摆上一个擂台，再加上这副对联，就更有了宋时的现场感。

四

前面都是较为高雅的，让你感觉出宋都开封丰厚的历史文化，也有通俗一些的，百姓一看就懂，比如“清明上河园购物中心”的楹联：“进园门过虹桥请君一览，挑心爱选珍藏不枉此行。”此店也是一处大买卖，离虹桥不远。

“东京裁缝铺”的店名很普通，在过去，就是一家百姓的小经营。但这家似乎是宣扬穿宋代服饰照相的：“着宋装留古韵倩影，游清园品千年画卷。”同裁缝半搭不搭。

转过来看到“王婆酒家”，王婆卖瓜，自卖自夸。这家店名好记，再看楹联：“香闻十里佳酿美，醉买三杯梦亦香。”它有一点好，就是酒家的后面紧邻着汴河。食客冲着这一点，往往进去径直走到河边，要了小桌子，再点几个小菜一壶好酒，对了水面无比惬意。

再看“宫廷风味小吃”，楹联是：“赤心迎来三江客，笑颜送走四海宾。”招牌起得很大，似乎全是来自宫廷秘方，加上“赤心”和“笑颜”，顾客也必能满意而归。

“祥和酒家”也在美食街上，他家的楹联与店名相照：“祥云迎宾宾如意，和气待客客常来。”再看那店前笑脸吆喝招呼的，蛮透着一股子祥和之气。

前面这家“四季酒家”的楹联也不错：“进门皆是豪爽客，入座更显江湖人。”充满着大气、和气和爽气。

再看“东京酒家”的楹联：“酿成春夏秋冬酒，醉倒东西南北人。”从联上看得，这里直接就能酿酒，而且是自家招牌。这就使得客人放心，不仅不会喝到假酒，而且肯定能喝得顺心如意。“四季酒家”也不示弱，它的另一联是：“新增佳肴迎豪杰，久封古酿待英雄。”表明自家也有佳酿，而且还有久封的古酿。都够吸引人的。

开封的食文化远近闻名，这个店铺的招牌就很有特色，叫“全美”，又全又美，要啥有啥，买啥啥好。都有什么呢？看楹联：“金柑玉版笋银杏水晶葱，沙地马蹄鳖雪天牛尾狸。”北方人看得有些明白，有些不明白。这副对联有出处，来自宋人罗大经的《鹤林玉露》，说周必大和洪迈（《容斋笔记》作者）曾经侍宴，皇上问洪迈家乡有什么特产，洪迈是鄱阳人，答道：沙地马蹄鳖，雪天牛尾狸。皇上又问周必大，周必大说：金柑玉版笋，银杏水晶葱。他们所说，都是南方美食。既然是这么好的东西，那么两个人的家乡特产合在一起，就成了一种“全美”，而“全美”是开封人最熟悉的百年糕点老店，这对联怕也是早就挂在那里的。

五

很多店铺透着文化的意味，而且这类店铺开得也多，几乎同酒家不相上下，说明开封的底蕴丰厚。

你看，“馨墨一滴点秋水，宝池半方藏春山。”一定是经营文房四宝的，果然上面的匾额是“馨宝斋”。

经营书画的“凌云轩”，楹联是：“满架瑰宝列秦汉，一堂书画灿云霞。”

经营工艺品的“无同轩”的楹联是：“道心静似山藏玉，书味清于水养鱼。”

中原的烙画技艺由来已久，声名远播，挤在一个个店铺间的“烙印堂”，就是专门以烙画为业，一把烙铁，一块木板或织物，很快就能烙出一幅大美山川。顾客还不少。看那楹联：“片毯能缩天下意，一烙可画古今情。”

这块“四方院”的招牌，乍看不知道什么名堂，但看楹联“四诗风雅颂，三代夏商周”就明白个八九不离十，对联如此精粹，里边还不尽是国粹？进去看，果然是名瓷玉器琳琅，珠宝字画满目。

“宣赐碧香”也是一处做文化品牌的：“进清园感受北宋历史文化，选特色带走择端万般豪情。”看来主要是经营张择端的《清明上河图》，图有刺绣的、画印的，随客便，称客心。

不知怎么就转到了一座大门前，门是紧闭着的，静静的，像在歇息。门上方有一块十分端庄的匾额：“印刷馆”——终于见到了与印刷术有关的店铺。宋代的活字印刷使得印刷技术提高了一大步，将以前的一块块雕版变成了一个个的字模，成本降低，手工简便，时间缩短，是一次成功的文化革命。透过门缝往里望，似乎是一个专门印刷的工场。门两边有楹联：“发愤识遍天下字，立志读尽人间书。”这是苏轼的传说了。东坡年轻时酷爱读书，他自撰了一副春联书于门上：“识遍天下字，读尽人间书。”表明自己意愿。但“识遍”与“读尽”，未免口气太大，后来被一老者所笑。苏东坡受了启迪，就将对联改为：“发愤识遍天下字，立志读尽人间书。”对联一改，意思就有了变化。

张挂匾额和楹联是对文化的崇尚，经营的产品也连带地有了一种品质。

清明上河园文化，有建筑文化、美食文化、服饰文化、民间文化等，但是你注意到楹联文化了吗？那些楹联静静地张挂在门庭的两旁，透显出一个时代的精魂。

神垕

大龙山，你在中原隆起，绵延无限远，我看不到你的尽头。有人叫你大刘山，那是因为避讳当年皇宫里的至尊吗？实际上你同一条根脉紧紧相连。也许，龙亭里眯起的眼睛朝南望，就能望到你龙一样的雄姿。而在你的脚下，人们正利用你特有的土质，燃烧起一条条火龙，火龙里诞生的奇妙的钧瓷，源源不断地进入大宋皇宫的深处。

我来的时候正是深秋，山上依然蓬勃葱茏，各种巨石像鳞片闪露在阳光下。我想不明白是怎样的一种土，千年不尽，支撑了炉灶里的辉煌。我依然看到这个叫做神垕的地方，躲藏着神一样的神秘。为何名神垕？字典上的“垕”字，只为你一地专有，那是“皇天后土”后两字的集合体，而前面加一个“神”，比“皇”更有了无尽的意象。

神垕，我与你不期而遇，真的，我在车上打了个盹儿，一睁眼竟然就扑到了你的怀里。我已经感觉出这次抵达的幸运。那些昨日的烟尘和现实的幻象搅得我有些心神不宁。我在心神不宁中小心翼翼地走进一个个院落，诚惶诚恐地观察每一个窑址，毕恭毕敬地抚摸那些浴火重生的神物。

钧瓷上的一束束光直接打开了我的心室，那层层开片让我有一种疼痛感。大宋，你离去了近千年的时光，但是你造就的辉煌却一直光照着历史，以至于那不屈的泥土在这里从来没有停止续写出瓷的华章。

一个个瓷窑隐居在神垕的各处，表面上看不出热火朝天的景象，但是越过一些墙头，会看见一排排打磨好的泥胎，看见堆积的泥土、煤块、柴棒。最古老的烧制就是柴烧，柴烧的饭香，柴烧的瓷也好吗？岁月中，有多少不忍和不舍？

走进一条古街，不宽的街巷两边都是明清时期的老房。当地人说，你没有看见过，当年这些老房子深处，都是钧瓷作坊。早晨叮当的阳光里，一队队马帮驮着泥土和柴草或者精美的瓷器踏响青石的路面。路面上，有人扛着担着做好的半成品，穿街过巷，走入各个作坊。到了饭时，男孩儿女孩儿提着饭罐川流不息地给大人们送饭。那时的神垕，就是一个大的瓷场，所有的活动都围绕在瓷场的秩序中。

整个神垕依山就势错落成美妙的图景。走过一棵棵老槐、野桑和皂角树，来看那些老窑。有些窑就在半山，人住的石头窑洞，烧的石头窑体，放眼是山下无尽的苍茫。

每年的农历正月十六，火神庙开始祭火神。烟雾缭绕，旗幡飘摇。火，对于神垕是那么的重要。所有钧瓷的烧造，都是火的艺术，更是火的魔术。钧瓷的图形和色彩不是事先画出，全凭窑变而成。那样，一切就全在想象中了。那是幻想与火神共同的勾画，是一种匪夷所思的超越和飞翔，充满了翻新出奇的期待、异想天开的盼望。

看见一个窑炉门上贴着对联：求仙翁窑中放宝，赖圣母炼石成金。

卢师傅拘谨地打开一个窑门，那里的火焰早已熄灭，他絮叨着什么，众人面前带有着一点矜持，似乎大家要看他掀开盖头的新娘。他终于打开了封口，恭谨地取出一件大洗，那洗怎么了？完全没有那种流光溢彩，而像一个锈迹斑斑的出土文物。再取出一件，还是同样。它们是在抵达生命辉煌顶点的时刻遭遇了不幸。那粗糙斑驳的外形，表明着它们经受了多么艰难的过程。

满怀期待的人们散去了，老卢还在看着两件不成器的东西，拿起又放下。我似乎体会到了他的内心。炉子边上，一堆打碎的瓷片，堆满了烧瓷人的情感。那是瓷殇。

当地有说："十窑九不成。"火的惊喜、幻想的惊喜、等待的惊喜的到来，一次次竟是那么的不容易。

走进钧瓷艺术馆，就像进入了一个瓷海，我似听到叮当的开片啸闹成一片秋声。我看到形状各异的精魂在起伏腾跃，色彩的空间里潮一样汹涌。

你的曲线为何这般柔润迷离？你的色彩为何这般大胆恣肆？还有你，你的花片为何这般勾魂摄魄？经过长时间的静默与忍耐、摔打与烧灼，火给了你怎样的折磨与唤醒，给了你怎样的调教和激发，使得你如此觉悟开化？历经一千三百度的浴火而出，每一个都成为仪态万方的精灵。

一个女孩儿站在一个瓷瓶前，带着景仰一般的神情，伸出手又缩回来。我知道那种感觉，有一种爱就是这样，想看又不敢看，想摸又不敢摸，别后的回味比现场还深刻。我知道，在那一刻你已经和她心脉相通。

神垕，你将我从喧嚣中摆渡过来，让我有了一时的安宁与沉静，尤其是看到那些聚精会神的做瓷者。

竟然还有女工艺师，她们长发飘逸，姿态端庄。无声的时间里，一腔热爱倾注于一抔泥土。又有人进来，流露出欣喜：看呀，她们在做瓷！

声音里，你会把做瓷听成“作词”。宋瓷中闪现着多少艺术的精粹，怎么能不说她们在作词呢？是的，她们作着“八声甘州”，作着“水调歌头”，作着“沁园春”“临江仙”“菩萨蛮”，那从宋代遥遥传来的，就是一首首或婉约或豪放的美妙的宋词啊。

神农山“白皮书”

神农山属于太行山系，它融合了北方和南方的山的特点，既有壮夫般的雄浑，又有女子样的俊秀。借助缆车上山，能够细致地观察神农山的风貌，一座座壁立千仞的峭岩似是从山下直射上来，气势夺人，山峰上能够长东西的缝隙都长了草和树，缆车过处，山与树迅疾地闪过。

雨还是不期而至了，不情愿地穿了雨衣，薄薄的雨衣一下子就被一股湿气裹在了身上。有人打了伞，窄窄的上山道生出一长溜的蘑菇。神农山的险便是这窄窄的山道，人全是在山脊上行走，如不是一只手紧紧抓牢铁制的栏杆或锁链，魂魄早飞下万丈深渊。就此仍不断出现惊叫声，是有人脚下打滑，一屁股摔去，手却抓住了命根子。好容易见到一个亭子，可以立脚歇息一下，却没想又一声惊叫，从哪里窜出一只猴子，伸出结实的手臂，直扒云川的红雨衣，而后又抓跑邵丽放在长凳上的红色手包，我正好离得近，硬夺过来，要不早就被它带进密林深处了。猴子有些恼怒，冲我们龇牙咧嘴地叫。跟着来的导游说，猴子一般不会伤人，只是喜欢红色的东西。神农山猴子多，它们和松鼠、山鸡等成为山中的一景。正说间，一条青绿小蛇从石阶左边窜出，又慌张地溜到石阶的右边去。雾气越来越重，路两边几乎看不见东西，但能感到的全是悬崖峭壁，雾就是从崖下升腾上来的，有些雾团就滚到了路上，一忽遮住了石阶，一忽缠住了前面人的腿脚，人走它也走，像摆脱不掉的麻团。

待转过一个山弯，雾渐渐开了，出现一个空间，石径上跑着的雾团也跳跃着，滚到山下去。这时就见三块巨石呈锥形叠压在头顶，每一块都压住了一个边角，中间的缝隙嗖嗖地穿着风响，风再大些，说不准将一块推下，其余两块也会两边散去，在深谷溅起一阵轰鸣。有人轻轻地摸，却不敢用力。李茂山部长说没事，它们立在这里也不是一天两天了。难道是神农氏哪一天起了兴致，垒了这么一个标志式的符号？神农山神的地方真多，李茂山说，刚才雾遮住了，再往上攀，海拔千米以上，就可以看到神农山的特产白皮松了。李茂山的沁阳话离标准语有些距离，以至我坚定地把白皮松听成了“白皮书”。白皮书是一国政府或议会公开发布的一种白色封皮的文书。神农山上难道还立了这样的东西？正要细问，李茂山壮实的身躯已顺着石阶滑了出去，紧接着王钢也一屁股坐到了石阶上，幸好手和铁链起了重要作用。

石阶下转又上行，眼前猛然一亮，出现了更开阔的一片山顶。这是神农山的最高处了。

那必定是神农坛，是神农“奠高山祭川境”的地方。好气派，四下里望众山环列，群峰簇拥，云飞雾腾，风吼雷鸣，遍走天下名山，还真少见在这如柱山峰的最高处，有这样一处坛形之地。归来后查资料见近代诗人许邦彦的诗：“孤峰万丈一飞身，手托日月足踏云。极目四观天下小，高声恐惹上神闻。”写得实在是好。在人类的蒙昧时期，华夏先祖总是通过祭祀、占卜来寻求幸福与光明，这是文明的必然过程。而这些活动势必要选择一处神圣之地，神农山上的这块离天更近的天然平坛，处于神农部落生活的区域，必是他们寻求的绝佳境地。现在坛上置了香炉，依然有香烟缭绕于天。每年中原大地举行祭拜炎黄先祖仪式，这里必然地成了一个祭拜圣地。

悬崖边走去，就发现了奇观，一棵一棵粗壮，不，不是粗壮，遒劲，不，遒劲也不是，想到的词都不足以形容它的伟姿。一棵棵白的巨树展现在了神坛的四周，它们或直立，或斜曳，或弯曲，那般洒脱、飘逸、挺拔地生长着。白色的树干带有点点红色的斑迹，像洒上去的霞光，树叶子是翠绿翠绿的针叶。这是松树的一种，以前见的松树都是褐色的，从没见过这么白净的树干，而且觉得这树干柔韧度极好。它可以依山就势，随意伸展。雨浇在上面，更显其光洁细白；雾缠在上边，雾的颜色还不抵它的颜色。有些树干似龙爪，五股虬干鼓凸在一起，一并举起一蓬新叶；有的树干横着伸出崖去，又陡然返身直起，让一伞树冠高悬于天；还有的树干被山石分成两股，长上去后又合并在一起。没有力量能阻挡它们的生长。有的树长得如开屏的孔雀，高高地散开着；有的长成了老者的胡须，白白地下垂着。很多树上都标写着经过专家考证过的年龄：一千年、二千年、三千年、三千九百年、四千九百年……哦，那时刚刚有了先祖神农的遗迹，据说初时这些树的树干是绿色，挺过一百年后，树干变红，再挺过更长的四百年后才变成白色。经过了一个又一个一百年的这些树，每一年每一天每一时每一刻被从南面或北面刮来的风吹着，它们或被吹歪成这个样子，或被吹歪成那个样子，但风无法将它们吹死，它们全都经历了脱胎换骨，就像孙行者经过了太上老君炼丹炉的锻炼，将自身历练成另一种物质。神农氏之后，一代一代的子孙繁衍不断，而树，却一直长到了现在，同山一并迎受着风云变幻，见证着沧海桑田。

神农山下，出现过军事家司马懿、科学家朱载堉、“唐宋八大家”之首韩愈、大诗人李商隐、大画家郭熙，还有思想家许衡，及“竹林七贤”中的嵇康、山涛和向秀，陈氏太极拳创始人陈王廷。神奇的土地上突兀现此山，此山上突兀现此树，自然之巧合还是历史之巧合？抑或是山水造化、基因传承？也就有人把这山、这树看成了神。一步一步沿着壁立龙脊小径攀上山来，燃上一炷香，把一束束红布系上树，以表祈愿。那是向山、向树也是向神农祈求五谷丰登，健康平安，子孙兴旺。在海拔千米的山顶，系上一条红布何其难，有的红布就系在了悬崖上斜飞着的大树的枝杈上，那必得冒了生命危险，一点点爬过树干系上去的。而有些地方，连想都想不出是如何系上去的了。那是信念的神力，是树的神力。越是大的树红布系得越多。雾气飞扬的时候会发现一树红白，鲜艳的色彩反差煞是壮观，壮观到震撼。

神农坛四周氤氲着一层又一层浓浓的雾岚，长期不开，使祭坛更增添了一层神秘感。或是先帝祭坛时发出的声音，渗入岩缝，使一棵棵大树次第而生。李茂山说，这就是白皮松啊，可我听的还是“白皮书”。是啊，怎不可以说是“白皮书”呢，这是一部内涵丰赡、意义非常的大书，是一部值得研究、珍藏的大书，它是神农山向世界发出的文告，每一章都阐述着时间、自然、历史与生命，每一页都展现出辩证法、发展观，每一行都充满了说服力和感染力。

下山途中，不停地举目上眺，一座座壁立的山峰上到处都是这样的白皮松，那龙爪似的虬根、胡须似的枝干，那飘飘欲仙的身姿、昂立于天的气势，怎不让人印象深深！我认得它们了，是的，它们是神农山的“白皮书”。

那拉提草原的丹花

有人说，不到新疆，不知道中国之大；不到伊犁，不知道新疆之美。伊犁河谷是上帝赐给人类的一条宝带，上面洒满了翠绿和金黄，那是大片的湿润的草场和富饶的土地。我来的时候，阳光刚刚洒满河谷，草原泛着一波一波的光，就像一把喷壶在喷水，喷到哪里，哪里就光鲜起来。无边无际的草原一直铺展到遥远的山边，不，那草又上到了山上，一直翻到山的那边去了。

正愣神，一匹马嗒嗒地到了我的跟前。一个女孩儿翻身下马，一下子站到我的眼前。骑马吧！我来带你。我说，不用不用。女孩儿说，在那拉提不骑骑马，是要遗憾的。来吧，是管委安排我来的。

我上了马，女孩儿并不松去缰绳，在一旁牵着马走。很快就进入了草原深处。一丛丛的白色紫色的小花在马的前后摇荡。我说，这是什么花？马兰花呀。女孩儿的口气似乎是说：连这都不知道？我说，好漂亮的花。女孩儿说，我们那拉提就不缺草和花，你看到处都是糙苏、羽衣草、小米草、婆婆纳、金莲花，还有芨芨草，可以做笤帚的。女孩儿如数家珍地随意说着。

女孩儿显得热情而健谈，说，我给你讲讲那拉提吧。你知道那拉提是什么语吗？我说，维吾尔语。女孩儿说，不，是蒙古语。

当年成吉思汗带领蒙古大军西征，由吐鲁番沿天山一路走来，正是夏天，却越走越冷，甚至风雪弥漫，这就极大地削弱了蒙古将士的士气，何况他们饥肠辘辘，失去了补给。岂料一过山岭，眼前出现了一马平川的伊犁草原，而且繁花怒放，流水潺潺。当时云散雾开，艳阳初照，仿佛到了另一个世界，人们不禁齐呼：“那拉提，那拉提！”我说，我知道那拉提的意思了。女孩儿就笑，并不多说。走着时，女孩儿一弯腰采了一朵黄色的小花举在手中，说，这你总该知道了吧？我说，蒲公英？女孩儿说，对了，中原这样的花最多。我说，你怎么知道我来自中原？女孩儿说，当然知道啦。

女孩儿摇晃着缰绳，脚步轻盈地随着马走上一面缓坡。坡上有一群的树，使草原一下子高了起来。那是什么树？我又问。女孩儿说，野苹果树呀。啊，长苹果吗？长呀。女孩儿在笑，笑我的无知吗？可我真的是不知道。这次女孩儿先说话了：你看那是什么树？

在山的高峰处长着一种窜直窜直的树，有二三十米高，有的达到了五十米。女孩儿说，那叫雪岭云杉，生长得很慢，一年只长一两厘米，那是那拉提的骄傲。随之女孩儿又说，看到那片植物了吧？她指着山坡上的一蓬蓬的野棵子。那是乌头草，毒性可大了，牛羊都不敢吃，吃了就胀肚，直至胀死。而且长得特别快，不管它渐渐地会吞没草场。我说，那怎么办？女孩儿仰头看了看我，说，所以得不断地铲除它，不让它长呗。我说，那要多大的功夫呀，那么多。女孩儿说，放心，人的力量总是大的。

我觉得女孩儿很有意思，她是一个很不错的导游呢。马随意地走着，沿着草原上走出的小路。小路曲曲弯弯，一会儿走上山坡，一会儿下到谷底，沿途就看到了好看的风光，低洼的地方，还有一道道的山溪，发出淙淙的声响。马走到那里，会低下头去饮水。女孩儿就说，你这家伙，又渴了，今天又没有累着你。

说是说，可以看得出来，女孩儿对这匹枣红马很有感情。她会不时地抚摸着马的身子，有时还会摸摸马的耳朵。马很知道她的意思，将头扭过来伸到她的脸前表示亲昵。

我问女孩儿：小姑娘，你叫什么名字？女孩儿说，丹花，不小了，二十三了。我说，这名字好，像草原的名字。你对草原很是熟悉啊。女孩儿说，时间长了，就熟悉了。

我说，你是什么民族？丹花说，你猜。维吾尔族？丹花摇头，哈萨克族？柯尔克孜族？丹花还是摇头，说，跟你一样，汉族。汉族？那怎么能在这草原生根？丹花狡黠而神秘地笑。

我说，你会唱歌吗？丹花说，会啊，唱一支草原歌曲吧，随之就亮开嗓子唱了起来：

那拉提啊我的家，
高高的雪山呦走珍珠，
无边的草原呀开鲜花，
远方的客人请你留下，
这里有那美丽的姑娘，
和剽悍的骏马……

丹花的嗓音很净，净得像一片原野，草在摇曳，鸟蹿上了天空。

我说，你的嗓子真好。丹花说，我还会唱河南民歌呢。是吗？一支《编花篮》的小调悠扬地飘到了南山上。

我说，这支民歌是河南的代表曲子，你唱得很准，说明你对河南有所了解。丹花说，那当然，我还知道河南有大别山、伏牛山、太行山。我说都是大的山系。丹花说，还有啊，我还知道开封、洛阳、云台山、少林寺，对了，还有太昊陵。我笑了，都是中原的经典。丹花说，我还知道中原经济区，那可是国家战略。我说，你怎么知道这么多？丹花说，上网啊，没事就上网看看。这是一个有心的女孩子，身在边疆，却关注着全国，也可能是出于导游职业的需要吧。

远处散落着一座座蒙古包，那是牧民自在的家。我认出来丹花说的黄色的野油菜和紫色的勿忘我。丹花说，在草原的尽头，就会看到金黄的麦田和绿色的玉米了。丹花说，要是在中原，麦子早就收割了。对了，你看到薰衣草了吧，可多了，这里是薰衣草的故乡呢。丹花说，这里的人生活得无忧无虑，总以为那拉提就是天下的中心呢。一个大婶去了一趟北京，说，北京好是好，就是太偏了。嘿嘿嘿，咯咯咯，丹花笑弯了腰。似乎她总是藏着这个笑话逗人开心。我也笑起来。

丹花说，看你的姿态，你骑过马。我说我在西藏、内蒙都骑过马。丹花说，你想看看我的骑术吗？我刚刚翻身下来，丹花就像一条鱼样腾落到马背上，枣红马随之箭一般冲了出去，马蹄将一片草叶甩在了空中。女骑手先是猫腰塌背，让长发狂泻成风，后来就纵跃起来，马的四蹄像是安在她的身上，原野里飞舞成一个健美的身影。那影子霎时返回到我的跟前，身体高高弹离马背，翩然在一侧落下。我简直惊呆了，这么娇弱的一个女孩儿，直可用剽悍形容了。

集合的时间快到了，和丹花告别。丹花说，再见老乡，欢迎再来那拉提。什么，你是河南人？当然。丹花一脸的认真。我吃惊了，这个黑黑的女孩子，完全像一个草原牧民，怎么会来自中原？

丹花笑了，说，咱是地地道道的河南周口郸城人氏，在家排行老三。我想着丹花的丹，是否与郸城的郸有着某种感情的关联，遂笑着问，常回家吗？丹花说，不常。出来的时候家里穷，顾不住，不出来不行。还是我们中原好啊，到哪去都不偏。我三年没回家了，回去一回太远，坐一天火车才能到乌鲁木齐，再从乌鲁木齐坐两天一夜到郑州，坐得腿肿老粗。

原来丹花是一个打工妹。丹花说，我出来得早，先到西安，河南人多嘛，后来又到哈密，到阿克苏，最后到伊犁，越来越远。为什么？肯定是有原因的啊。实话说吧，是为了情，跟着感情跑了。这世上，男男女女，不都脱不了那个情字？

现在？还是独个一人。说不上怨谁，21 世纪了，处得好就处，处不好就不处。怎么不难过啊，跟了这么远，难过肯定难过，但日子还得过。

丹花顿了顿又说，我那时是导游，也愿意开开眼界，多见些世面。我说呢，她对什么都知道得详细，口才还好。丹花踩着石头跳过一条溪流，向阳的山坡上，又看见了蓬蓬棵。丹花说，我那时在昭苏，一气之下就辞了，来那拉提当骑手。我就这性格，我想打马撒欢，马狂奔起来，什么都忘了。初开始人家不接受，听了我的介绍，觉得我能讲，很快被他们认可了，一个女骑手还成了特点，来了重要人物，都让我出马。在这草原上，马是人最好的伙伴。

真是个有个性的女孩儿。丹花说，那时在河南不好找工作，都往外跑，现在都往回跑了，家里的变化太大了。我天天上网，一上网就看河南，老想家啊！丹花说着眼圈一红，背过脸去。一会儿又转过脸说，我可想回去，我觉得凭我的努力，不愁找不到适合自己的工作。

我说，能，你完全有这个能力。中原到处都发展旅游，清明上河园里就有马队，也有女骑手。当然，未必非要干这一行，中原经济区正在紧锣密鼓地加紧建设，很多方面都需要人，像你这样好学、上进还有见识的，一定受欢迎。

丹花笑了，说，你这一说，我现在就想回家了。我要去就去航空港区，我知道那是一个新区，富士康、综合保税区都在那里。

远远地离去了，丹花还在招手致意。天上有一只鹰在飞，旋着白色的云。丹花的性情，有着中原的淳厚，还带有草原的狂放。我知道，她的心里一直有一个梦，是关于自己的，也是连带有家乡的，那个梦很大，很美。虽然她走到哪里都会爱到哪里，但中原人的家乡情结，仍然深深地扎根在她的内心深处。

蝶舞的汴绣

一

一只手在飞舞，像蝶，我的眼睛花了。

我还记得随着那只手飞舞的眼睛，那是一双能够照亮黑夜的眼睛。只是那双眼睛一直跟着手飞，并没有照我扫一下。那是她的职业使然。如果来一个扫一个，虽然能扫倒一大片，手中的活却给扫黄了。

在清明上河园里走进汴绣坊，我依然看到了那只手和那双明亮的眼睛。我似乎觉得她们都是相同的。不是一样的巧手一样的眼睛，能绣出那么漂亮的作品吗？

手在翻飞，上飞一下，随之又下飞一下，要不是一条线相连，哦，那只手，不，那只蝶就飞到屋外去了。

二

我在多少年前，第一次孤陋寡闻地知道还有汴绣。说实在的，那时对开封也是知之甚少。那个年代，似乎对汴绣不太重视，更不要说宣扬，再倒回去十年八年，那就归为“封资修”的筐子里了。汴绣还有一个名字，就是宋绣，可见宋时最兴盛。

听说了就想看看，看看有没有这样的一个厂子，能不能一饱好奇的眼福，对汴绣有个真实的了解。就约了朋友，在周日穿街过巷，去寻访汴绣。后来看书知道，宋时的汴绣是不用寻访的，当时大相国寺东门外有一条街叫“绣巷”，不知道是不是现在的马道街，那可是专卖刺绣品的市场，也是绣姑们聚居的地方。穿过那样的一条街，会是什么感觉？满眼繁华锦绣。

我们只是凭着感觉在狭窄的一条条巷子里走，因为听说汴绣厂就在这个区的哪个巷子里。

巷子都很古老了，估计那种巷子现在都不存在了。那都是砖头加石头加瓦构筑的巷子。砖头已经出现粉化，黛瓦的墙在逐渐掏空，倒是为巷子增加了空间。

转了多少巷子了？就像两个地下工作者，一直也没有找到接头地点。我有些失望了。难道一开始就搞错了？那个独一无二的汴绣厂，根本就不在这个区？问了很多的人都没有结果。

巷子里的门都很窄小，开着的不多，关着的也跟开着差不多：门多老朽了，油漆斑驳，露出了灰白的木质，木质在下面已经颓坏，腐朽一点点漫上来，有的将门漫成一个可以钻进狗的孔洞，有的干脆漫得半扇都不见了。

我犹豫地对朋友说，要不问准了再找吧。

你知道我朋友说什么吗？我朋友说，我早想说这句话了。

可我在这个时候愣住了，朋友身后的门上有一个小牌子，上面随性地写着：开封汴绣厂。

吓着我了，怎么会这样，怎么敢是这样？鼎鼎大名的汴绣厂啊！就像我后来去北京见一位著名人物，走进他的住室我惊呆了一样。那个人的名字我还是说了吧，他的名字是廖沫沙，一个同汴绣一样有名的人物。这个人物怎么会住在北京前门小小的两居室里呢？

三

走进去没有人拦阻，我就直接进入车间，就像是以前，掀起了哪个闺房的珠帘，立时看见了那只蝶舞，看到跟着蝶舞的那双眼睛。而那绣品呢？不用我说了，听听明代大学者屠隆怎么说的吧。屠隆有一部《画笺》讲道："宋之闺绣画，山水人物，楼台花鸟，针线细密，不露边缝，其用绒一二丝，用针织发细者为之，故眉目毕具，绒彩夺目，而丰神宛然，设色开染，较画更佳，女红之巧，十指春风，回不可及。"那天就是那么一看，就将那蝶那眼睛长久地存在我的记忆中。回到学校，一头扎进图书馆去看汴绣，才知道了更多的东西。

在我的想象里，开封汴绣厂，太应该在一个高墙大门里边，在一个个宽敞透明的车间里面。1959年，一幅《清明上河图》让汴绣重新名扬天下。在宋代，汴绣差不多就是国绣了。《东京梦华录》记载：开封作为北宋都城，其皇宫设有"文绣院"聚集全国杰出绣女300余人，专为皇帝王妃、达官贵人绣制官服及装饰品，因而也被誉为"宫廷绣"或"官绣"，而在十里都城，也到处都是民间的绣坊，哪家的珠帘后面，说不定都有一只巧手在凤飞蝶舞。

清明上河园里，汴绣可谓出尽风头。一路走去，织锦院、汴绣馆之类一个挨着一个，莫不是宋时"绣巷"的再现？"云霞分五色，锦绣累千丝"的对联挂在汴绣苑的门口，文绣院的门口挂的是："经纶事业从针下，锦绣文章任手中。"每个店铺都是人头攒动，一个个喜形于色，各式绣品在手中水一样流颤，而后大包小袋地走出门去。

十指春风翩然霞彩的汴绣真正地被人喜欢着。

丹花的来信

我收到了一封来自富士康的信件。这是年根儿前，我们去富士康参加捐书活动不久。进入了信息时代，信件往来很是少见了。这封信贴着批转的纸条，辗转了两个地址，才到了我手里，说明写信人并不知道我的具体地址。打开展读的时候，竟有了小小的惊讶。原来来信的是两年前我在新疆遇到的丹花，她来富士康了？我有些急迫地往下读了。

丹花说，老师，还记得我吗？我是那拉提草原那个骑马的女孩儿丹花，你问我老家是哪里的，我告诉你说是河南郸城的，你还向我介绍了河南的发展，还有郑州航空港的建设，还记得吗？我说我要回来，我太想家了。我就真的回来了。说起来你不相信吧，你们来富士康的时候，我也在场，只是老师认不得我了，两年前那时我又黑又瘦的。看到老师，我好激动呀，但是我没有表露出来，那么多人，我够不到跟前去，而且你们很快就走了，饭都没有在富士康吃。老师，你们的捐书活动太有意义了，对于我们这些青年人来说，文化依然贫乏，尤其是我这样的，书籍丢了多年，只爱上网游荡了。那些书让我们有了一种回归的感觉。

丹花说：还是说我吧。我是去年秋天回来的，你知道，那拉提最热闹的时候是在夏天，进入秋天人就少了。我也就在这个时候辞职了。真幸运啊，你来草原的时候，正好领导安排我为你领马，我不是跟你聊起来我的流浪生活吗？我是跟着感情一直向西跑的，可是跑到最后，还是把感情跑丢了，一发狠，自己一个人就去了那拉提学骑马。我那是不知道怎么安排自己了，只想将苦闷交给草原。可我一静下来的时候，还是摆脱不了那种孤独。我还是要回来，我一刻也不能等了。我就在去年秋天回来了，一来就去了富士康，我是凭着我的特殊经历被录取的。当然富士康没有马场，凭我当过导游，见过世面，能说，还有，唱得还可以，我就成了富士康的一员，而且被当作了人才呢。平时工作之余，我们会排演一些节目，活跃职工生活。你知道，这里有差不多二十万人呢，而且大都是年轻人，没有文化生活不行的，我也就成了文化骨干了。但是我不大会写，原来的底子太薄了，真后悔没有上完高中。我回来的路上，同车有一群初二年级的学生，开心得像群鸟，他们每个人都拿着书在看，或者在背。我问他们是去干什么，回答是游学，我第一次听到这个词，我又问了好几次，才明白游学就是边游边学，开阔眼界。我问他们都去哪里，他们说第一站是郑州，然后去岳阳，我说你们对郑州了解吗？他们说知道呀，就说起八大古都，说起商代遗址，说起嵩山少林寺，他们背诵的是《岳阳楼记》。真是个个谈吐不凡，一问年龄，才十三四岁，跟他们相比，我真的落伍了，不光是年龄、知识，还有思想。退不回去了，要是能退回当年就好了，唉，我只有今后努力了。

丹花说：回来以后，我回了一趟郸城，没有想到现在能走高速了，感觉离家真的很近了，不像我在那拉提。我跟老师说过，我那时已经有三年没有回家了，加起来就五年了。回家的感觉真好，云英已经嫁人了，并且做了妈妈。云英是我的玩伴，还有喜枝，自己给村主任续了弦。村里的年轻人不是在外上学，就是在外打工，剩了上年岁的总是堆在村口望着归家的孩子。家里人听说我回到了郑州，并且找到了新工作，都很高兴。我娘拉着我不停地哭，说俺这妮子把娘忘了。而后俺娘就问俺的个人问题，俺就怕问这个，几年不愿回家也有这个原因。俺娘说的才邪乎，说俺要是在农村，都成了嫁不出去的老姑娘了。我不就是二十五了嘛，值得娘那么操心？我对娘说，俺过年就给你领一个来。娘一听就笑了。哎，亲娘啊，俺的眼泪一下子就冲出来了，稀里哗啦地洒在娘身上，娘的头发都白了呀！快到年根儿了，咋兑现俺的诺言呢？我对着小强说，人家说租一个媳妇回家过年，俺要租个老公回家过年，中不？小强家是四川的，地震那年他爹娘都被砸死了。他独个儿在外闯荡。俺看他可怜，又看他踏实、敬业，还真有点喜欢上了他。小强听了说，好啊，啥条件？俺说，啥条件？白吃白喝白玩，还不行？就是不能……在一起睡……小强说，不在一起睡，谁相信你我是真的？我还真没有想到，那就在一个屋子里，但是不许越雷池。小强笑了，说好好好，本公暂时不行使老公的部分权利。小强笑得好鬼哟。

丹花说，老师，我的情况就是这些，主要是见了你，想起两年前的巧遇，就想跟你说说话。我看到你写的文章了，文章名字我还记得，叫《那拉提草原的丹花》，丹花其实是我的小名。老师不用回信的，老师太忙，知道我的情况就行了。老师，羊年就要来临了，祝你三阳开泰，全家幸福，创作丰收。

信底下还是写的丹花的小名，信封上也没有标明确切地址。这个丹花，是不愿给人添麻烦的，而且也不愿让人觉得她有什么想法。她的身上，还是有着那种好强任性的天性。看完信我在心里笑了，社会改革的动荡中，多少河南人走了出去，而后又有多少人重新回来，一个富士康就收了二十万青年，但愿那些出门南下北上的辛勤打工者越来越少，但愿丹花也能像在那拉提草原一样，展示出健美不凡的身手来。

小沟背·银河峡

一

进了银河峡，觉得不是人在走，是石头在滚动。谁喊了一声停，就保持了一种姿势，直到今天。山也在那时停止了上升，熔岩和岩灰衬托在一起，让王屋山成为一道同黄河一样的风景。

银河峡前面是黄河三峡，是小浪底。不是英雄不聚堆。

一片的五色石，在山溪中起伏，都是女娲补天剩下的，女娲用不完这些石头。有人大车小车拉到城里去补空虚，那些空虚还是补不完。只好带着来，钻钻堆石洞，过过通天河，上上伏羲台，拜拜女娲庙，不觉间发现空虚不见了。

能上到海拔 1929 米的鳌背山吗？就如伏羲站在横空出世的神龟之上，傲视群峰。还有待落岭，怎么叫待落岭呢？满岭长松会让这个名字失望的。

悬崖下有人顶起 根根木棍，说是为了让身体健康，人一进山就变得神叨了。

夜幕降临，星星顺着山峡跌进河谷，深幽处闪着光芒，让你觉得远去的山溪就是一条银河。

一条狗叫了好一阵子，才把夜叫黑。它可能对我们这些外来人有些不适应。但最终它和我们一同被夜覆盖了，尽管它和我们的梦不尽相同。

一切都显得很静，只有瀑在高处响着，响得夜越发地静。

二

谁在聒噪，似乎刚睡着就被聒醒了。都说城里人觉少，到这里却一觉到了天明。不是那群鸟儿，太阳晒着屁股都不会醒来。

鸟儿也真能聒噪，你声音尖，我声音细。你嘟嘟，我嘀嘀。你嗦啦啦，我嘻哩哩，我不怕嘻哩到山那边去。

这样你有时觉得那不是一群鸟儿，那是一山的叶子互相拉着；是一峡石头，自己磨着自己。

山溪也凑热闹，在这个早晨分外跳得欢，像遇上河神娶妻。

其间还夹杂着鸡鸣，哪里来的鸡呢？

你就兴奋得鹞子翻身，人没出去心先出去了，留下半截梦，被窝里不知往哪儿去。

早有人在峡谷里叫嚷，那是昨晚上捧着溪水偷偷哭的女孩儿，咿咿呀呀的声音满谷里回应。山把她变成了另一个人。

桐花的紫色盅儿被声音晃动起来，一些露水洒落，甜滋滋地落到脸上。

阳光照来时，像一个人在刷油漆，把旧的绿一层层刷上新的绿，一直从山顶刷到山脚，再从山这边刷到山那边。而后就把刷子掷到峡底，甩丢的一刹，整个峡谷都亮了。

一群早起的羊，像满山开着的雪绒花。

三

峡谷上面看见了房子。房子很老了，都是黄黄的土垛积而成。也有石头垒的，有些石头从墙里脱落下来，空位置像老者没牙的嘴。瓦上长了一层深绿的苔，太阳将一棵树打印上去。一座屋挨着一座屋，在这山里就有了意味。那是一幅画。挂的时候久了，谁来都稀罕，脚步就随了稀罕去。

原来是个小村，村名像一个山娃的名：小沟背。

一格格的木棱子窗户，仍然是纸糊的，舔一个洞就能看到里面的情景。不会再有情话了吧？那些情话老去了。做饭的炉灶，烧火口不在下面在锅台上，烟囱也不在房顶，在窗子旁边。不远即是石头茅厕，简陋得只能遮住半截身子。一双米黄的雪地靴蹲在窗台上望风，它的主人不知道去了何处。肥白的猪尚在圈里哼哼，喂猪的石槽有人说比猪都主贵。半截树轱辘做成的蜂箱，引得蜜蜂嘤嘤嗡嗡满载而归。

一个老人像时光一样晃过来，79 岁了，一辈子没有走出过小沟背。但是老人很满足，守着一山青翠，不知道什么是雾霾。你再问，他呆呆地走了，他听不懂城里话。他觉得城里人话多，像山里的鸟语。而鸟的话他能听懂。鸟说“光棍老苦，光棍老苦”，他就知道山坡上那片地该种了。鸟说“吃杯茶，吃杯茶”，他就知道河滩里那片麦子到了包穗的时候。鸟说“石头哥，等等我”，他就一脸的泪水流下来。

老人一点都不糊涂。他记得远去的老伴是最美的新娘，娶回村子那夜一窗白净的纸都被舔成了窟窿。村里人告诉我时，老人已经像一块石头坐在崖头。村里人说，他经常那样。

一阵风吹，空了一半的老槐，在上边抖洒下一身的香。

四

别以为年轻人都进城了，小村正走向终结，老宅子后面，正起新屋。

一个城里人说，真想住在这里不走了，就是怕找不着媳妇。他一心都在媳妇身上。随即有一个女子的声音响起，我也愿意住在这里！

满山满谷都起了笑声。

姚庄在望

我顺着一条万里茶路走来。当年苏轼一定也如我一样地惊奇，中原这样的地方，怎么那么多茶馆。驿道上过，会有茶亭等你。走去了，就有了念想。苏轼五走茶路后，完全地喜欢上这个地方，后来就待在了这片广阔天地。

我已经看到了“姚庄在望”的牌坊，它就像一个亲人守望在庄头。一望无际的田野，麦子一海海涌动。油菜已经结籽，饱满着幸福匍匐着。桐花开得正艳，一咕嘟一咕嘟的香气从花嘴溢出。我就在这丰满而芬芳的四月走入了郏县一个诱人的村镇。走进来我就知道为什么苏轼会喜欢上这个地方，这个地方充满水汽啊。

先看到一条河，河的名字叫运粮河。我似看见昨天的欢畅与热闹：两岸绿波，满河清漪，一只只船儿载着号子悠悠而来。船到了这里就非得要上岸歇会儿，为的是一壶茶等在那里，自然还有一桌友情。人不管熟不熟，只要一碗清香兑上，就啥都有了。两棵虬曲的老槐，是姚庄人从洪洞大槐树迁徙时带来的，现在依然开着年轻的花。时光似乎没变，只是人变了。

我弄不清苏轼曾在哪个地方坐过，但我知道他一定看到了远处的莲花山。我顺着他的目光看去，看到的是一片烟霞，那是三郎庙一长溜的街面，里里外外坐的都是人，老人、年轻人，男人、女人，红光滋润，说着笑着，围定一堆茶碗，在那里自在。茶碗里始终有水，溢散出田野的香气。有人就是在这时说着老槐树，说着运粮河，说着河边的玉泉亭。泡茶的水就来自地下甘泉。过去苦的时候喝果叶子，也觉得好。几家水厂在这里扎根，泉水就流到了四面八方。村里人说，这里的人长寿，就因为茶，喝到老死，死了还要后人上坟的时候，供一碗茶。现在这个镇政府所在的村子，还有十来位百岁老人。

茶屋里有人谈天、下棋，也有人围定两个老汉，一个老汉用的是捡来的石子，一个用的是碎瓷碗片，在画的格子里斗智，人说那是乡村的古老玩法，叫摆山。摆山好，摆得山一般威猛壮势，碗片响起，石子拍处，一群叫好声，而后一群的沉默，只有新添的茶在缭绕升腾。

堂后的炉火正旺，水壶像一排小碉堡，吱吱呜呜，各种各样的水音。一些水溅出来，发出扑扑哧哧的快乐。一人手搭一条毛巾，提起这把，放上那把，忙个不停。

茶客不只是来自本土，外乡外县都有，更有外省的。就为这个氛围，即便不喝，就那么坐着也是一种享受！融入其中，你似也被那茶香感染，如苏轼一样坐下不愿离去。

姚庄人好客，给你上大块红牛、大个火烧、大碗饸饹。惊喜中刀叉叮当，牛头宴开张，直让人想要赤膊上阵。蒜瓣，大葱，辣椒，吃得你大汗淋漓，热血偾张。痛快处谁来两声梆子，中原文化就搅缠在了一起。走了还让你带去烧兔、烧鸡，说是姚庄三绝都要尝尝。这三绝的店铺有一二十家。

有钟声响起，那是村里的南北清真寺。一个村子就有两座寺院，将一个地方和谐成一方净土。正逢寺里一个节日，远方的寺人来往走动，无论认识与否，都热情相迎，留下喝茶吃斋。

一户人家也逢事，招呼一声即刻递过来一摞热饼。街头又有客人来了，先领进茶社，再安排饭店，还要带去看金镶玉。姚庄金镶玉早形成传统，郏县周围出瓷，钧瓷汝瓷都曾是皇家贡品。名瓷再镶飞龙舞凤、花鸟山河，可谓锦上添花。连战来河南，河南的重礼就是姚庄金镶玉瓷瓶。进到一家金玉坊，笑与茶一起迎上，主人叫李冰，让人想起治水英雄，而这个李冰却是治艺，祖传绝活，到他这里更是炉火纯青。邻村一个贤淑女孩儿跟了来，也亲自上心动手，成一家夫妻名店。店配姚庄，姚庄也配这些工艺。

听说多少年姚庄人都安居乐业，无盗无抢，也无上访告状。村里的大道就叫民族团结大道。姚庄主事的说起来，眉飞色舞，同现在那些眉头不展的截访者形成对比。茶与酒不同，酒越喝越燥，茶越品越静。茶不上头，茶只入心。有见喝了酒闹事的，没闻品了茶找茬的。人都像一棵棵植物，不住地接受文明的滋养，而后心胸博大，叶脉深广。因而姚庄安静。见一门上对联：甘泉古韵流芳远，文化新风润物长。

走时又经过那两棵祖槐，“吃杯儿茶”（当地一种鸟）的叫声中，槐花撒落下来，纷纷扬扬，一地雪白。有些落到碗里漂成茶花，构成姚庄特有的味道。

再经过那座母亲样相望的牌楼，念叨“姚庄在望”四个字，慢慢就念叨成了“姚庄在旺”。

后　记

我所居住的地方不远处即有座版筑的土城，被荒草和各式各样的树木覆盖着，冬天的时候上面铺满皑皑的白雪，从高处会感到像一条银色的长龙，逶迤折向很远；春天又开满野花，一种道不明的芬芳随着风四处荡漾。

这就是郑州的商代遗址。有了这个遗址，郑州最终作为中国最古老的城市，走入八大古都的行列。而地处中原的河南，囊括了中国八大古都中的四个。

对于长久的生活地，我往往会投入更多的关注，就像喜欢一个人，就想知道他有哪些经历，哪些故事。于是我越来越明晓了一些细节的东西，这些细节成为解读这个简称“豫”的地方的重要部分。比如，中国历史上大名鼎鼎、如雷贯耳的人物，竟有许多都在这个地方聚集着，他们有中国历史上最伟大的政治家、军事家、科学家和文学家，由他们串起来的故事，可以说就是半部中国史了。

我怀着浓厚的兴趣，不断地在这个地方走访。

我登上高高的箕山，去看许由待过的地方，一打听还都知道。一位老乡积极地领着我走了好一阵子。我不断地问还远吗，他总是回答说不远。我们从山上下到了半山腰。刚刚下过一场雨，路有些泥泞，满脚踩的都是黄色的黏土。但我终于见到了好大好粗的树，起码有上千年。而那眼许由洗耳池更老，不知道存在了多少年。原来那是一条河，现在仍然可以看到水流。老辈的人都是听更老的人说的。这眼不老泉，一直润泽着周围人们的生活。20世纪，两百人集中在这一片大炼钢铁，用的就是这一眼泉水。

我去开封，刚过了圃田的高架桥，就看到了一个“列子故里”的牌子，牌子虽然不起眼，但让我猛一激灵，那个讲说了《愚公移山》《杞人忧天》《高山流水》等故事的寓言大王原来就在这里！我立即就对这个地方崇敬起来。

我去找寻陈胜故迹，那个辍耕之垄上怅叹久之，怀有鸿鹄之志的搅乱历史风云的猛士，竟然是登封人，只是年代久远，只存了一点可以追寻的痕迹，那是在阳城也就是现在的告成的老城墙围子里。

我曾经去过杜甫故里，杜甫故里一定是一片很宽阔的地方，群山连绵，黄土起伏，修竹茂密，杂树生花。不远有水，是泗河，还有黄河和伊洛河。只是后来由于杜甫一家的搬离而渐渐成为更多的后人的聚居地。

在采访的过程中，我还寻找过李商隐当年在郑州古城附近的居所，那个叫里仁街现在叫西大街的地方。他住所附近，曾经有他常登临并赋诗的夕阳楼。那首诗后来被刻石而名扬天下：“花明柳暗绕天愁，上尽重城更上楼。欲问孤鸿向何处，不知身世自悠悠。”似乎是李商隐一生经历与命运的写照。我站在西大街西南角一片古城废墟上，面对着西下的落日一阵感慨。

这么多年在中原，几乎走遍了所有市县，见识了中原的山水风物、中原的风土人情，有了感触便写下来。不停地走动，也就不停地动笔。这些笔墨时常带着我的情感和认知。收入书中的，有对历史人物的解说和描述，有对中原风物的走访和欣赏，也有对中原生活的感受和关注。

实际上中原是写不尽的，这个曾经有大象出没的地方，太辽远，太厚重。我还要慢慢去深入，去了解，去品味。

作者于 2017 年夏